MA VIE DE GEISHA

MINEKO IWASAKI
avec Rande Brown

Ma vie de geisha

TRADUIT DE L'ANGLAIS (ÉTATS-UNIS) PAR ISABELLE CHAPMAN

MICHEL LAFON

Titre original :

GEISHA, A LIFE

Dans mon pays, le Japon, il existe des quartiers consacrés aux arts du divertissement et au plaisir esthétique, où vivent et travaillent des artistes à la formation d'une impeccable rigueur. On les appelle des karyukai.

Karyukai signifie « monde des fleurs et des saules », car si la geisha est une fleur parmi les fleurs, elle possède aussi la grâce, la souplesse et la force d'un saule.

Au cours de nos trois siècles d'histoire, une convention tacite ancrée par la tradition et le caractère sacré de notre profession nous a imposé le silence. L'heure est toutefois venue pour moi de dévoiler nos secrets et de raconter ce que vivent les habitantes du monde des fleurs et des saules.

On a dit de moi que j'étais la plus grande geisha de ma génération. Certes j'ai recueilli les plus beaux des succès, mon destin a été jalonné d'extraordinaires défis et de merveilleuses gratifications, et pourtant les astreintes de ce qui est plus qu'une profession, mais un véritable sacerdoce, m'ont finalement poussée à le quitter.

Je prends aujourd'hui la plume pour vous livrer un récit que je rêve depuis longtemps d'écrire.

Mon nom est Mineko.

Ce n'est pas le nom que mon père m'a donné à ma naissance. Il m'a été attribué à l'âge de cinq ans, à la suite d'événements qui m'avaient convaincue de ma voie, par les Iwasaki, la famille de femmes qui a fait de moi une geisha.

J'ai commencé ma formation à six ans. Ce que j'aimais par-dessus tout, c'était la danse, passion à laquelle je me vouais corps et âme, déterminée à devenir la meilleure.

La danse m'a permis de tenir en dépit des obligations pesantes de mon métier. Je parle ici au propre comme au figuré : mon kimono à lui seul représentait presque la moitié de mon poids plume.

Hélas, à quinze ans, conformément à l'usage, il me fallut renoncer à cette passion dévorante pour devenir une maiko, une apprentie geisha.

Chez nous, nous n'employons pas le mot geisha mais celui, plus précis, de geiko, qui signifie « femme qui excelle dans les arts ». À vingt ans, je me pliai à la coutume dite du « changement de col », confirmant par ce rituel mon passage à l'âge adulte et au statut de geiko. Dès lors je pris peu à peu conscience de la rigidité et de l'archaïsme du système qui de bien des manières nous asservissait, d'où mes multiples tentatives pour améliorer l'instruction, l'autonomie financière et la protection sociale de celles qui m'entouraient : essais de réforme dont l'échec engendra chez moi un découragement tel que – au scandale général, car j'étais alors au faîte de ma carrière – je me démis de mes fonctions et pris ma retraite. J'avais alors à peine trente ans. J'ai fermé la maison Iwasaki, empaqueté mes kimonos, mes ornements, mes bijoux et j'ai quitté le quartier de Gion-Kobu. Depuis je me suis mariée. Désormais, je mène une paisible existence de mère de famille.

Mais les années soixante et soixante-dix, cette période au cours de laquelle le Japon post-féodal a basculé dans la modernité, je les ai passées au karyukai, autrement dit à l'écart du monde, dans un lacis d'étroites ruelles abritant une petite colonie tout entière vouée à la préservation de notre culture ancestrale. Au même titre que mes condisciples, je me sentais gardienne de l'héritage du Japon.

Les geiko perfectionnent leur art dans une okiya où elles logent : ce que l'on appelle couramment la «maison de geishas». Elles y sont soumises à un régime draconien de cours et d'exercices, qui n'est pas sans évoquer la discipline de fer nécessaire en Occident à la formation d'une ballerine, d'un pianiste de concert ou d'une chanteuse lyrique. La directrice de l'okiya est là pour vous soutenir et s'occuper de l'organisation matérielle de votre carrière. En qualité de jeune geiko, l'on est hébergée dans l'okiya pour une période convenue, en général cinq à sept ans, au cours de laquelle on rembourse sa dette à l'établissement. Ensuite, une fois indépendante, on s'en va vivre seule tout en continuant à dépendre de son okiya comme d'une agence.

Il existe à cette règle une exception : une geiko qui

a été déclarée atotori, héritière de la maison. Normalement, elle portera le nom de famille de l'okiya et terminera sa carrière dans l'établissement. J'aurais dû me conformer à cette règle, je ne l'ai pas fait. C'est pourquoi, aujourd'hui, je prends la parole.

Il est temps de lever le mystère qui plane autour de la vie des geishas. Je vous invite maintenant à me suivre dans le monde des fleurs et des saules.

1

Rien ne me destinait à devenir geiko. Car une geiko de premier rang vit sous le feu des projecteurs, alors que j'ai passé mon enfance à me cacher dans des cabinets noirs. Une geiko se consacre au bonheur et au plaisir du public ; je suis d'une nature plutôt solitaire. Une geiko est un saule exquis censé se courber au service des autres ; je suis têtue, raisonneuse et dotée d'un orgueil à toute épreuve.

C'est étrange, à croire que je suis de celles qui choisissent la porte étroite, la voie qui oblige à combattre d'arrache-pied ses démons intérieurs.

Si je n'avais pas intégré le karyukai, sans doute aurais-je terminé mes jours à méditer dans un temple zen.

Il n'est pas facile d'expliquer ce qui m'a poussée sur ce chemin-là alors que j'étais encore si petite. Pourquoi une enfant qui adore son père et sa mère déciderait-elle de son plein gré de leur briser le cœur en les quittant pour aller vivre dans une autre famille ?

Je me propose de rapporter les faits tels qu'ils se

sont produits dans l'espoir que ce récit, tel un bain révélateur, rendra visibles les motifs de ma conduite.

La seule période heureuse de ma vie fut celle passée auprès de mes parents. Depuis, je ne me suis jamais sentie aussi libre ni autant en sécurité. Pourtant j'étais toute petite. Mais ils me laissaient faire tout ce que je voulais. Après mon départ définitif de la maison, à l'âge de cinq ans, c'en fut fini de ma chère solitude. Il fallut plaire sans cesse aux autres, d'où le sentiment d'ambivalence qui gâcha toutes mes joies et tous mes triomphes, comme si je cultivais en moi une face cachée, tragique, ténébreuse.

Mes parents, tout en étant très amoureux l'un de l'autre, formaient un couple singulier. Mon père appartenait à la plus haute noblesse. Ma mère descendait de pirates devenus médecins. Mon père, grand et élancé, était agile d'esprit, toujours actif et sociable. Et aussi très sévère. Quant à ma mère, elle était petite et potelée, avec un ravissant visage rond et une poitrine magnifique. Là où mon père se montrait dur, ma mère était toute de douceur. Cela dit, toujours disposés à expliquer, à consoler, tous deux savaient se montrer conciliants. Il s'appelait Shigezo Tanaka-minamoto[1]. Elle, Chie Akamatsu.

Du côté de mon père, notre lignée remontait sur plus de cinquante générations à Fujiwara no Kamatari. Les Fujiwara furent les régents de l'empereur, dont ils réussirent, par une habile politique de

---

1. Pour des raisons de lisibilité, sauf pour les personnages historiques, nous ne respectons pas l'usage japonais qui place toujours le prénom après le nom de famille. *(N.d.A.)*

mariages, à usurper le pouvoir. Au cours du règne de l'empereur Saga, mon ancêtre Fujiwara no Motomi, mort en 782, fut élevé au rang de daitoku.

Les membres de notre famille avaient en outre occupé de hautes fonctions comme celles de géomancien de la cour et de gardien des sanctuaires et des temples. Nous avions été au service de l'empereur pendant plus de mille ans.

De considérables remaniements se produisirent au Japon au milieu du XIXe siècle. La dictature militaire au pouvoir pendant six cent cinquante ans fut renversée et l'empereur Meiji prit la tête du gouvernement. Une fois le système féodal démantelé, nous étions prêts à nous transformer en un État-nation moderne. Conduits par l'empereur, les aristocrates et les intellectuels se lancèrent dans un grand débat sur l'avenir du pays.

À cette époque, mon arrière-grand-père, accablé par les querelles de clocher qui déchiraient l'aristocratie, souhaitait déjà se décharger de ses lourdes responsabilités. L'empereur décréta alors un changement de capitale : Kyoto, siège du pouvoir depuis plus de mille ans, céda la place à Tokyo. Mais voilà, Kyoto était le berceau de notre famille. Il n'était pas question pour mon bisaïeul de se couper de ses racines. En qualité de chef de clan, il prit la décision – et elle était de taille – d'abdiquer son titre et de rejoindre la roture.

Lorsque l'empereur Meiji le pressa de le suivre, mon arrière-grand-père rétorqua fièrement qu'il était un homme du peuple. Quoique tout à son honneur, ce choix se révéla désastreux pour nos finances. Car, s'il avait conservé, sur la demande de l'empereur, le noble nom de Tanakaminamoto, il avait perdu ses privilèges et la totalité de nos terres : un vaste domaine qui s'étendait du sanctuaire Tanaka au sud de Kyoto jusqu'au temple Ichijoji au nord.

Et le naufrage se perpétua. Incapables de participer au bond en avant de notre économie, les membres de ma famille se contentèrent de vivre chichement des miettes de leur fortune sans oublier toutefois de cultiver l'orgueil de leur pedigree.

Ma mère, pour sa part, était une Akamatsu. Ses ancêtres étaient des pirates de légende qui sévirent dans la mer intérieure et sur les routes maritimes au large de la Corée et de la Chine. Ils amassèrent une fortune, d'origine illicite, qu'ils parvinrent à blanchir plusieurs générations avant la naissance de ma mère. Ils n'ont jamais été au service d'aucun daimyo, mais ils possédaient assez de pouvoir et de biens pour gouverner l'ouest du Japon. La famille se vit attribuer le nom d'Akamatsu par l'empereur Gotoba, au début du XIIIe siècle.

S'étant aventurés en des pays étrangers, ils avaient acquis des connaissances remarquables en matière d'herbes médicinales. Ils devinrent guérisseurs, puis s'imposèrent comme médecins du clan Ikeda, les barons féodaux d'Okayama. Ma mère avait hérité de ses aïeux la faculté de guérir, qu'à son tour elle enseigna à mon père.

Mes parents étaient des artistes. Mon père, diplômé des Beaux-Arts, était peintre de textile, spécialisé dans le kimono, et amateur de porcelaines.

Un jour que ma mère visitait un magasin de kimonos, elle tomba sur mon père, lequel eut pour elle un véritable coup de foudre. Il lui fit une cour effrénée. De son côté, ma mère était persuadée que leur idylle était vouée à l'échec en raison de leurs différences sociales. Il lui demanda sa main par trois fois, et par trois fois elle refusa. Si bien qu'à la fin mon père la mit enceinte de ma sœur aînée. Elle n'eut dès lors d'autre choix que de se marier.

À l'époque, mon père connaissait un vif succès et gagnait très bien sa vie. Ses créations atteignaient une cote très élevée et, chaque mois, il rapportait à la maison un bon salaire. Cela dit, il en versait une large partie à ses parents, qui se trouvaient presque sans ressources. Mes grands-parents vivaient avec leur vaste famille et leur nombreuse domesticité dans une immense maison du quartier Tanaka. Dès les années trente, ils avaient épuisé les vestiges de leur ancienne fortune. Quelques-uns avaient tenté leur chance dans la fonction publique, mais aucun ne réussissait à garder son emploi très longtemps : gagner son pain ne faisait pas partie des traditions familiales. Aussi mon père devait-il tous les entretenir.

Et c'est ainsi que, même s'il n'était pas l'aîné des fils, il se laissa convaincre par ses parents d'habiter auprès d'eux avec ma mère après son mariage. Pour une simple question d'argent.

Cette décision engendra une situation regrettable. Ma grand-mère Tamiko était dotée d'une personnalité débordante, envahissante, autoritaire et soupe au lait, tout l'opposé de ma mère, qui était la douceur même. Alors que ma mère avait été élevée comme une princesse, ma grand-mère ne la traitait guère mieux qu'une servante. Elle lui reprochait sa basse extraction, prétendait déceler en elle les tares de ses aïeux coureurs de mers. Bref, pour elle, sa bru était indigne de son fils.

Ma grand-mère, passionnée d'escrime, maniait à la perfection le naginata, un sabre fixé à un long manche de bois. La placidité de ma mère l'exaspérait à tel point qu'elle prit l'habitude de lui porter de faux coups avec la lame qui amincissait l'extrémité de cette hallebarde. Un jour, se laissant emporter, elle trancha sa ceinture de kimono, laquelle glissa à terre. C'en était trop.

Mes parents avaient déjà trois enfants, deux filles et un garçon. Les filles, Yaeko et Kikuko, étaient respectivement âgées de dix et huit ans. Mon père se trouvait bien dans l'embarras : s'il déménageait, il n'aurait plus les moyens de subvenir aux besoins de ses propres parents. Comme il s'ouvrait de ce problème à l'un de ses associés, un marchand de kimonos, celui-ci lui parla du karyukai, lui suggérant de se mettre en contact avec la directrice d'une des maisons de geishas du quartier.

Mon père rencontra la patronne de l'okiya Iwasaki, à Gion-Kobu, l'une des meilleures maisons du Japon, et celle d'un autre établissement, à Ponto-cho, le deuxième plus grand karyukai de Kyoto. Il plaça ainsi Yaeko et Kikuko, et on lui versa une certaine somme en échange de leur entrée en apprentissage. On allait leur enseigner les arts traditionnels, l'étiquette et les convenances, et les guider dans leur carrière. Une fois devenues geiko, elles gagneraient leur indépendance et, toutes dettes payées, s'installeraient à leur compte. Néanmoins, en qualité d'agent et d'imprésario, l'okiya continuerait à percevoir un pourcentage de leurs revenus.

La volonté de mon père et le marché conclu avec l'okiya affectèrent définitivement la vie de notre famille. Mes sœurs furent anéanties quand on leur annonça qu'elles allaient quitter le havre de la maison de nos grands-parents. Yaeko ne devait d'ailleurs jamais se remettre de ce qu'elle considérait comme un abandon. Aujourd'hui encore, elle est pleine de ressentiment.

Mes parents emménagèrent avec mon frère aîné dans une maison de Yamashina, une banlieue de Kyoto. Dans les années qui suivirent, ma mère devait mettre au monde huit enfants. En 1939, toujours à court d'argent, ils envoyèrent une autre de mes sœurs, Kuniko, dans cette même maison Iwasaki, où elle servit d'assistante à la directrice.

Je suis née le 2 novembre 1949, sous le signe du Scorpion de l'année du Bœuf. Mon père avait alors cinquante-trois ans, et ma mère quarante-quatre. J'étais la cadette. Ils me baptisèrent Masako.

À ma connaissance, nous n'étions que huit dans la famille. J'avais quatre frères aînés (Seiichiro, Ryozo, Kozo et Fumio) et trois sœurs plus âgées (Yoshiko, Tomiko et Yukiko). Je ne me doutais même pas de l'existence des trois autres filles.

Nous habitions une grande maison pleine de recoins située tout au bout d'un canal, au milieu d'un vaste terrain adossé aux montagnes et clos par des bois et des plantations de bambous. On y arrivait par une passerelle de béton sans rambarde qui franchissait le canal. Devant la maison, un étang bordé de cosmos aux couleurs chatoyantes précédait un verger de figuiers et de poivriers. Derrière le bâtiment, la cour était occupée par un poulailler, un bassin grouillant de carpes, une niche pour notre chien Koro, et le potager de ma mère.

Le rez-de-chaussée comportait un petit salon, un autel bouddhiste servant aussi au culte des ancêtres, un salon, une pièce équipée d'une cheminée qui servait de salle à manger, une cuisine, deux chambres, l'atelier de mon père et la salle de bains. L'escalier conduisait à deux autres chambres où dormaient mes frères et sœurs. Quant à moi, je couchais avec mes parents, en bas.

À ce propos, il me revient à l'esprit un souvenir réjouissant. C'était pendant la saison des pluies. Au bord de l'étang devant la maison, le massif d'hortensias avait pris une teinte saphir qui se fondait dans le verdoiement des arbres. Alors qu'un jour tranquille s'annonçait, soudain, d'un ciel serein tombèrent de grosses gouttes qui vinrent s'écraser sur le sol. Je m'empressai de ramasser mes jouets éparpillés à l'ombre du poivrier et rentrai en courant à la maison les ranger sur l'étagère à côté du coffre en acajou.

Une fois tout le monde à l'abri, la pluie tomba à verse. Un torrent s'abattit d'un seul coup sur le toit au-dessus de nos têtes. En l'espace de quelques minutes, l'étang déborda si bien qu'un flot inonda la maison. Et nous voilà courant dans tous les sens pour ramasser les tatamis et les monter à l'étage avant que l'eau n'imbibe complètement la paille des nattes.

Pour moi, c'était comme un jeu, un jeu follement drôle.

Après le sauvetage des tatamis, on nous récompensa en nous donnant à chacun deux bonbons à la fraise – je revois encore très nettement le dessin de la fraise sur le papier. Et nous voilà de nouveau courant partout dans la maison en nous régalant de cette friandise. Quelques tatamis flottaient à la surface de l'eau. Mes parents s'en servirent à la manière de radeaux pour se déplacer de pièce en pièce. Ils s'amusaient encore plus que nous.

Le lendemain, mon père nous réunit au complet et déclara :

– Bien, mes enfants. Il va falloir nettoyer la maison de fond en comble. Seiichiro, tu vas constituer une équipe qui se chargera de la terrasse. Ryozo, tu t'occuperas de la plantation de bambous. Kozo, tu veilleras à laver parfaitement les tatamis. Et Fumio, je te confie ta petite sœur Masako. Tu iras prendre tes instructions chez ta mère. Compris ? Bon, alors, maintenant, on ne chôme plus et je veux du bon travail !

– Et toi, papa, qu'est-ce que tu vas faire ?

Nous brûlions tous de connaître la tâche qu'il s'était réservée.

– Il faut bien que quelqu'un tienne garnison au château ! s'écria-t-il.

Ce cri de guerre nous galvanisa. Toutefois, il y avait un petit problème. Nous n'avions reçu la veille pour tout dîner que deux bonbons. La faim nous avait empêchés de dormir. Nos estomacs criaient famine. Et toutes nos réserves de nourriture avaient été gâtées par l'inondation.

Lorsque nous en parlâmes à notre père, il répliqua :

– Une armée ne peut se battre le ventre creux. Allez donc glaner dehors des provisions. Vous les rapporterez au château. Préparez-vous à soutenir un siège.

Obéissant aux ordres, mes frères et mes sœurs sortirent pour revenir un peu plus tard avec du riz et des fagots. Je n'ai jamais été aussi heureuse d'avoir des frères et sœurs, ni aussi reconnaissante pour les boulettes de riz que l'on nous prépara.

Ce jour-là, personne n'alla à l'école et tout le monde dormit comme si demain n'existait pas.

Un autre souvenir me revient. J'étais allée comme d'habitude donner à manger aux poules et ramasser les œufs. Je ne sais pas quelle mouche piqua celle que nous appelions Nikki, toujours est-il qu'elle se mit très en colère et me pourchassa jusqu'à la maison, où elle réussit à me pincer le mollet. Mon père vit rouge et attrapa le volatile en s'écriant :

– Je vais te tuer pour ça !

Et il lui tordit le cou sans autre forme de procès, après quoi il pendit son cadavre par la tête sous l'auvent de la maison (en général, il pendait les poulets fraîchement occis par les pattes), où il la laissa jusqu'au retour de l'école de mes frères et sœurs. Ces derniers, à la vue de la poule, songèrent : « Miam-miam. Ce soir, c'est poule au pot. » Mais mon père déclara d'un ton sévère :

– Regardez-la bien et retenez ce que je vais vous dire. Cette pauvre bestiole a osé s'attaquer à notre précieuse Masako. La mort a été sa punition. Alors,

20

n'oubliez jamais ceci : vous ne gagnerez rien à blesser vos semblables. Je ne le permettrai pas. Compris ?

Nous hochâmes tous la tête en signe d'acquiescement.

Ce soir-là, au dîner, la pauvre Nikki nous fut servie bouillie. Je fus bien incapable d'avaler une seule bouchée.

— Masako, me dit mon père, il faut que tu pardonnes à Nikki. Dans l'ensemble, elle a été une bonne poule. Tu dois la manger pour l'aider à atteindre la loi du Bouddha.

— J'ai mal au ventre. Pourquoi toi et maman vous ne vous occupez pas vous-mêmes d'aider Nikki à atteindre la loi du Bouddha ?

Là-dessus, je récitai une courte prière.

— Quelle bonne idée ! Suivons le conseil de Masako et mangeons la poule afin qu'elle trouve refuge dans le Bouddha.

Une autre fois encore, dans un de mes rares accès de convivialité, je me mêlai aux jeux de mes frères et sœurs. Après avoir creusé un grand trou, nous n'avions rien imaginé de mieux que d'y jeter toutes les casseroles et la vaisselle que nous avions pu dénicher à la maison.

Nous ne nous trouvions pas loin de la « forteresse », ce refuge secret que les garçons s'étaient construit dans les arbres. À un moment donné, mon frère aîné me mit au défi de grimper en haut d'un pin.

Par malheur, la branche sur laquelle j'étais perchée cassa, et je dégringolai dans l'étang devant notre maison. Mon père, qui travaillait dans son atelier, entendit le grand plouf qui mit un terme à ma chute libre.

S'il fut étonné, il n'en montra rien. Il me demanda seulement :

– Que fais-tu là ?

– Je nage.

– Il fait trop froid pour nager. Et si tu t'enrhumais ? Tu devrais sortir de là.

– Oui, dans deux minutes.

C'est alors que ma mère fit son apparition et prit les choses en main.

– Arrête de la taquiner, dit-elle à mon père. Masako, sors de là immédiatement !

Mon père me repêcha comme à regret pour me transporter dans la maison et me jeter cavalièrement dans l'eau brûlante de la baignoire avant de s'y plonger avec moi.

L'affaire aurait pu se terminer là. Mais quand ma mère entra dans la cuisine et constata que tous ses ustensiles s'étaient volatilisés, elle appela mon père.

– Chéri, j'ai un gros ennui. Je ne vais pas pouvoir préparer le dîner. Qu'est-ce que je vais faire ?

– De quoi est-ce que tu parles ? Comment cela, tu ne peux pas préparer le dîner ?

– Parce que je n'ai plus rien pour faire la cuisine !

Jugeant qu'il valait mieux courir avertir les autres, je m'apprêtais à franchir la porte pour filer dans le jardin quand mon père me rattrapa par le col.

Peu après, mes frères et sœurs rentrèrent (ils auraient mieux fait de rester dehors). Mon père se disposait à infliger sa punition habituelle : il les alignait tous devant lui et les frappait chacun à son tour d'un coup de bâton en bambou sur le crâne. En général, je me tenais à ses côtés pendant l'exécution (en pensant : « Aïe, ça doit faire mal »). Mais ce jour-là, il m'ordonna à tue-tête :

— Toi aussi, Masako ! Tu es complice !

Je me mis à pleurnicher : « Non, papa, non, papa ! », mais il me poussa avec les autres en décrétant :

— C'est ta faute autant que la leur.

Il ne cogna pas très fort, mais ce fut quand même un choc terrible. C'était la première fois.

On nous priva de dîner. Mes frères et sœurs pleurèrent en faisant leur toilette, mon frère aîné prétendant qu'il avait si faim qu'il flottait dans la baignoire comme un ballon. Ensuite on nous envoya tous au lit.

Mes parents, qui avaient le goût du beau, aimaient à remplir notre maison d'objets magnifiques : des cristaux de quartz qui étincelaient au soleil, des décorations pour le Nouvel An en pin et en bambou qui sentaient bon la forêt, toutes sortes d'exotiques outils et ustensiles dont ma mère se servait pour ses préparations à base de plantes médicinales, de luisants instruments de musique tel le shakuhachi, la flûte en bambou de mon père, et le koto à corde unique dont jouait ma mère, sans parler de la collection de porcelaines. Nous pouvions aussi nous vanter de posséder notre propre baignoire, un bain à l'ancienne qui ressemblait à un énorme chaudron en fonte.

Mon père régnait en maître sur ce petit royaume. Il travaillait à domicile, dans son atelier, en compagnie de quelques-uns de ses nombreux apprentis. À ma mère, il avait enseigné la technique traditionnelle du roketsuzome, une sorte de batik, dont elle était devenue experte. Les gens venaient aussi très souvent commander à mes parents des remèdes aux herbes pour telle ou telle maladie.

Lorsque mes parents étaient tous les deux indisponibles, j'étais ravie de rester seule. Je n'aimais même pas jouer avec mes sœurs. Rien ne me plaisait tant que le silence, et je haïssais le tintamarre que faisaient les autres. Quand ils rentraient de l'école, je courais dans une de mes cachettes, en tout cas je trouvais un moyen de les éviter.

Je passai une bonne partie de mon enfance à me cacher. S'il trouve l'intérieur japonais exigu et dépouillé, l'Occidental ignore en général qu'il contient, d'immenses placards. Nous y rangeons notre mobilier, dont nos matelas et édredons. De sorte que chaque fois que j'avais du chagrin ou que quelque chose me chiffonnait, ou encore lorsque je voulais me concentrer ou simplement me détendre, je filais vers un de ces refuges.

Mes parents respectaient mon désir d'être seule : jamais ils ne m'obligèrent à jouer avec les autres. Cela ne les empêchait pas de me surveiller, mais ils me laissaient tranquille.

Pourtant, en y repensant aujourd'hui, je garde de merveilleux souvenirs de ces moments passés en famille. En particulier ces belles nuits de pleine lune où nous nous installions en rond autour de mes parents pour les écouter jouer en duo, mon père au shakuhachi, ma mère au koto. Je ne me doutais pas que bientôt ces intermèdes idylliques allaient prendre fin.

2

Je peux situer le moment exact où ma vie a basculé.

On venait de fêter mes trois ans. Par un froid après-midi d'hiver, mes parents recevaient une visiteuse. Une très vieille dame. D'une timidité excessive devant les inconnus, j'avais plongé dans mon placard dès qu'elle avait franchi le seuil de l'antichambre. Là, tapie dans le noir, j'écoutai de toutes mes oreilles la conversation, trouvant à cette dame une voix mélodieuse aux intonations fascinantes.

Elle s'appelait Mme Oïma. Propriétaire de l'okiya Iwasaki à Gion-Kobu, elle était venue demander si ma sœur Tomiko souhaitait devenir geiko. Lors des nombreuses visites dont Tomiko avait honoré son établissement, elle avait pu évaluer son potentiel.

À quatorze ans, Tomiko était la plus délicate et la plus raffinée de mes sœurs. Elle aimait les kimonos, la musique traditionnelle et la porcelaine, et interrogeait sans cesse nos parents sur ces différents sujets.

Même si je ne saisissais pas entièrement le sens de

leurs paroles, je comprenais que la vieille dame offrait du travail à ma sœur.

Ce que j'ignorais, c'est que l'okiya Iwasaki traversait une période de vaches maigres. Je constatais seulement que mes parents traitaient l'invitée avec déférence. Jamais je n'avais rencontré une personne dotée d'une pareille autorité naturelle. Le respect que lui témoignaient mon père et ma mère était presque palpable.

Dévorée de curiosité, j'entrouvris de quelques centimètres la porte coulissante du placard pour apercevoir son visage.

La vieille dame, à qui rien n'échappait, demanda :

– Chie-san, qui est dans le placard ?

Après avoir émis son petit rire, ma mère répondit :

– Ma cadette, Masako.

En entendant prononcer mon nom, je sortis de ma cachette.

La dame me dévisagea. Elle se tenait parfaitement immobile, mais ses yeux s'écarquillèrent.

– Ciel ! s'exclama-t-elle. Ces cheveux noirs, ces yeux noirs ! Et cette petite bouche rouge ! Quelle adorable petite fille !

Mon père fit les présentations.

– Vous savez, monsieur Tanaka, dit-elle sans me quitter du regard, il y a longtemps que je recherche une atotori pour reprendre notre maison. Eh bien, j'ai l'impression étrange de l'avoir peut-être enfin trouvée.

Le sens de ces paroles m'échappait. Je n'avais pas la moindre idée de ce qu'était une atotori ni de ce qu'elle en attendait, mais je perçus chez elle un changement dans son flux d'énergie.

Il paraît que certains êtres sont doués du pouvoir de lire dans le cœur d'autrui, sans distinction d'âge ou de sexe.

– Je ne plaisante pas, ajouta-t-elle. Votre Masako est une perle. Croyez-en ma vieille expérience. Je vous en prie, réfléchissez à l'éventualité de la confier à l'okiya en même temps que sa sœur. Je puis vous assurer qu'elle est promise à un avenir brillant. Je sais qu'elle n'est encore qu'un bébé, mais, de grâce, ne la privez pas d'une formation qui lui ouvrira la voie d'une grande carrière.

Mon père, guère ravi du tour que prenait l'entretien, ne répondit qu'après un long silence :

– Nous soumettrons à Tomiko votre proposition, à laquelle nous sommes favorables, ce sera à elle de décider. Dès qu'elle aura arrêté son choix, nous vous avertirons. Néanmoins, pour Masako, je suis navré, mais je n'y songe même pas. Il n'est pas question de vous céder une autre de mes filles.

L'expression «céder» une enfant revêt un sens particulier. Lorsqu'une jeune fille quitte sa famille pour aller vivre dans une okiya, c'est un peu comme si elle était envoyée en pension. En général, elle rentre chez elle pendant les vacances et ses parents ont le droit de lui rendre visite. Toutefois, quand une fillette est désignée héritière des biens et du nom d'un établissement, elle devient légalement la fille adoptive de la propriétaire des lieux. Dans ce cas, elle renonce pour toujours à ses parents naturels et ne portera plus leur nom.

Mme Oïma, qui avait quatre-vingts ans, nourrissait de vives inquiétudes à propos de sa succession. Aucune de ses pensionnaires ne se montrait assez qualifiée. Et il fallait coûte que coûte qu'elle trouve une remplaçante avant de mourir. Non seulement l'okiya Iwasaki représentait des millions en biens immobiliers, kimonos, œuvres d'art et bijoux, mais elle faisait vivre vingt employées. Et c'était à Mme Oïma qu'incombait la responsabilité de s'assurer de son avenir. Pour cela, elle avait besoin d'une atotori.

Cette année-là, Mme Oïma nous rendit très souvent visite. D'une part pour discuter du recrutement de Tomiko, et d'autre part pour tenter de persuader mes parents de me « céder » à elle.

Jamais je n'entendis mes parents évoquer ce sujet en ma présence mais j'imagine qu'ils ont dû fournir à Tomiko toutes les informations nécessaires. À Mme Oïma, ils avaient déjà confié ma sœur aînée Yaeko. Laquelle, désignée comme atotori, avait, au bout de quelques années, déserté les lieux sans s'acquitter de ses obligations, au grand embarras de mes parents, qui espéraient à présent se dédouaner grâce à Tomiko.

Hélas, il n'était pas question que celle-ci devienne la prochaine atotori. À quatorze ans, elle était déjà trop âgée pour entreprendre la formation requise.

Nul ne m'annonça que ma sœur nous quittait, mes parents m'ayant sans doute jugée trop jeune pour comprendre. On ne me donna aucune explication. Un beau jour, Tomiko passa son brevet de fin d'études secondaires (obligatoire pour toute apprentie maiko)

28

et partit pour des vacances de printemps dont elle ne revint jamais.

Elle me manqua beaucoup. C'était ma sœur préférée. Elle me semblait plus vive et plus savante que les autres.

Le recrutement de Tomiko ne découragea pas Mme Oïma. Elle tenait tellement à m'engager qu'en dépit des protestations de mon père elle s'obstinait à chacune de ses apparitions, mois après mois, à lui présenter la même requête, à laquelle il opposait toujours le même refus poli.

Mme Oïma faisait feu de tout bois pour le convaincre : j'étais promise à une brillante carrière et c'était un crime d'empêcher ma destinée de s'accomplir. Elle suppliait mon père de réfléchir. Je me rappelle parfaitement l'avoir entendue dire :

– La maison Iwasaki est de loin la meilleure okiya de Gion-Kobu. Ce que Masako trouvera chez nous, elle ne le trouvera nulle part ailleurs.

Devant la persévérance de la vieille dame, la résolution de mon père finit par flancher. Je le sentis à un subtil changement d'attitude.

Un jour, pelotonnée sur ses genoux, j'assistais à l'un de ces entretiens, au cours duquel elle remit le sujet sur le tapis. Mon père éclata de rire :

– Bon, d'accord, madame Oïma, mettons que c'est encore trop tôt, mais un jour, je m'y engage, je vous l'amènerai. On ne sait jamais, ce sera à elle de décider, peut-être que ça lui plaira.

En y repensant, je me dis qu'il voulait seulement avoir la paix.

Pour ma part, j'avais décidé qu'il était temps que

Mme Oïma rentre chez elle. Comme, d'après mes observations, les gens se rendaient presque tous aux toilettes avant de partir, je me tournai vers elle et lâchai :

– Pipi.

Croyant à une demande plutôt qu'à une injonction, elle offrit gentiment de m'accompagner. J'opinai de la tête, sautai des genoux de mon père et lui pris la main. Mais une fois devant la porte des W-C, je lui déclarai :

– C'est ici.

Et je retournai en toute hâte rejoindre mon père au salon.

Mme Oïma revint quelques minutes plus tard.

– Merci de t'occuper si bien de moi, me dit-elle.

– Rentrez chez vous, répliquai-je.

– Tu as raison, c'est l'heure. Monsieur Tanaka, je vais prendre congé. J'ai l'impression que nous avons fait de gros progrès aujourd'hui.

Sur ces paroles, elle nous quitta.

Je n'ai pas séjourné longtemps sous le toit de mes parents, mais ce que j'ai appris pendant ces quelques années auprès d'eux – de mon père surtout – m'a été profitable. Toutes les occasions étaient bonnes pour m'inculquer la valeur de l'indépendance, de la responsabilité et de la dignité.

Mon père avait deux maximes préférées. La première était une sorte de «noblesse oblige» à l'usage du samouraï : même affamé, un samouraï doit feindre d'être rassasié – la règle d'or étant qu'on ne doit à aucun prix se départir de sa fierté et qu'il ne faut jamais avouer sa faiblesse face à l'adversité. La seconde tient dans l'expression *hokori o motsu* : cramponne-toi à ta dignité. Il répétait ces adages si souvent et avec une telle conviction que nous finissions par y croire dur comme fer.

Tout le monde s'accordait à dire que j'étais une étrange petite fille. D'après mes parents, je n'avais presque jamais pleuré, même bébé, au point qu'ils s'étaient inquiétés pour mon audition et mes cordes vocales. Ils avaient même envisagé l'idée que j'étais simple d'esprit. Il arrivait à mon père de s'approcher de moi pendant mon sommeil pour hurler dans mon oreille. Je me réveillais en sursaut, mais je ne pleurais pas.

En me voyant grandir normalement, ils comprirent que j'étais juste une petite fille extraordinairement silencieuse. Rien ne me plaisait plus que de rêvasser. Je voulais savoir le nom de toutes les fleurs, de tous les oiseaux, des montagnes, des rivières, mais je refusais qu'on me gâche mon plaisir en me les disant. J'étais – je le suis d'ailleurs toujours – persuadée que, si je contemplais assez longtemps une chose, celle-ci finirait par me parler.

Un jour, alors qu'avec ma mère je regardais des cosmos blancs et purpurins qui s'épanouissaient sur la rive opposée de notre étang, je l'interrogeai :

— Comment s'appelle cette fleur ?

— Un cosmos.

— Mmm... cosmos. Et cette petite-là ?

— Un cosmos aussi.

– Qu'est-ce que tu veux dire? Comment deux fleurs différentes peuvent avoir le même nom?

Ma mère, perplexe, m'expliqua :

– C'est leur nom de famille. Cosmos. Une espèce de fleurs.

– Mais nous, nous formons une famille et nous avons chacun un nom. Alors, ces fleurs devraient aussi en avoir un à elles. Tu vas leur en donner un à chacune, comme à nous. Comme ça il n'y aura pas de jalouse.

Ma mère alla trouver mon père dans son atelier.

– Masako vient de me demander quelque chose de très bizarre. Elle veut que je donne un nom à chacun de nos cosmos.

Mon père se tourna alors vers moi en disant :

– Nous n'avons pas besoin d'autres enfants, ce n'est pas la peine de les appeler par un nom.

À la pensée qu'aucun autre enfant ne viendrait compléter notre famille, je me sentis soudain gagnée par un poignant sentiment de tristesse et de solitude.

Je me rappelle aussi un magnifique après-midi du mois de mai. Une brise légère soufflait de la montagne. Les iris étaient en fleur. Tout était tranquille. Ma mère et moi prenions un moment de détente sous la véranda. J'étais assise sur ses genoux. Le soleil coulait sur nous comme un miel exquis. Elle me dit soudain : « Quelle belle journée ! » Et je me rappelle lui avoir répondu : « Je suis si heureuse ! »

C'est le dernier souvenir de bonheur que je conserve de mon enfance.

J'ai levé les yeux. Une femme franchissait la passerelle en direction de la maison – une silhouette floue, un peu comme un mirage.

Je sentis aussitôt ma mère se raidir de tous ses muscles. Son cœur se mit à battre très vite et elle se couvrit de sueur. Même son odeur changea. Comme si elle se recroquevillait de terreur, elle se tassa sur elle-même tandis que, dans un geste instinctif de protection, elle resserrait l'étreinte de ses bras autour de moi.

J'observai alors la femme qui se dirigeait vers nous. Et le temps soudain s'arrêta. On aurait dit qu'elle marchait au ralenti. Je me rappelle exactement la façon dont elle était habillée. Un kimono sombre ceinturé d'une obi à motif géométrique beige, marron et noir.

Prise d'un frisson, je me précipitai à l'intérieur pour me cacher dans mon placard.

Ce qui se passa ensuite me parut incroyable. Mon père arriva sous la véranda, et cette femme se mit à vitupérer d'une voix haineuse. Mes parents essayaient de lui répondre, mais elle leur coupait tout le temps la parole, de plus en plus criarde et agressive. Le ton de sa voix montait, montait. Je ne comprenais pas la moitié de ce qu'elle disait, mais je me rendais compte qu'elle employait des gros mots et que son langage était insultant. Je n'avais encore jamais entendu des intonations d'une violence pareille. Elle avait l'air d'un démon. Sa diatribe me parut se prolonger indéfiniment. Je ne savais pas qui c'était et ne pouvais concevoir ce que mes parents avaient bien pu lui faire pour la mettre dans cet état.

Après cette visite, un nuage noir plana en permanence au-dessus de notre maison. Je n'avais jamais vu mes parents bouleversés à ce point. C'était horrible. L'atmosphère pendant le dîner fut tellement tendue ce soir-là que la nourriture n'avait même pas de goût. J'avais très, très peur. Tellement peur, en fait, que je me réfugiai discrètement dans le kimono de ma mère pour enfouir mon visage contre sa poitrine.

Mes frères et mes sœurs montèrent directement se coucher. Comme toujours, je restai sur les genoux de ma mère pendant que mes parents bavardaient à table après le dîner, en attendant que mon père déclare qu'il était l'heure de dormir. Ce soir-là, ils échangèrent à peine quelques paroles. La soirée avançait et mon père ne disait toujours rien. Finalement, je m'endormis dans les bras de ma mère. Je me réveillai le lendemain dans leur futon, entre eux et Koro, le chien.

L'horrible femme revint un peu plus tard. Cette fois en compagnie de deux petits garçons. Elle repartit aussitôt en nous les laissant. Tout ce que je savais d'eux, c'était qu'ils étaient ses fils.

L'aîné s'appelait Mamoru. Un garnement. Je ne l'aimais guère. Il avait trois ans de plus que moi, comme l'un de mes frères. D'ailleurs, ces deux-là s'entendaient bien. Le cadet se prénommait Masayuki. Il était mon aîné de dix mois seulement et, comme c'était un garçon très doux, nous sommes devenus bons amis.

Leur mère venait les voir environ une fois par mois. Elle leur apportait des jouets et des bonbons, mais n'avait jamais aucune attention pour nous, comme si nous n'étions pas aussi des enfants ! Dans ces moments-là, je me répétais la maxime de mon père sur les samouraïs qui ne doivent avoir l'air de manquer de rien. N'empêche, je la détestais. Il brillait dans ses yeux une lueur froide, féroce, effrayante. Dès qu'elle arrivait, je courais me cacher, les mains sur les oreilles pour ne pas entendre son horrible voix. Et je refusais tout net de sortir du placard tant qu'elle n'avait pas déguerpi.

3

Mon père, qui projetait une visite à Mme Oïma, me demanda si je désirais venir aussi. Toujours partante lorsqu'il s'agissait de me promener seule avec lui, j'acceptai. Il me promit que nous ne resterions pas longtemps, que nous nous en irions dès que j'en aurais assez.

Comme j'avais encore peur de franchir toute seule la passerelle devant notre maison, mon père dut me porter. Mais ensuite nous fîmes tous les deux le chemin à pied jusqu'au tramway, par la ligne Kiehan à destination de la gare de Sanjo.

Je vivais dans un tout petit monde. Notre maison était la seule habitation sur cette rive du canal. Je n'avais pas de camarade de jeu. Soudain confrontée à l'animation de la grande ville, à toutes ces demeures alignées le long des rues de Gion-Kobu, à tous ces passants qui allaient et venaient dans tous les sens, j'ouvris de grands yeux. C'était pour moi une expérience tout à la fois euphorisante et un peu effrayante.

Déjà avant d'arriver à l'okiya, j'avais les nerfs à fleur de peau.

L'okiya Iwasaki se trouvait dans la rue Shinbashi, à trois portes à l'est de Hanamikoji, ce modèle d'élégance architecturale dans le plus pur style des karyukai de Kyoto. L'établissement lui-même présentait une haute et étroite façade percée de grandes fenêtres. Au premier coup d'œil, je jugeai l'endroit rebutant.

Après l'antichambre, une marche nous mena au seuil du salon de réception.

À la vue de cette salle remplie de femmes vêtues de kimonos informels en coton, je fus saisie d'une impression indéfinissable. Pourtant, le sourire de Mme Oïma quand elle nous invita à entrer était très chaleureux. Elle nous salua même avec effusion.

Quelle ne fut pas ma stupéfaction lorsque je vis s'avancer Tomiko, que je pris d'abord pour une jeune mariée – effet produit surtout par sa coiffure compliquée… Ensuite, une autre dame entra, vêtue à l'européenne.

– Masako, dit mon père, je te présente ta sœur aînée.

– Je m'appelle Kuniko, précisa la dame en tenue occidentale.

Moi, je me contentai de la regarder, bouche bée.

Et l'instant d'après, qui vis-je entrer à son tour ? Cette mégère que je détestais tant : la mère des garçons qui vivaient chez nous.

Je tirai sur la manche de kimono de mon père en soufflant d'une voix de petite fille dépassée par les événements :

– Je veux rentrer à la maison.

Une fois dehors, un flot ininterrompu de larmes ruissela sur mes joues jusqu'à la gare de Sanjo. Si je garde de cet incident un souvenir aussi précis, c'est que je me rappelle l'école élémentaire avec ses tourelles sur son toit.

Dans le tram, je me réfugiai dans mon silence coutumier. Mon père parut compatir à mon désarroi. Sans me poser de question, il passa son bras autour de mes épaules pour me réconforter.

Nous n'étions pas plus tôt rentrés que, posant les yeux sur ma mère, me voici de nouveau en larmes. Je me jetai en hurlant dans ses bras. Au bout d'un moment, cependant, je descendis de ses genoux et courus m'enfermer dans le placard.

Mes parents me laissèrent tranquille. Et c'est ainsi que je passai la nuit dans le noir le plus total.

Le lendemain, je sortis du placard, mais j'étais toujours bouleversée par ma visite à l'okiya Iwasaki. Le peu que j'avais aperçu de la vie au karyukai différait radicalement de tout ce que je connaissais. Mon petit univers se lézardait. Transie de terreur, je me recroquevillais sur moi-même, les genoux au menton, et me berçais en regardant le vide.

Il en fut ainsi pendant environ deux semaines, au bout desquelles je retournai à mes occupations habituelles. De nouveau j'accomplissais les menues tâches qui m'incombaient et, surtout, je repris mes exercices de calligraphie. Mon père me donna une caisse pour m'en faire une table, et la plaça auprès de la sienne dans son atelier.

Mme Oïma choisit justement ce jour-là pour nous rendre visite. À sa seule vue, je devins comme folle et me ruai dans mon placard. Cette crise fut pire encore que la première. J'étais tellement terrorisée que je refusais même d'aller jouer sous le poivrier au bord de l'étang. Il n'était plus question que je lâche mes parents d'une semelle.

Mme Oïma n'en continuait pas moins à venir nous voir et à me réclamer.

Plusieurs mois s'écoulèrent ainsi. Mon père, inquiet à mon sujet, chercha un moyen de me ramener à la raison.

Il mit au point une stratégie. Un jour, il me dit :

– Je dois aller en ville livrer un kimono. Voudrais-tu venir avec moi ?

Il savait combien j'aimais me promener avec lui. Faisant taire mes craintes, quoique toujours sur mes gardes, j'acceptai.

Il m'emmena rue Muromachi, dans une fabrique de kimonos où le propriétaire l'accueillit avec déférence. Mon père, sous prétexte qu'il devait parler affaires, me pria de l'attendre au magasin.

Pour me distraire, les vendeurs me présentèrent toutes sortes de kimonos et d'obis dont la variété et la splendeur m'éblouirent. Et, malgré mon jeune âge, je constatai avec plaisir que les plus beaux étaient ceux qu'avait imaginés mon père.

J'étais si impatiente de raconter tout ce que j'avais vu à ma mère que, dès notre retour à la maison, je me transformai en moulin à paroles. Jamais mes parents

ne m'avaient entendue parler aussi longtemps d'affilée et mes longues descriptions les stupéfièrent par
leur luxe de détails. D'autant qu'il s'agissait de
kimonos ! Je ne manquai pas de préciser à ma mère
combien j'étais fière de voir que ceux de mon père
étaient les plus jolis du magasin.

– Masako, déclara mon père, que tu aies aimé
mes kimonos me rend très heureux. J'ai besoin de
discuter avec Mme Oïma. Voudrais-tu venir avec
moi quand j'irai la voir ? Si tu ne t'y plais pas, nous
reviendrons tout de suite à la maison. C'est promis.

Un vague malaise m'envahissait encore à l'idée de
retourner là-bas, mais peut-être me sentais-je déjà à
cette époque obligée de partir à la conquête de ce qui
m'effrayait. Aussi acquiesçai-je.

L'expédition eut lieu peu de temps après. Quoique
pas très loquace, je me sentais moins affolée que la
première fois. D'ailleurs, j'avais presque oublié la
maison. Lors de cette deuxième visite, j'avais l'esprit
assez serein pour regarder autour de moi.

On y pénétrait par un genkan – une antichambre –
au sol de terre battue. En haut de la marche s'ouvrait
une pièce de tatamis : un salon de réception. Et au
fond de cette pièce, un paravent précédé d'un arrangement floral dissimulait aux regards les appartements privés. Dans le genkan, à la droite de la porte
d'entrée, une immense armoire à chaussures grimpait
jusqu'au plafond. Un peu plus loin, un vaisselier était
empli entre autres d'assiettes, de petits braseros et de

baguettes. Il y avait aussi une antique glacière en bois.

Le genkan donnait également sur une galerie au sol en terre battue qui courait sur toute la longueur de la maison. Sur la droite, la cuisine et ses fourneaux. Les autres pièces s'ouvraient sur le côté gauche de ce corridor et se succédaient comme les compartiments d'un train.

La première était un salon privé. Venait ensuite la salle à manger où les membres de la famille partageaient repas et moments de détente. Un grand brasero oblong au charbon de bois en occupait tout un angle tandis qu'un escalier menait au premier étage. Les portes coulissantes de cette pièce ouvraient sur un salon traditionnel où trônait un autel des ancêtres. Au-delà, on apercevait un jardin clos.

Mme Oïma nous invita à entrer dans la salle à manger. Une jeune maiko nous attendait. Elle portait un kimono simple en coton et son visage n'était pas maquillé, même s'il restait sur son cou des traces de fond de teint blanc. Nous nous sommes assis en face de Mme Oïma, qui s'était installée à côté du brasero, dos au jardin, afin de laisser ses visiteurs profiter de la vue. Mon père s'inclina devant elle et prononça quelques formules de politesse.

Tout en parlant avec mon père, Mme Oïma ne cessait de me sourire.

— Je suis heureuse de vous dire que Tomiko fait des progrès. Elle a l'oreille musicale et jouera bientôt du shamisen avec beaucoup de grâce. Ses professeurs sont très contents d'elle.

Comme j'entendais un petit bruit en provenance

du corridor, je posai la tête par terre pour voir ce que c'était, et aperçus un chien couché sur la terre battue.

— Comment tu t'appelles ?

En guise de réponse, il émit un aboiement.

— Oh, fit Mme Oïma. Ça, c'est John.

— Big John lui irait mieux.

— Pourquoi pas ? Si tu veux, nous l'appellerons Big John, répliqua Mme Oïma.

À cet instant surgit une autre femme, très belle, mais avec une expression mauvaise. J'entendis que Mme Oïma l'appelait Masako, comme moi. Mais dans ma tête, je lui trouvai un sobriquet : « Vieille Sorcière ». Mme Oïma informa mon père qu'il s'agissait de la geiko chargée d'être la « grande sœur » de Tomiko.

— Je pense que John lui va très bien, décréta la méchante d'un ton dédaigneux.

— Masako trouve Big John plus approprié, repartit Mme Oïma. Et si Mademoiselle le veut, nous l'appellerons ainsi. Écoutez-moi bien, toutes. Dorénavant, ce chien répondra au nom de Big John.

Cette démonstration de pouvoir me frappa à tel point que je me rappelle encore aujourd'hui cette conversation mot pour mot. On pouvait ainsi changer le nom d'un chien, comme d'un coup de baguette magique ! Et elles étaient toutes obligées d'obéir, même Vieille Sorcière.

Big John et moi nous sommes entendus aussitôt comme larrons en foire. C'était un chien formidable. D'une intelligence exceptionnelle, il vécut jusqu'à l'âge vénérable de dix-huit ans. Bref, Mme Oïma déclara que nous pouvions, Tomiko et moi, aller le promener. Ma sœur m'expliqua que le chien était le fruit d'une mésalliance entre le colley d'un marchand de cornichons du quartier et d'une chienne errante.

À un moment donné, une passante nous arrêta.

– Qui est cette ravissante poupée ? Une Iwasaki ? demanda-t-elle.

– Non, c'est juste ma petite sœur, répondit Tomiko.

Quelques minutes plus tard, une deuxième femme nous interpella :

– Quelle adorable Iwasaki !

Et ma sœur de répéter :

– Non, c'est juste ma petite sœur.

Cela n'en finissait pas. Tomiko commençait à s'impatienter. Moi-même, je me sentais de plus en plus gênée. Je finis par lui demander si on pouvait rentrer. Elle ouvrait la bouche pour me répondre quand Big John fit volte-face et partit en direction de l'okiya.

À l'okiya, j'annonçai à mon père d'une voix claironnante :

– C'est l'heure de rentrer, papa. Je m'en vais.

Sur ce, je murmurai un vague mais poli « au revoir » à la ronde et, tout en caressant Big John, m'apprêtai à bondir vers la porte. Après les salutations d'usage, mon père m'emboîta le pas.

Il me prit par la main sur le chemin de la gare. J'ignorais de quoi il avait parlé avec Mme Oïma pendant que je me promenais, mais je voyais bien qu'il n'était pas dans son assiette. Que s'était-il passé ?

Dès notre arrivée, je filai droit au placard. C'est là que j'entendis à leur insu la conversation de mes parents. Mon père disait :

– Tu sais, Chie, je crois que je n'y arriverai pas, l'idée de la laisser partir m'est intolérable.

Et ma mère de répliquer :

– Moi non plus.

Je passai de plus en plus de temps dans mon placard, où, au milieu de l'effervescence de la vie de famille, je me sentais aussi protégée qu'un bébé dans le ventre de sa mère.

Au mois d'avril, cette année-là, mon frère aîné, Seiichiro, fut engagé par les chemins de fer. Le soir où il rapporta sa première paye, ce fut la fête : sukiyaki au menu. Mon père me délogea de mon placard pour que je vienne dîner avec les autres.

Avant le repas, il avait pour habitude de faire un petit récapitulatif des événements les plus marquants de la journée avec des félicitations spéciales si, par exemple, l'un de ses enfants figurait au tableau d'honneur à l'école.

J'étais assise sur ses genoux lorsqu'il congratula mon frère pour avoir acquis son indépendance.

– Aujourd'hui, Seiichiro a commencé à payer sa part des dépenses de la maison. Il est entré dans l'âge adulte. J'espère que chacun d'entre vous prendra exemple sur lui. Le jour où vous gagnerez votre vie, je souhaite que vous pensiez aux vôtres et à leur bien-être. Comprenez-vous ce que je vous dis là ?

Les enfants, dont moi-même, répondirent à l'unisson :

– Oui, nous comprenons. Bravo, Seiichiro.

– Très bien, dit mon père avant de se concentrer sur le repas.

Comme, sur les genoux de mon père, je n'avais pas les bras assez longs pour atteindre les morceaux de viande du sukiyaki, je demandai :

– Papa, et moi ?

– J'allais oublier Masako ! s'exclama-t-il en me donnant aussitôt à manger.

Mes parents étaient de fort belle humeur. La bouche pleine de bœuf fondant, je songeais à leur bonheur présent et, plus j'y songeais, plus le calme m'envahissait, et moins j'avais faim.

De fil en aiguille, je fus amenée à me poser des questions : Est-ce que ce serait mieux si j'allais à l'okiya Iwasaki ? Comment m'y prendre ? Il me fallait trouver un plan.

Une de mes sorties préférées consistait, chaque mois d'avril, à aller admirer les cerisiers en fleur. Cette année-là, je suggérai :

– On peut aller voir les cerisiers en fleur… et ensuite on pourra rendre visite à l'okiya Iwasaki ?

Il n'y avait aucun lien logique entre ces deux propositions.

Mon père se tourna aussitôt vers ma mère :

– Chie, organisons donc une excursion.

– Quelle excellente idée ! répliqua ma mère. Je vais préparer un pique-nique.

– Et après avoir admiré les fleurs, nous irons à l'okiya Iwasaki, n'est-ce pas ? insistai-je.

Sachant combien je pouvais me montrer têtue, mon père tenta de me détourner de cette idée.

– Nous devrions aller à la danse des cerises après

avoir vu les cerisiers. Tu ne trouves pas cela plus amusant, Chie ?

Je ne laissai pas à ma mère le temps de répondre.

– Je vais à l'okiya Iwasaki après avoir vu les cerisiers en fleur. Je ne veux pas aller voir la danse des cerises !

– Que nous chantes-tu là, Masako ? fit mon père. Dis-moi, pourquoi veux-tu te rendre à l'okiya Iwasaki ?

– Parce que je veux y aller, énonçai-je. Comme ça, la méchante dame arrêtera de vous embêter, toi et maman. Je veux partir tout de suite.

– Attends une minute, Masako. Ce qu'il y a entre cette dame, Mme Oïma et nous n'a rien à voir avec toi. Tu es trop petite pour comprendre ce qui se passe, mais sache que nous sommes les obligés de Mme Oïma. Ta sœur Tomiko est entrée à l'okiya Iwasaki pour défendre notre honneur. Ne t'inquiète pas pour cela. Ce sont des choses qui ne concernent que les grandes personnes.

Mon père finit par accepter que je passe la nuit à l'okiya. Comme je tenais à emporter ma couverture et mon oreiller préférés, ma mère se chargea de les emballer. Pendant ce temps, assise sur la marche devant la maison, je me plongeai dans la contemplation de la passerelle.

Vint le moment du départ. Ma mère sortit pour nous dire au revoir. Arrivé au pied de la passerelle, mon père se courba pour me prendre dans ses bras et me porter de l'autre côté. Mais je déclarai :

– Non, je vais traverser toute seule.

C'était la première fois. Une peur atroce m'étreignait.

L'eau du canal, froide et limpide, en provenance du lac Biwa, plus au nord, s'écoulait comme un torrent sous notre passerelle pour se ruer vers l'aqueduc Nanzenji et entre les rangées de cerisiers alignés sur des kilomètres le long des berges, devant le zoo et le sanctuaire Heian, puis le long de l'avenue du Printemps-Froid pour se jeter enfin dans la rivière Kamoga, où la même eau courait vers Osaka et la mer.

Jamais je n'oublierai ces quelques secondes, ce moment où pour la première fois je franchis moi-même cette passerelle. Le blanc du béton tranchant sur le rouge de la robe que ma mère m'avait tricotée, sur le rouge de mes tennis, cette image est gravée pour toujours dans ma mémoire.

4

Peu après notre arrivée, mon père me laissa. Je restai assise dans le petit salon, muette, mais dévorant des yeux tous les détails. Je finis par repérer le placard, en cas de sauve-qui-peut. Sinon je me tenais fort tranquille, à observer tout ce qui se passait autour de moi. Je répondais aux questions poliment et assurai à qui voulait l'entendre que je me sentais parfaitement bien.

L'après-midi tirait à sa fin lorsque Mme Oïma me prit par la main et m'emmena dans une autre maison. Dans l'entrée, elle se prosterna, mains à terre, devant une femme âgée qui m'était inconnue. Elle fit alors les présentations. Il s'agissait de Mme Sakaguchi, que je devais appeler « mère ». Mme Oïma eut un petit rire et précisa que mère Sakaguchi était sa patronne.

Cette dame se révéla très gentille. L'entente entre nous fut immédiate.

À notre retour de l'okiya Sakaguchi, il était l'heure de dîner. Au lieu de s'asseoir, comme chez mes parents, à une table commune, chacun des convives s'installait derrière l'un des plateaux disposés en demi-cercle autour du grand brasero oblong.

Persuadée qu'en ma qualité d'invitée je devais prendre place à côté de Mme Oïma, j'étais sur le point de m'asseoir quand Vieille Sorcière fit son apparition.

– C'est ma place, dis-je en voyant qu'elle cherchait à me gagner de vitesse.

Vieille Sorcière ouvrit la bouche pour protester, mais Mme Oïma déclara avec un large sourire :

– Oui, mon enfant, tu as raison. Assieds-toi.

Je m'assis donc auprès du brasero.

Vieille Sorcière, vexée, s'installa à côté de moi, ramassa ses baguettes et attaqua son repas sans même prendre la peine de réciter la petite prière traditionnelle, Itadakimasu : « Je reçois des dieux cette nourriture avec une humble gratitude ». (Par ces paroles, nous rendons hommage aux fermiers et à tous ceux dont le travail a contribué à remplir nos assiettes.) Mme Oïma étant le chef de famille, personne n'était censé commencer avant qu'elle eût prononcé ces mots et saisi ses propres baguettes. Je grondai donc Vieille Sorcière pour son grave manquement à l'étiquette.

– C'est mal élevé de manger avant que Mme Oïma ait dit Itadakimasu. Vous êtes malpolie.

Mme Oïma ordonna alors à Vieille Sorcière :

– Écoute ce qu'elle dit. Elle a beaucoup de choses à t'apprendre.

Puis elle se tourna vers les autres assises en demi-cercle autour du brasero et ajouta :

– Surtout n'adressez pas la parole à Mlle Masako avant qu'elle ne vous parle.

Pour le coup, j'étais sidérée : Mme Oïma me donnait la priorité sur toutes ces grandes personnes si jolies !

Mais Vieille Sorcière n'allait pas laisser passer ça. Dans un chuchotement sonore que je ne pouvais pas ne pas entendre, elle grommela :

– Alors, princesse, on est la chouchoute ?

Ce fut à mon tour de m'offusquer. Je déclarai aussitôt :

– Je ne peux pas manger.

– Pourquoi ? s'étonna Mme Oïma. Qu'est-ce qui se passe ?

– Je ne peux pas manger à côté de cette méchante sorcière.

Sur ce, je me levai tranquillement et allai trouver Big John.

Lorsque je revins de ma promenade, ma sœur aînée, Kuniko, me demanda si j'avais envie de manger une boulette de riz ou de prendre un bain.

– Je n'aime que les boulettes de maman et je ne prends jamais de bain qu'avec papa, répondis-je avant de me fermer comme une huître.

Je ne desserrai plus les dents de toute la nuit.

Ma sœur Kuniko me prépara pour aller me coucher, m'enveloppant dans ma couverture préférée, turquoise avec un motif de tulipes blanches, puis elle m'allongea sur le futon à côté d'elle. Comme je n'arrivais pas encore à m'endormir sans téter, elle me permit de lui sucer un sein jusqu'à ce que je glisse dans le sommeil.

Mon père vint me chercher le lendemain matin. Une règle non écrite interdisait toute visite à l'okiya avant dix heures. Mais mon père, lui, était déjà là à six heures et demie.

J'étais folle de joie de le voir. Je lançai à la cantonade un «Au revoir, à bientôt !» et, en un éclair, j'étais dehors. J'entendis derrière moi la voix de Mme Oïma :

— S'il te plaît, reviens vite.

— Oh oui ! m'écriai-je.

Pour le regretter aussitôt : je venais d'exprimer le contraire de ce que je ressentais. J'aurais voulu lui dire que je ne reviendrais jamais, mais les mots étaient restés coincés au fond de ma gorge.

Ma mère fut si heureuse de me voir que je crus qu'elle allait fondre en larmes. Sans lui laisser le temps de me faire un câlin, je filai dans mon placard.

Un peu plus tard, elle réussit à me faire sortir de mon antre en me tentant avec mon mets favori, l'onigiri, des boules de riz enveloppées dans des feuilles de varech séchées. En général, on les mange avec des prunes marinées dans du vinaigre et des morceaux de saumon, mais je les préfère aux flocons de bonite, ce poisson de la famille des maquereaux que l'on consomme au Japon depuis la nuit des temps. Et, ce jour-là, ce furent des onigiri aux flocons de bonite que ma mère me prépara.

Jamais ils ne m'avaient paru aussi succulents.

Je vivais les préludes de mon emménagement à l'okiya Iwasaki. Cette nuit passée là-bas se révéla décisive. J'y couchai ensuite deux nuits d'affilée. Puis je me mis à prolonger mes visites plusieurs jours de suite. Des jours qui s'étirèrent pour devenir des semaines… un mois. Au bout du compte, quelques mois après mon cinquième anniversaire, je m'installai pour de bon.

5

Il n'est guère aisé d'expliquer avec des mots d'aujourd'hui l'importance, voire la mission sacrée dont était investie la propriétaire d'une okiya au sein de la hiérarchie de Gion-Kobu. Semblable à une reine, elle règne sur les pensionnaires de son établissement qui se soumettent à ses ordres sans discuter. Son héritière, l'atotori, est traitée avec les mêmes marques de déférence.

Dès mon installation, Mme Oïma me considéra comme son atotori, même si mon statut n'était pas encore officiel. Les autres pensionnaires de l'okiya étaient là pour me servir et se montrer aux petits soins. Elles employaient avec moi des formules de respect, n'avaient pas le droit de me parler si je ne leur adressais pas la parole et devaient m'obéir au doigt et à l'œil. Il devait bien y avoir parmi elles des jalouses, forcément, mais toutes avaient tellement intérêt à plaire à Mme Oïma que je ne perçus aucune réaction négative à mon arrivée. Je trouvais toute cette gentillesse qu'on me prodiguait la chose la plus naturelle du monde.

Mme Oïma me demanda de l'appeler «tata», ce qui ne me posa pas de problème. Je continuai à siéger à côté d'elle, à la place d'honneur, pour tous les repas. On me donnait toujours la meilleure part et j'étais toujours servie la première.

Des couturières vinrent bientôt à l'okiya prendre mes mesures. Quelques jours plus tard, je me trouvai à la tête d'une nouvelle garde-robe. Robes et manteaux à l'européenne d'une part, kimonos et obis d'autre part. Uniquement du cousu main; d'ailleurs je ne connus rien d'autre jusque très tard, alors que j'étais déjà adulte. Dans le quartier, je portais le kimono. C'est seulement quand j'allais au théâtre kabuki, aux matches de sumo ou au parc d'attractions que je portais une robe.

Tata Oïma passait des heures à jouer avec moi et déployait des trésors d'ingéniosité pour me divertir. Elle me laissait admirer les parures de geiko quand je voulais. À condition que mes mains fussent d'une propreté irréprochable, elle me permettait de toucher les riches broderies, de suivre du bout des doigts les motifs de feuillages d'automne ou de vagues déferlantes.

Dans le genkan, elle installa à mon intention un petit bureau dont je me servais pour dessiner et faire mes exercices d'écriture, comme à l'époque où je vivais chez mon père.

En décidant de transformer le réservoir du jardin en bassin à poissons rouges, nous ne savions pas dans quoi nous nous lancions. Il fallut tout d'abord dresser un plan précis, puis trouver des cailloux aux formes merveilleuses et des lentilles d'eau pour permettre aux poissons de se cacher dessous. Nous avons ensuite acheté des galets multicolores, un pont miniature finement ouvragé et la petite sculpture de héron qui mettait une dernière touche à ce paysage de conte de fées.

Un jour, alors que tata Oïma et moi étions au jardin occupées à nettoyer le bassin – une de mes distractions préférées car elle me dispensait de l'obligation de parler –, elle m'apprit que les poissons ne pouvaient pas survivre dans une eau trop claire. Il fallait la laisser croupir un peu afin de permettre aux algues de s'étendre.

Un autre jour, je lui posai une question qui me tourmentait :

– Tata, pourquoi ne permettez-vous pas aux autres de me parler ? Juste vous et Vieille Sorcière. Et cette Yaeko ? Comment se fait-il qu'elle ait le droit de me parler, elle aussi ? Et pourquoi ses fils habitent-ils chez mes parents ?

– Oh, Mine-chan, je pensais que tu étais au courant. Yaeko est la première fille de tes parents. C'est ta sœur aînée. Ta mère et ton père sont les grands-parents des garçons.

Je crus que j'allais m'évanouir, ou vomir, et me mis à hurler à tue-tête :

– Ce n'est pas vrai ! Vous mentez ! Une vieille personne comme vous ne devrait pas raconter de mensonges. Parce que vous allez bientôt vous retrouver devant le roi Enma (le roi des enfers), et il vous arrachera la langue !

Sur ce, j'éclatai en sanglots.

Tata Oïma déclara alors de la voix la plus tranquille et la plus gentille :

– Je suis désolée, mon enfant, mais c'est pourtant la vérité. J'ignorais qu'on ne te l'avait pas dit.

J'avais bien subodoré que ce n'était, pas pour rien que cette Yaeko ne cessait de surgir dans mon univers, mais cette explication relevait du cauchemar. Si Yaeko était ma sœur, alors ces garçons étaient mes neveux !

– Ne t'inquiète pas, continua tata Oïma d'un ton réconfortant. Je suis là pour te protéger.

Je ne demandais qu'à la croire. Toutefois, chaque fois que Yaeko se trouvait dans les parages, j'avais comme des papillons dans l'estomac.

Au début j'étais tout le temps dans les jupes de tata Oïma. Puis, au bout de quelques semaines d'acclimatation, je me lançai dans l'exploration de mon nouvel environnement. Je décidai de me servir comme cachette du placard de la salle à manger, celui qui était sous l'escalier. C'était là que Kuniko rangeait son futon. Chaque fois que je me nichais au creux des duvets, je humais son parfum. Ma sœur sentait aussi bon que ma mère.

Je m'aventurai ensuite jusqu'à l'étage, où je ne tardai pas à trouver un placard à mon goût, au cas où j'aurais besoin d'effectuer un repli stratégique. Au premier, il y avait quatre grandes chambres et quantité de tables basses encombrées de cosmétiques. Pour moi, d'un intérêt nul.

Après quoi je soumis à mon inspection le pavillon des invités. Une aubaine. La chambre principale était la plus belle de toute l'okiya, destinée à recevoir seulement les invités les plus prestigieux. Aérée, spacieuse, immaculée. J'étais la seule de toute la maisonnée à avoir la permission de m'y rendre. Mais, quand on y pense, n'étais-je pas la seule personne sous ce toit susceptible d'être qualifiée d'invitée ?

Derrière ce pavillon s'étendait un jardin traditionnel japonais aussi grand que celui sur lequel donnait le grand salon. Je restais assise pendant des heures sous la véranda, hypnotisée par la beauté sereine des pierres ornementales au milieu des mousses.

Le pavillon de bain était situé de l'autre côté de ce jardin. La grande baignoire moderne en bois d'hinoki (notre cyprès japonais) sentait bon la forêt. Tata Oïma et Kuniko me donnaient un bain tous les soirs. Je me rappelle aussi l'odeur de la brise qui soufflait du dehors par une haute fenêtre dans l'atmosphère vaporeuse et embrumée de la pièce.

En général, je dormais avec tata Oïma dans la grande pièce où trônait l'autel et qui, pendant la journée, faisait office de salon. Elle aussi me permettait de téter son sein pour m'endormir. Parfois, quand la nuit était très chaude ou si le clair de lune était éclatant, nous couchions dans le pavillon des invités.

Parfois aussi je dormais avec Kuniko, alors âgée de vingt et un ans, dans la salle à manger. Dans une maison japonaise traditionnelle, les pièces sont meublées avec tant de parcimonie qu'elles peuvent avoir plusieurs fonctions. C'est ainsi qu'un salon sert parfois de chambre à coucher. Mais, pour en revenir à

Kuniko, elle était à l'époque apprentie gouvernante, c'est-à-dire qu'elle était responsable de la cuisine, devoir à ne pas prendre à la légère, car elle devait veiller sur l'âtre, le cœur de la maison. Au moment d'aller dormir, elle poussait les petites tables basses et étalait son futon sur le tatami. Je me sentais plus en sécurité que partout ailleurs, blottie entre ses bras potelés, tout contre sa chair douce et chaude. Elle adorait les enfants et s'occupait de moi comme de sa propre fille.

Je continuais, comme à l'époque où je vivais avec mon père, à me réveiller à six heures chaque matin. Mais à l'okiya, personne n'était encore debout, même pas les bonnes. Alors je restais pelotonnée dans mon futon à lire les livres d'images que m'apportait mon père. Cela dit, il m'arrivait de me lever et d'enfiler mes pantoufles pour aller me promener un peu.

Les deux bonnes fermaient la cloison coulissante et dormaient sur le tatami du genkan. Les autres dormaient en haut. Vieille Sorcière occupait à elle seule l'une des chambres du milieu. Kuniko m'expliqua que c'était parce qu'elle était une Iwasaki. Les autres geiko et maiko dormaient ensemble dans la grande chambre de devant. Parmi elles, ma sœur Tomiko. L'autre grande pièce ne servait pas de chambre à coucher mais de vestiaire.

Une des pensionnaires, qui avait pourtant l'air d'être tout le temps là, ne couchait pas à l'okiya. Elle s'appelait Taji, mais tout le monde la surnommait Aba, «petite mère». Elle s'occupait des repas, des vêtements, des courses et du ménage. Aba était l'épouse du frère de tata Oïma.

Je m'employais à résoudre ce qui me paraissait une énigme : la hiérarchie au sein de la maisonnée. Chez moi, c'était tout différent. Mon père faisait la cuisine, ma mère se reposait, mes parents nous traitaient tous à égalité. Pour moi, dans une famille, tous étaient égaux. Or ici, ce n'était pas le cas. Il y avait deux groupes. Tata Oïma, Vieille Sorcière, les geiko et les maiko appartenaient au premier. Aba, Kuniko, les apprenties maiko et les bonnes au second. Le premier détenait plus de pouvoir que l'autre, ce qui me troublait d'autant plus que Kuniko, que j'aimais tendrement, n'appartenait pas à mon groupe, contrairement à des femmes que je détestais, comme Yaeko.

Celles du « second groupe » ne portaient pas les mêmes vêtements, ne se servaient pas des mêmes W-C que nous et attendaient que nous ayons fini de manger avant d'attaquer leur repas. D'ailleurs, elles ne mangeaient pas la même chose et étaient reléguées sur le côté de la pièce près de la cuisine.

Un jour, j'avisai sur l'assiette de Kuniko un poisson grillé entier. Il avait encore sa tête et sa queue, et semblait délicieux. Je n'avais jamais vu une chose pareille. Même à l'époque où je vivais avec mes parents, nous ne consommions le poisson qu'en filets (héritage de l'éducation aristocratique de mon père).

— Aba, qu'est-ce que c'est ?

— Une sardine séchée.

— Je peux goûter ?

— Non, ma chérie, les sardines ne sont pas pour toi. Tu ne les trouveras pas à ton goût.

La sardine était considérée comme une nourriture grossière, alors que l'on ne me servait que les poissons les plus nobles : sole, turbot, anguille de roche. Mais un poisson avec une tête et une queue ! Ça, c'était formidable.

– Je veux manger la même chose que Kuniko !

Moi qui ne me laissais jamais aller à des caprices, je fis une exception.

– Cette nourriture ne sied pas à une atotori, répliqua Aba.

– Je m'en fiche, j'en veux ! Je veux manger la même chose que les autres et je veux qu'on mange tous ensemble.

Au repas suivant, une table avait été dressée à la salle à manger et dès lors le repas fut pris en commun, comme chez mes parents.

Un jour, tata Oïma m'annonça que j'allais changer de nom et m'appeler Mineko. J'étais consternée. Qu'elle ait le pouvoir de changer le nom d'un chien, soit, je comprenais, mais le mien ? Mon père m'avait baptisée Masako et personne au monde n'avait le droit de revenir là-dessus. Je lui dis qu'il n'en était pas question.

Elle m'expliqua avec beaucoup de patience que Vieille Sorcière se prénommait aussi Masako et que cette homonymie prêtait à confusion. Mais je m'obstinai.

Tata Oïma se mit néanmoins à m'appeler Mineko et insista pour que les autres l'imitent. Je refusai de répondre. Si quelqu'une s'avisait de m'appeler

Mineko, je l'ignorais ou lui tournais le dos pour filer dans mon placard. Je n'allais quand même pas céder !

Mon père, finalement appelé à la rescousse par tata Oïma, fit tout son possible pour me raisonner.

— Je te ramène à la maison si c'est ce que tu souhaites, Masako. Mais si veux rester ici, tu n'as qu'à faire semblant d'entendre Masako quand elles disent Mineko. Enfin, ce n'est peut-être pas tellement drôle. Bien, je crois que tu devrais rentrer avec moi.

Vieille Sorcière mit son grain de sel :

— T'adopter est bien la dernière chose dont j'aie envie. Mais si tata Oïma te nomme son héritière, je n'aurai pas le choix.

— Qu'est-ce que ça signifie, papa ? Quand est-ce que j'ai été adoptée ? Je ne leur appartiens pas ? C'est à toi que j'appartiens, non ?

— Mais bien sûr que tu seras toujours ma petite fille. Ton nom de famille est toujours Tanaka, pas Iwasaki.

Tout en me consolant, il se tourna vers tata Oïma.

— Je pense qu'il vaudrait mieux que je la ramène chez nous pendant quelque temps.

Tata Oïma s'emporta soudain.

— Une minute, monsieur Tanaka ! De grâce, ne partez pas. Vous savez combien je l'aime. Je vous en supplie, ne l'emmenez pas. Elle compte tellement pour moi ! Vous ne vous imaginez pas la peine que vous me causez. Essayez d'expliquer l'importance de la situation à Masako. Je suis convaincue qu'elle vous écoutera, vous.

Mon père se montra inébranlable.

— Vous ne vous figurez pas à quel point je suis

navré, tata Oïma, mais nous avons là une enfant qui sait ce qu'elle veut. En aucun cas je n'agirai contre sa volonté. Je sais la chance inestimable que vous lui proposez. Nous ne devrions peut-être pas précipiter les choses. Laissez-moi réfléchir encore un peu.

Moi qui ce jour-là, et ce jour-là seulement, me trouvais sur le point de flancher, voilà qu'en entendant ces mots je fus submergée par une vague de culpabilité : « Je te reconnais bien là, espèce de petite égoïste. À cause de toi, les problèmes vont recommencer. »

Alors que mon père s'apprêtait à prendre congé, j'élevai la voix :

— Attends, papa, c'était pour rire. Elles peuvent m'appeler Mineko si elles veulent. Ça m'est égal. Je reste.

— Tu n'as pas besoin de dire ça, Masako. Allons, rentrons à la maison.

— Non, je reste ici.

À mon arrivée à l'okiya Iwasaki, je n'étais pas sûre que tata Oïma eût l'intention de faire de moi une geiko comme la plupart des autres pensionnaires. J'étais son atotori, certes, mais comme elle-même n'était pas une geiko, je n'allais peut-être pas être obligée d'en devenir une moi-même.

Pourtant elle évoquait souvent devant moi l'art de la danse. J'avais fini par comprendre que toutes les geiko danseuses avaient débuté en qualité de maiko. Tata Oïma racontait toutes sortes d'histoires fabuleuses sur les maiko du temps jadis. Ces récits ne m'incitèrent guère à avoir envie de devenir une maiko ; en revanche, j'étais possédée d'une folle envie de danser, non par souci de paraître, mais pour la simple raison que cela me semblait très amusant.

Tata Oïma me promit que je prendrais ma première leçon le 6/6/6 : le 6 juin après l'anniversaire de mes cinq ans (six d'après le vieux calendrier qui calcule l'âge à partir de la conception et non de la naissance). Six-six-six. Dans mon esprit, cette date était baignée d'une aura de magie.

À l'approche du grand jour, tata Oïma m'annonça que le moment était venu de choisir ma «grande sœur».

La société de femmes de Gion-Kobu est régie par un système de liens de parenté fondé non sur le sang mais sur le statut social et l'ancienneté. Ainsi, quel que soit leur âge, les propriétaires des okiya sont des mères ou des tantes, de même qu'une maiko et une geiko sont qualifiées de «sœur aînée» par toutes celles qui ont pris leur service après elles. En outre, chaque maiko, chaque geiko se voit assigner une sorte de nounou que l'on appelle une onesan, ou «grande sœur».

La geiko la plus âgée joue le rôle de modèle et d'éducatrice, se pose éventuellement en intermédiaire entre l'élève et ses professeurs ou camarades quand surgit un conflit. Elle assiste sa petite sœur dans ses débuts et l'accompagne lors de ses premiers banquets. L'onesan sert de guide à la jeune fille, qui doit apprendre les règles de savoir-vivre, tâche complexe, et la présente aux clients importants.

Un jour, j'entendis par hasard une conversation

entre tata Oïma, mère Sakaguchi et Vieille Sorcière qui s'entretenaient de mon onesan. Mère Sakaguchi prononça le nom de Satoharu.

Si seulement ce pouvait être elle !

Satoharu était une célèbre geiko de l'okiya Tamaki, l'une des «sœurs» de la famille Sakaguchi : une ravissante jeune femme, à la taille élancée et souple comme une liane, qui s'était toujours montrée adorable avec moi. Je l'avais vue danser avec une grâce exquise. Mon rêve était de lui ressembler.

Puis Vieille Sorcière laissa tomber le nom – ô combien honni – de Yaeko en disant :

– Mais ne serait-ce pas plus naturel ? Yaeko est après tout la véritable sœur aînée de Mineko et elle appartient à notre okiya. Même si elle nous a donné du fil à retordre autrefois, c'est du passé.

Mon cœur cessa un instant de battre.

– À mon avis, répliqua mère Sakaguchi, les défauts de Yaeko pèsent plus lourd dans la balance que ses qualités. Pourquoi charger Mineko du poids de la défection et du divorce de Yaeko ? Cette petite mérite mieux que cela. En outre, les autres geiko n'aiment pas Yaeko, qui finirait par causer à Mineko plus de mal que de bien. Qu'avez-vous à redire au sujet de Satoharu ? Je pense qu'elle serait parfaite.

Comme dans le reste de la société nippone, la réussite à Gion-Kobu tient souvent aux relations – une simple question d'entregent. Voilà pourquoi mère Sakaguchi pensait qu'il fallait me mettre sous la houlette d'une geiko qui rehausserait mon statut au sein de la communauté.

S'il vous plaît, écoutez-la, priai-je en mon for intérieur.

Mais Vieille Sorcière se montra catégorique :

– Cette solution est, je le crains, impossible. Je ne supporterais pas une collaboration aussi étroite avec Satoharu. Je la trouve trop rigide et elle n'est pas du tout commode. Non, il vaut mieux Yaeko.

Mère Sakaguchi tenta encore de la raisonner, mais il n'y eut rien à faire.

Je me suis souvent interrogée sur ce choix pour conclure à chaque fois que cette femme, désormais la seule Masako, avait préféré à la splendide Satoharu cette Yaeko à la réputation entachée pour la seule raison qu'elle pouvait tenir cette dernière sous son contrôle.

C'est ainsi qu'à ma profonde déception Yaeko devint ma « grande sœur ». Décidément, il semblait que jamais je ne pourrais lui échapper.

Ma mère et mon père venaient souvent me voir. Mon père m'apportait des illustrés et des gâteries. Ma mère, un chandail qu'elle avait tricoté, une robe. Je me mis pourtant à appréhender leurs visites, leur présence dans la maison suffisant à provoquer chez Yaeko d'affolantes crises de nerfs. Elle les accusait en hurlant d'être des vendeurs d'enfant et jetait la vaisselle contre les murs de la cuisine. Terrifiée, je faisais tout mon possible pour les défendre.

J'étais convaincue d'être la seule personne dans l'univers à pouvoir protéger mes parents de la méchanceté de cette folle. À cinq ans, en effet, je croyais encore à la magie. Par exemple, je m'employais à les ignorer quand je les voyais, dans l'espoir qu'ils ne reviendraient pas. En y repensant aujourd'hui, alors que je suis moi-même mère de famille, j'imagine que ma froideur et mon détachement ont dû leur briser le cœur.

Je commençais à trouver ma place non seulement dans l'okiya Iwasaki et mais aussi dans les rues de Gion-Kobu où, après-guerre, jouait une ribambelle d'enfants. C'est là que je me fis mes premiers amis. Quant aux grandes personnes, sachant qui j'étais au présent et putativement, elles me comblaient de prévenances et de friandises. J'étais en passe de me sentir à l'aise et en sécurité sous l'ombrelle Iwasaki, en bonne voie de devenir l'une des leurs.

6

Tata Oïma était une merveilleuse conteuse.

Combien de froides soirées d'hiver j'ai passées pelotonnée contre elle près du brasero, à faire griller des noix et à boire du thé… Combien de soirs d'été à nous éventer sur les tabourets du jardin…

— Il y a très, très longtemps il existait un quartier de plaisirs non loin du palais impérial et de la rivière, le long de la rue Imadegawa. On l'appelait le « monde des saules ». À la fin du XVIe siècle, un général, le puissant Hideyoshi Toyotomi, unifia et réorganisa le pays ravagé par les luttes de clans. Un homme sévère qui tenait à ce que le peuple travaille dur. C'est ainsi qu'il déménagea le monde des saules loin du palais, dans une autre ville.

— Où ça ?

— Au sud, dans la ville de Fushimi. Mais comme, bien entendu, le peuple n'avait aucune intention de cesser de prendre du bon temps, un nouveau quartier de plaisirs prit la place de l'ancien. Et où crois-tu qu'il se trouvait ?

– Ici, à Gion-Kobu?

– Bravo! Le sanctuaire Yasaka attire des pèlerins depuis des milliers d'années, qui viennent admirer les cerisiers en fleur au printemps et en automne les feuilles rouges des érables. Au cours du XVIIe siècle, des mizu-jaya, des tavernes où l'on servait du thé aux visiteurs, se multiplièrent aux abords du sanctuaire. Les maisons de thé de Gion descendent de ces anciens établissements.

Le sanctuaire Yasaka niche au pied de l'Higashiyama, la montagne de l'est. Gion-Kobu couvre un peu moins de deux kilomètres carrés à l'ouest de ce lieu très visité. Les lignes entrecroisées de ses ruelles sont traversées en diagonale par les méandres d'un très ancien canal qui transporte l'eau de la montagne de l'est. La rue Shinbashi, où se trouve l'okiya, mène aux abords du sanctuaire.

Tata Oïma nous narra aussi sa propre histoire.

– Je suis née ici, peu après le débarquement de la flotte américaine et de l'amiral Perry au Japon, en 1853. Si le capitaine Morgan m'avait vue en premier, je parie qu'il m'aurait préférée à Oyuki.

Nous sommes toutes parties d'un fou rire. Oyuki, une des plus grandes geiko de tous les temps, avait en effet eu pour protecteur un certain George Morgan, un milliardaire américain qui avait fini par l'épouser. Ils s'étaient installés à Paris et c'est ainsi qu'Oyuki était entrée dans la légende.

– Mais vous étiez loin d'être aussi belle qu'Oyuki! objectai-je.

Sans se laisser abattre, tata Oïma affirma:

– Si, j'étais plus belle! Oyuki avait une drôle de

tête. Avec ce grand nez. Mais les étrangers ont des goûts si bizarres…

Nous refusions de la croire.

– Je suis devenue serveuse dans une maison de thé, et vous savez combien ce métier exige d'habileté. Puis j'ai dirigé tout le personnel de Chimoto, le célèbre restaurant de Ponto-cho. À l'époque, je caressais le rêve de posséder mon propre établissement.

– Moi aussi j'ai travaillé là-bas, intervint Aba de sa voix cristalline. Avant mon mariage. On n'a jamais vu une telle popularité. Le restaurant ne désemplissait pas. C'était la grande époque.

– On avait quatre geiko et deux maiko, ajouta tata Oïma. Une de nos geiko était la star de Gion-Kobu. Elle s'appelait Yoneyu. Elle était extraordinaire. Je souhaite que vous lui ressembliez toutes.

Elle marqua une pause avant de poursuivre :

– Mineko, en ce temps-là, la famille de mère Sakaguchi était propriétaire d'une grande okiya. Ma mère, Yuki Iwasaki, s'était associée à eux. Voilà pourquoi l'okiya Iwasaki est une branche de l'okiya Sakaguchi. Vous comprenez maintenant pourquoi je demande toujours conseil à mère Sakaguchi et pourquoi d'ailleurs je l'appelle « mère », même si j'ai dix ans de plus qu'elle !

Les pièces du puzzle commençaient à s'ordonner vaguement dans mon esprit.

Cette geiko dont parlait tata Oïma, Yoneyu, avait eu une brillante carrière avant-guerre. Connue dans tout le Japon, elle avait fait la gloire de l'okiya Iwasaki.

Elle était en tous points conforme à l'idéal de beauté nippon et rendait les hommes fous. L'un de ses protecteurs, un richissime industriel, obtint d'elle, en échange d'une montagne d'or, qu'elle se rendît entièrement disponible pour lui et ses amis.

Ce type de marché ne constituait rien d'inhabituel. Au Japon, le fait de tenir à sa disposition une geiko confère à un homme un sacré panache. Pendant les années trente, l'argent coulait à flots à Gion-Kobu. Le quartier attirait des clients des plus hautes sphères de la société, aussi bien du monde des affaires que de l'aristocratie. Ils rivalisaient d'attentions envers les geiko les plus renommées. On peut comparer cet engouement à celui du grand amateur d'opéra occidental, sauf que chez nous, au lieu d'entrer au conseil d'administration, il entretient directement sa diva. Mais à l'instar de l'aficionado des voix d'or, le protecteur d'une geiko ne s'attend pas que celle-ci lui accorde ses faveurs. C'est ainsi que ce milliardaire versait une allocation à Yoneyu uniquement parce qu'elle était une artiste sublime, et qu'elle était très utile à sa réputation.

– Ne vous méprenez pas, disait tata Oïma. Il est inimaginable de réunir des femmes talentueuses, belles et élégantes d'une part, et d'autre part des hommes riches et puissants, en pensant qu'il ne se passera rien. Des liaisons amoureuses se nouent sans cesse, aboutissant parfois à un mariage, parfois à des pleurs. Pour ma part, c'est ainsi que j'ai rencontré l'homme de ma vie. Vieille Sorcière, elle, avait le chic pour s'amouracher de clients qui finissaient toujours par lui briser le cœur.

« Mais, pour reprendre l'histoire de Yoneyu, son protecteur, une grosse fortune de l'industrie du kimono, était marié. Dans le Japon d'avant-guerre, les mariages étaient arrangés et il semblait tout à fait naturel qu'un homme marié à une femme pour toutes sortes de raisons sauf celles du cœur entretienne une maîtresse.

« Yoneyu, donc, tomba enceinte de son protecteur, Seisuke. Et le 24 janvier 1923, à l'okiya, elle donna naissance à une petite fille. Autant dire à un trésor. L'okiya ne se tenait plus de joie. Une future grande geiko venait de voir le jour. Peut-être même une future atotori. On n'aurait pas fêté l'arrivée d'un garçon de la même façon. Un garçon, c'était toujours un problème. Si une femme donnait le jour à un enfant mâle, elle devait quitter l'établissement ou le confier à une autre famille.

— Comment s'appelait le bébé de Yoneyu ? questionnai-je.

— Masako.

— Vieille Sorcière ? prononçai-je d'un air incrédule.

Quoique tata Oïma n'eût pas de fille, je l'avais toujours vaguement considérée comme sa petite-fille.

— Oui, Mineko. Vieille Sorcière est bien la fille de Yoneyu. Elle et moi ne sommes pas liées par le sang.

À l'heure de la naissance de Masako, tata Oïma, en qualité de fille biologique de Yuki, se trouvait en bonne place pour hériter de l'affaire. N'ayant pas d'enfant, elle avait pour ainsi dire adopté Yoneyu afin d'assurer sa succession. Yoneyu paraissait en effet la candidate idéale : geiko accomplie, susceptible d'enseigner aux plus jeunes. Grâce à elle, l'okiya, qui n'avait qu'à puiser dans un vaste réservoir de clients, était promise à un bel avenir.

Un des devoirs principaux d'une propriétaire d'okiya est de garantir que le fil des successions ne soit jamais rompu. C'est ainsi que tata Oïma et Yoneyu, guettant déjà la prochaine atotori, furent enchantées par la naissance de Masako. Elles prièrent pour que le bébé ait reçu tous les dons et toutes les qualités qui font l'étoffe d'une future héritière.

À trois ans, montrant dans ce domaine des dispositions certaines, Masako prit ses premiers cours de chant d'un style vocal particulier que nous appelons jiuta ; à six ans, des cours de cérémonie du thé, de calligraphie et de koto. Hélas, plus elle grandissait, plus il devenait évident qu'elle avait un caractère peu amène. Elle se montrait avec les autres brusque et désagréable, parfois cynique.

Tata Oïma devait me confier par la suite que Masako était torturée par la pensée qu'elle était une enfant illégitime. Même si le baron de l'industrie, son père, lui avait rendu régulièrement visite durant toute son enfance, il ne pouvait être question pour lui de la reconnaître. Elle avait honte et cela n'avait guère arrangé son tempérament par nature mélancolique.

Il fallut bien que tata Oïma et Yoneyu se rendent à l'évidence : Masako n'avait pas l'étoffe d'une atotori, ni même celle d'une bonne geiko. Elles l'encouragèrent donc à se marier et à embrasser l'existence d'une femme ordinaire. Au terme de ses années de lycée, on l'envoya dans un temple se perfectionner dans les arts ménagers. Elle n'y fit pas long feu. Cinq jours plus tard, elle était de nouveau à la maison, ayant décidé de rester là jusqu'à ce que ses aînées lui eussent déniché un mari.

Je ne suis pas en train d'insinuer qu'une geiko n'a pas le droit de se marier. J'en ai connu, et des meilleures, qui l'étaient et habitaient à l'extérieur de l'okiya. Je songe en particulier à l'une d'elles, une très belle femme, grande et élancée, qui s'appelait Ren et réussissait avec une élégance parfaite à combiner les exigences de sa profession et celles d'une vie de couple. La plupart cependant reculaient devant l'épreuve et préféraient attendre la retraite pour convoler. Il y avait aussi toutes celles qui chérissaient beaucoup trop leur indépendance pour l'abdiquer au profit du mariage.

En 1943, Masako, à vingt ans, fut fiancée à un jeune homme, Chojiro Kanai, lequel, peu après, dut partir pour le front. Masako employa ses journées à l'attendre en préparant son trousseau. Mais Chojiro ne revint jamais.

Dès lors qu'elle eut renoncé à Masako, la famille se vit dans l'obligation de chercher une autre héritière à Yoneyu. C'est à cette époque que tata Oïma fut présentée à mon père par une connaissance commune. Il fut convenu que Yaeko serait accueillie à l'okiya Iwasaki. On était en 1935. Yaeko avait dix ans.

C'était une enfant délicieuse, pas timide pour un sou et rigolote comme tout. Et elle était belle comme la Joconde. Tata Oïma et Yoneyu décidèrent de lui donner une formation de future atotori.

Grâce au succès monstre de Yoneyu, elles eurent les moyens d'investir des sommes colossales dans les débuts de Yaeko. Cette dernière fut promue maiko en 1938, à l'âge de treize ans, sous le nom de Yaechiyo. Avant-guerre, en effet, on n'avait pas besoin d'avoir son brevet de fin d'études secondaires pour devenir maiko. On démarrait parfois dès huit ou neuf ans. Bref, elles passèrent trois ans à préparer les premiers pas de Yaeko dans la carrière.

Des dizaines d'années plus tard, les gens s'exta-siaient encore en évoquant la somptueuse garde-robe de Yaeko. Ses kimonos provenaient de chez les meil-leurs faiseurs de Kyoto, tel Eriman. On aurait pu construire une maison avec tout l'argent que coû-tèrent ses nombreuses tenues. On n'avait pas regardé à la dépense en lui achetant, par exemple, les plus belles épingles à cheveux ornementales. Tata Oïma ne tarissait pas de détails sur la magnificence de cette toilette qui témoignait de la richesse et du pouvoir des Iwasaki.

Pour marquer l'occasion, le protecteur de Yoneyu offrit à la jeune maiko un rubis de la taille d'un noyau de pêche, cadeau au demeurant plutôt modeste à Gion-Kobu, où l'extravagance des clients était mon-naie courante.

Mais voilà, Yaeko était malheureuse, désespérée même. Elle se sentait trahie par ses parents et haïs-sait le travail qu'on lui imposait. Par la suite, elle devait me confier qu'elle avait l'impression de vivre en enfer après avoir goûté au paradis.

À l'entendre, elle avait mené une existence idéale auprès de notre grand-mère, Tomiko. Cette dernière l'adorait. Yaeko se tenait sur ses genoux pendant qu'elle menait tambour battant sa cinquantaine de serviteurs et autres membres de sa famille. Parfois, notre grand-mère se levait en criant : « Regarde-moi ça, Yaeko ! » avant d'entreprendre de pourchasser ma mère avec sa hallebarde. Et ma sœur trouvait cela follement drôle.

Yaeko prétendait que, quand elle était petite, elle ne savait même pas que papa et maman étaient ses parents. Dans son esprit, ils appartenaient comme tout le monde à la vaste domesticité et elle pouvait les héler quand elle avait besoin de quelque chose.

Aussi de se retrouver subitement dans l'okiya Iwasaki astreinte à un programme d'enseignement très strict et à des règles de savoir-vivre rigoureuses entraîna-t-il un choc dont elle ne devait jamais se remettre. Elle n'avait naturellement pas conscience que ce qui, pour elle, avait été un paradis avait représenté pour ma mère le lieu de tortures le plus abject. En outre, elle était bien trop jeune pour saisir le côté financier de l'affaire. C'est ainsi qu'elle laissa la colère prendre racine dans son cœur.

Personnellement, j'étais et je suis encore convaincue de la sincérité de son chagrin. Mais dois-je préciser que ma sœur était loin d'être la seule fille d'aristocrates à connaître un sort analogue ? De nombreuses familles de la noblesse ayant perdu leur fortune après la restauration de Meiji en 1868 plaçaient leurs filles au karyukai pour se procurer un moyen de subsistance. Elles pouvaient y pratiquer l'art de la danse et la cérémonie du thé qu'elles avaient apprises à la maison, porter des kimonos de meilleure qualité, acquérir une indépendance financière et éventuellement faire un bon mariage.

Mais pas Yaeko : elle avait l'impression d'avoir

été flouée. Elle dissimula un temps son amertume sous le masque de la coquetterie.

Et à seize ans, elle tomba amoureuse d'un de ses clients, un jeune homme du nom de Seizo Uehara qui accompagnait régulièrement son père à Gion-Kobu. Les Uehara, originaires de Nara, étaient propriétaires d'une grosse fabrique de chapeaux. Cette liaison parut adoucir son caractère et, comme Seizo était célibataire, elle ne contrariait personne.

Au début, tata Oïma et Yoneyu se déclarèrent satisfaites de Yaeko, qui devint presque aussi célèbre que Yoneyu. La fortune paraissait sourire aux Iwasaki.

Jusqu'au jour où il fallut se résoudre : Yaeko n'était pas sérieuse. Certes elle jetait de la poudre aux yeux avec ses ravissants costumes et ses grâces de petite fée. Mais on ne devient pas une bonne geiko sans un travail acharné. Et Yaeko était paresseuse et brouillon. Elle s'ennuyait vite, se lassait, n'écoutait pas pendant les cours, ne progressait pas en danse. Tata Oïma et Yoneyu étaient aux cent coups.

Elles avaient tout misé sur Yaeko et voilà que leur héritière trahissait leur confiance. Pourtant Yoneyu insista pour garder Yaeko, arguant que Masako était hors course.

Ma sœur Yaeko fut donc adoptée par les Iwasaki.

Puis tout alla de mal en pis.

En 1939, alors que Yaeko était maiko depuis un an, la mère de tata Oïma, tata Yuki, mourut. Tata Oïma devint le chef de la famille. Comme Yoneyu travaillait encore beaucoup, elle dut mettre de côté son rêve de restaurant et s'occuper de l'okiya.

C'est à peu près à cette époque-là qu'y entra ma

sœur Kuniko, la troisième fille de mes parents, alors à l'école primaire. Kuniko avait une personnalité charmante, très chaleureuse, mais hélas, elle présentait deux défauts majeurs. D'abord, elle était myope comme une taupe et devait porter des lunettes. Ensuite, elle tenait de ma mère, petite et potelée. Aussi fut-il décidé qu'il valait mieux la former à l'assistanat plutôt que de se leurrer en essayant de faire d'elle une geiko. Elle suivit des cours à l'école publique et effectua son apprentissage auprès d'Aba.

Le 8 décembre 1941, le Japon entra en guerre, conflit qui pendant quatre longues années plongea Gion-Kobu, comme le reste du pays, dans la pénurie. En 1943, pour concentrer toutes les énergies dans l'effort de guerre, on ferma officiellement les maisons de geishas, lesquelles, pour un bon nombre, rentrèrent chez elles. Les autres furent employées comme main-d'œuvre dans les usines d'armement.

Comme à l'okiya Iwasaki personne ne portait ce gros coton indigo dans lequel sont coupés les bleus de travail, les pensionnaires se fabriquèrent des tenues dans la soie de leurs vieux kimonos. Elles devaient avoir une drôle d'allure aux yeux des gens extérieurs au karyukai. Voici ce que tata Oïma me racontait : « C'était la guerre, mais nous autres, de Gion-Kobu, rivalisions quand même d'élégance : c'était à qui avait la plus belle tenue d'ouvrière. Nous y ajoutions des cols, nous nous faisions deux grosses tresses retenues par des serre-tête blancs. Nous avions envie de nous sentir féminines malgré tout. Ce qui ne nous empêchait pas d'être des ouvrières disciplinées. On venait nous voir chaque matin nous mettre en rangs, tête haute, pour nous rendre à l'usine.»

Afin de préserver les biens de l'okiya, tata Oïma les divisa en trois lots qu'elle fit acheminer dans trois lieux différents.

Seules Yoneyu, Masako, Yaeko et Kuniko reçurent de tata Oïma l'autorisation de demeurer à l'okiya. Il y avait si peu à manger à Kyoto qu'elles craignirent de mourir de faim. Elles subsistèrent grâce à un régime de racines et à une espèce de bouillie un peu salée à base de céréales.

Il se trouva que le jeune amant de Yaeko, Seizo, devenu officier, se trouva stationné au Japon pendant toute la durée de la guerre, si bien que leur liaison put se poursuivre. En 1944, elle annonça qu'elle s'envolait de son nid pour l'épouser, sans avoir au préalable remboursé l'okiya des frais de sa formation. Mais tata Oïma n'avait pas le désir de lutter. Non seulement elle passa cette somme en profits et pertes, mais aussi elle lui accorda une dot : des bijoux, plus deux malles remplies de kimonos et d'obis précieuses. Yaeko s'en alla démarrer une nouvelle vie à Osaka.

En décembre de cette même année, l'okiya Iwasaki subit un revers supplémentaire : Yoneyu mourut brusquement d'une maladie du rein, à cinquante-deux ans. Tata Oïma avait perdu son héritière et Masako, alors âgée de vingt-deux ans, sa mère. Les deux étoiles de l'okiya Iwasaki s'étaient éteintes.

La guerre se termina le 15 août 1945. L'okiya était au bord du gouffre. La grande maison était occupée seulement par trois femmes : tata Oïma la vieillissante,

Masako la saturnienne, et Kuniko la grassouillette. Tata Oïma envisagea de mettre la clé sous la porte.

Puis le ciel s'éclaircit. Les forces d'occupation américaines ordonnèrent la réouverture de Gion-Kobu et le karyukai revint peu à peu à la vie. Les Américains réquisitionnèrent le théâtre Koburenjo pour en faire un dancing. Leurs officiers devinrent des clients des ochaya, les maisons de thé. Certaines geiko et maiko qui s'étaient exilées du quartier pendant la guerre revinrent. L'okiya Iwasaki retrouva ainsi une de ses meilleures geiko, Koyuki, et Aba. Les affaires reprenaient.

Lorsque j'interrogeai tata Oïma sur l'accueil réservé aux Américains après notre défaite, elle le qualifia de «comme ci, comme ça». Il était indéniable qu'on leur en voulait d'avoir gagné la guerre, mais, par ailleurs, ils étaient aimables, gentils, et on ne pouvait s'empêcher de se réjouir de la reprise. Et puis il ne faut pas oublier cette obligation ancrée dans l'inconscient collectif du karyukai : tout client respectable et prospère est considéré comme un convive qu'on a le devoir de servir.

Voici à propos de ce sentiment ambivalent l'anecdote que racontait tata Oïma.

Un soir, Koyuki fut appelée à se produire dans la plus célèbre maison de thé de Gion, l'Ichiriki, en l'honneur du général MacArthur. Le commandant des troupes d'occupation fut tellement emballé par son kimono qu'il demanda s'il pouvait l'emporter avec lui aux États-Unis.

La propriétaire de l'Ichiriki transmit cette requête à tata Oïma, qui répliqua : «Nos kimonos sont toute notre vie. S'il le veut, qu'il m'emmène. Il occupe peut-être mon pays, mais jamais il n'occupera mon âme ! »

La propriétaire de l'Ichiriki communiqua sa réponse au général, qui ne réclama plus jamais de kimono. Chaque fois que tata Oïma me rapportait cette histoire, elle levait fièrement le menton et son visage s'éclairait d'un sourire radieux. *Hokori o motsu*. Tata Oïma avait la dignité d'un samouraï.

Je possède toujours ce kimono, bien rangé dans une malle.

Pendant quelques années, la vie à l'okiya Iwasaki, comme au Japon en général, continua cahin-caha. Masako espérait toujours le retour de son fiancé. Le gouvernement attendit 1947 pour annoncer qu'il était mort au champ d'honneur. Masako sombra dans le plus noir des désespoirs. Elle pleura pendant des jours et des jours sans lâcher son édredon de mariée, qu'elle serrait contre son cœur.

Après de longs conciliabules avec tata Oïma, Masako se résigna à devenir geiko. En 1949, à l'âge de vingt-six ans, sous le nom de Fumichiyo, elle fit ses débuts comme jikata (geiko musicienne). Mais, quoique très belle, elle ne faisait pas recette. Il lui manquait cette légèreté mutine et cette espièglerie qui sont les ingrédients indispensables de la séduction chez une geiko. Car il ne lui suffit pas d'exceller dans son art, il faut aussi montrer de la passion, de l'enthousiasme, ne jamais ménager son temps ni sa peine et être capable de garder son calme au milieu des pires catastrophes.

Masako était dépourvue de ces qualités mais, comme elle n'avait pas le choix, elle persévéra. Sauf que le malheur n'en avait pas fini avec elle. Peu après ses débuts dans la carrière, elle fut frappée par la tuberculose. Quand elle reprit, un an après, en dépit de toute sa bonne volonté, elle ne contribua guère à alimenter la caisse de l'okiya.

Par ailleurs, Kuniko, qui, à dix-huit ans, était en âge de se marier, refusait de façon systématique tous les partis qu'on lui proposait sous prétexte qu'elle devait continuer à travailler à l'okiya pour sauver l'honneur de la famille en péril après la défection de Yaeko. Kuniko resta à l'okiya Iwasaki pendant trente ans. Elle ne se maria jamais.

Tout cela pour dire que l'okiya, à ce stade, était très mal en point. Elle se trouvait à la tête d'une collection des plus splendides kimonos et d'un personnel d'habilleuses qualifiées, mais voilà : il n'y avait pas de geiko pour porter toutes ces belles parures, du moins pas en assez grand nombre. Pour sauver l'okiya, tata Oïma s'acharnait à découvrir de nouveaux talents. C'est ainsi que, l'hiver 1952, elle vint trouver mes parents pour leur parler de Tomiko. Elle n'avait pas renoncé à son projet de trouver une fille à former pour assurer sa succession.

7

Le retour de Yaeko était bien la dernière chose à laquelle tata Oïma s'attendait. Pourtant, peu après l'emménagement de Tomiko à l'okiya, elle survint à l'improviste en annonçant qu'elle reprenait le travail.

Son mariage avait fait long feu. Elle avait demandé le divorce. Non content de se révéler un incorrigible coureur de jupons, Seizo avait aussi trempé dans des affaires louches qui avaient englouti toutes leurs économies. Sur quoi il avait planté là Yaeko en lui laissant deux petits garçons et une montagne de dettes. Elle s'était donc dit que la solution à tous ses problèmes se trouvait à l'okiya et que tata Oïma épongerait ses dettes.

Dans l'esprit de tata Oïma, Yaeko avait perdu la tête. Sa proposition était irrecevable pour d'innombrables raisons. Pour commencer, son nom n'était plus Iwasaki mais Uehara. En tant que membre extérieur à la famille, elle ne pouvait plus devenir atotori. Mais, même si elle avait pu la réintégrer une fois son divorce prononcé, il n'était pas question de la réenga-

82

ger : Yaeko avait démontré amplement par son égoïsme et son irresponsabilité qu'elle n'était pas digne de confiance.

Par ailleurs, quand une geiko met un terme à sa carrière, c'est définitif, à moins de tout recommencer de zéro, opération qui coûte une petite fortune rien qu'en kimonos. Et non seulement Yaeko ne possédait plus que des dettes, mais elle devait aussi beaucoup d'argent à l'okiya. De surcroît, tata Oïma réservait tous leurs avoirs aux débuts de Tomiko et, de toutes les manières, Yaeko ayant déserté l'okiya à un moment crucial, elle n'était pas prête à lui pardonner.

Aussi lui servit-elle tous les arguments à sa disposition : Yaeko n'avait pas été une bonne geiko, elle n'avait pas pris de cours de danse depuis sept ans, les clients ne l'aimaient pas, et que faire de ses fils ?

Cette affaire révoltait au plus haut point tata Oïma. C'était un grave manquement à l'étiquette, ce qui, à ses yeux, était ce qu'il y avait de pire.

Tata Oïma renvoya Yaeko en lui conseillant d'aller frapper à la porte de ses beaux-parents et de trouver un emploi de serveuse dans une ochaya ou un restaurant.

Au cours de cette discussion où tous les points de détail furent examinés à la loupe, tata Oïma lui fit comprendre que Tomiko se trouvait désormais sous son aile et qu'elle espérait me voir venir vivre à l'okiya et faire de moi son héritière.

Yaeko, qui n'avait pas été en contact avec mes parents depuis des années, ne connaissait même pas mon existence. Ce que venait de lui apprendre tata

Oïma la mit dans une colère noire. Non seulement elle découvrait une usurpatrice, mais celle-ci était la fille de ses propres parents, ces parents qu'elle honnissait pour l'avoir arrachée au paradis de la maison de ses aïeux. Son sang ne fit qu'un tour et elle se rua dehors pour sauter dans le premier tramway.

Yaeko, qui avait oublié d'être idiote, aiguisa son argumentation pendant le court trajet en tram. Elle n'avait aucune chance d'hériter de l'okiya Iwasaki, c'était un fait, mais il n'en était pas moins vrai que seuls les revenus d'une geiko lui permettraient de rembourser ses dettes. Il fallait coûte que coûte persuader tata Oïma de la reprendre.

Qu'avait donc dit la vieille ? Qu'elle souhaitait par-dessus tout que Masako entre à l'okiya ?

Elle lisait en tata Oïma à livre ouvert. Et elle connaissait le système du bout des doigts. Elle savait à quel point elle avait besoin de moi.

Je me rappelle le jour où je l'ai vue approcher sur l'autre rive du canal, puis franchir la passerelle pour s'avancer vers nous. Elle portait un kimono de couleur sombre ceinturé d'une obi à motif géométrique beige, marron et noir.

Mes parents, atterrés par la violence de ses accusations et par leur propre sentiment de culpabilité, restèrent pantois. Elle alla jusqu'à leur reprocher de mettre des enfants au monde dans le seul but de les vendre. Accablés, ils acceptèrent de garder ses deux fils chez eux.

Yaeko retourna chez tata Oïma en décrétant

qu'elle ne pouvait plus lui refuser sa réintégration étant donné qu'elle s'engageait à me livrer à elle.

Tata Oïma demeurait perplexe mais se montra disposée à supporter Yaeko si cela pouvait contribuer à m'amener à intégrer son okiya. Et puis Yaeko avait beau être paresseuse, elle avait quand même eu son heure de gloire. C'était mieux que rien. Tata Oïma s'en alla consulter mère Sakaguchi.

– Je souhaiterais rencontrer cette enfant, déclara celle-ci. Celle qui vous a séduite. Je me fie à votre instinct, j'appuie votre volonté de l'amener à l'okiya. Pour l'heure, je consens à céder à Yaeko afin qu'elle nous aide.

– Et ses dettes ? Je n'ai pas les moyens de les honorer.

– Voyons ! Je vais les régler. Mais gardons cela entre nous. Je ne veux pas que Yaeko l'apprenne. Il faut qu'elle vous mange dans la main. Vous me rendrez cet argent quand elle vous aura remboursée. Entendu ?

– J'accepte humblement votre offre généreuse, dit tata Oïma en s'inclinant jusqu'à terre, les mains sur la paille du tatami. Je vais m'employer à vous présenter Masako le plus vite possible.

Yaeko, enchantée du succès de sa manigance, se réinstalla à l'okiya. Comme elle n'avait plus de garde-robe, les plus beaux kimonos étant destinés à Tomiko, elle fonça droit sur la commode où on les rangeait en décrétant : «Ceux-là feront l'affaire. Je les prends.»

Tata Oïma me confia qu'elle n'avait jamais été aussi consternée. On sait à quel point le kimono, cette incarnation de la beauté, est essentiel à la geiko.

Il est l'emblème de notre profession. Confectionné dans les plus somptueuses soieries, peint à la main, il est en soi une œuvre d'art.

Dans la vie quotidienne ordinaire, la qualité de ce costume est révélatrice de la personnalité de celle qui le porte. On y devine ses goûts, ses moyens financiers, ses origines sociales même. Ce vêtement n'épousant pas les formes du corps, sa coupe ne varie guère, mais on en trouve tissés dans des étoffes et des motifs d'une grande diversité.

Il faut beaucoup de savoir-faire pour choisir avec discernement son kimono selon les circonstances. D'abord, l'on doit tenir compte de la saison. Au Japon, la tradition veut que l'année se divise en vingt-huit saisons, chacune accompagnée de ses symboles : des rossignols pour la fin mars, des chrysanthèmes pour début novembre.

Le geste de Yaeko s'appropriant les kimonos de Tomiko était par conséquent pour ainsi dire sacrilège. Elle aurait tout aussi bien pu agresser Tomiko en personne. C'était une violation de son intimité. Hélas, tata Oïma ne put rien faire : je n'étais pas encore à l'okiya.

Yaeko alla trouver mes parents pour leur annoncer qu'elle avait promis qu'ils me céderaient à tata Oïma. Ils eurent beau lui répéter qu'elle n'avait pas le droit de prendre une décision pareille, Yaeko fit la sourde oreille.

C'est au milieu de ce drame que je pris la résolution, de mon plein gré, d'aller vivre à l'okiya Iwasaki.

Aujourd'hui, en regardant en arrière, je suis stupéfaite par la détermination dont a fait preuve la toute petite fille que j'étais alors.

8

Le 6 juin 1954, je me réveillai de bonne heure, comme à l'époque où j'habitais encore chez mes parents. Des corbeaux croassaient dans le ciel. Des bourgeons à peine éclos festonnaient l'érable du jardin de leurs dentelles vert pâle.

Personne ne parlait dans la maison, pas même les bonnes. Je pris un livre, un cadeau de mon père, lu et relu tant de fois que j'aurais pu le réciter par cœur.

Au Japon, depuis toujours, les enfants destinés à une carrière artistique commencent officiellement leur formation le 6 juin de leur sixième année (6-6-6). Mais, quand il s'agit d'une discipline traditionnelle, il arrive que l'on débute dès trois ans. Cet apprentissage précoce est surtout caractéristique des deux branches de notre tradition théâtrale : le nô et le kabuki. Les pièces nô, qui se sont développées au XIVe siècle, sont issues de danses de cour rituelles exécutées en offrande aux dieux. Elles sont d'un style sobre et grave, très élégant, que rehausse une musique aux sonorités profondes. Le kabuki, né deux siècles plus tard pour distraire le peuple, est plus animé et peut se comparer à l'opéra en Occident. Le nô comme le kabuki sont joués exclusivement par des hommes, les fils remplaçant souvent les pères, si bien que certaines de nos vedettes peuvent à juste titre se prétendre acteurs depuis dix générations.

Donc, ce jour-là, j'attendis avec impatience l'heure de réveiller tata Oïma, une heure signalée par mon « réveil » personnel : les trois éternuements ponctuels – à sept heures trente chaque matin – de la vieille dame qui tenait l'épicerie de l'autre côté de la rue.

Je secouai doucement tata Oïma.

– On peut y aller ?

– Pas encore, Mineko. Nous avons d'abord quelque chose à faire.

Elle apporta un petit seau en fer-blanc contenant des brosses, un petit balai, un plumeau, des serpillières miniatures et une minuscule boîte de poudre à récurer. Elle avait pensé à tout.

Nous sommes toutes les deux allées dire nos prières devant l'autel. Après quoi elle a remonté mes manches larges, les a attachées avec une ficelle et a glissé le plumeau sous mon obi, dans mon dos. Puis elle m'a conduite aux W-C et m'a appris à nettoyer un cabinet.

C'est la première responsabilité qu'une directrice transmet à son héritière. Elle me passa la brosse à cabinet comme si elle me confiait un sceptre. Tata Oïma avait fait son travail ; je prenais la relève.

L'okiya Iwasaki était équipée de trois W-C, luxe extravagant pour l'époque. Deux au rez-de-chaussée, le premier pour les geiko et les invités, et l'autre pour les bonnes. Et un troisième en haut pour les pensionnaires. Tous trois comprenaient un lavabo et j'étais aussi chargée de le garder d'une propreté irréprochable.

Cette besogne m'allait comme un gant. Je n'avais besoin de personne. Je n'étais pas obligée de faire la conversation pendant que je l'accomplissais. Et je me sentais grande et utile. Toutes choses qui me remplissaient de fierté.

Ce jour-là, le 6-6-6, le « grand jour », Kuniko me prépara un petit déjeuner spécialement copieux qui se prolongea jusqu'à neuf heures, après lequel tata Oïma, en vue de ma présentation à mon professeur, me vêtit d'un nouveau kimono à rayures rouge et vert sur fond blanc avec une obi d'été rouge. Elle me donna, emballés dans des foulards qu'elle avait cousus elle-même, et avec un jouet et un bonbon, un petit sac à main en soie imprimée de couleurs vives et un éventail, un tenugui (mouchoir brodé à mon nom) et une paire de tabi – ces chaussettes en coton blanc qui séparent le gros orteil des autres afin de pouvoir chausser facilement les socques en bois.

Maîtresse Kazama. C'était elle le professeur de danse de la famille Sakaguchi. Je l'avais souvent vue chez mère Sakaguchi. Je savais qu'elle avait appris à danser à Yaeko et Satoharu et supposais forcément qu'elle se chargerait de mon enseignement. Aussi quelle ne fut pas ma surprise lorsque tata Oïma déclara que nous allions chez l'iemoto (titre qui signifie « la grande maîtresse » quand il est au féminin), Kyomaï

Inoueryu iemoto, Inoue Yachiyo IV… ma future maîtresse à danser.

Tata Oïma, suivie de Vieille Sorcière, Yaeko et moi, menait le cortège des geiko. Kuniko fermait la marche avec mon petit baluchon. Lorsque nous sommes passées devant la maison de mère Sakaguchi, cette dernière et maîtresse Kazama se sont jointes à nous. Il n'y avait qu'une dizaine de minutes de marche jusqu'à l'école de l'iemoto de la rue Shin-monzen.

On nous poussa dans une petite pièce attenante à l'une des salles de danse, où régnait un grand silence tendu. Puis, soudain, un bruit me fit sursauter ; à n'en pas douter, le claquement sec d'un éventail fermé que l'on cogne.

Quand je me rendis compte que le professeur venait de gronder une de ses élèves en la frappant avec son éventail, je cherchai frénétiquement autour de moi un endroit où me réfugier, tant et si bien que je me perdis et me retrouvai devant la salle de bains. Heureusement, Kuniko vint me dénicher et me ramena discrètement avec les autres.

C'est alors que nous entrâmes dans le studio. Mère Sakaguchi me fit asseoir sur les talons à côté d'elle et me prosterner jusqu'à terre devant mon futur professeur.

– Maîtresse Aiko, dit-elle en s'inclinant de même, je voudrais vous présenter la perle de notre établissement. Nous vous la confions comme un trésor. Son nom est Mineko Iwasaki.

L'iemoto s'inclina elle aussi.

– Je ferai de mon mieux. Alors, quand commençons-nous ?

Mon cœur se mit à battre à toute vitesse. Je ne savais pas ce qu'on voulait de moi ; je me trouvais comme paralysée. L'iemoto s'approcha gentiment :

– Mine-chan, me dit-elle, tiens-toi droite, pose les mains sur tes genoux. Très bien. D'abord, il faut que tu apprennes à tenir ton maiohgi. Voilà. Je vais te montrer…

Un maiohgi est un éventail pliant pour la danse, un peu plus grand qu'un éventail ordinaire, monté sur des branches en bambou d'une trentaine de centimètres de longueur. On le garde glissé sous son obi, du côté gauche, tête en l'air.

– Tire ton maiohgi de la main droite et place-le dans la paume de ta main gauche comme si tu tenais un bol de riz. Puis fais glisser ta paume le long de l'éventail jusqu'à la pointe et tiens-le de la main droite. Penche-toi en avant et dépose-le par terre devant tes genoux, en descendant le dos bien droit, puis salue en disant : Onegaishimasu (s'il vous plaît, pouvez-vous m'accepter comme votre humble élève ?). Suis-je assez claire ?

– Oui.

– Oui, corrigea-t-elle en prononçant ce mot à la mode de Gion (en japonais *hei* au lieu de *hae*). Vas-y, répète.

– Hei.

– Hae.

– Hae.

Je me concentrai tellement sur la manœuvre de

l'éventail que j'en oubliai de dire la formule de politesse.

— Et Onegaishimasu ? me rappela-t-elle.

— Hae.

— Bon, fit-elle avec un sourire indulgent. Maintenant lève-toi et fais quelques pas.

— Hae.

— Tu n'es pas obligée de me dire oui pour un oui ou pour un non.

Je dodelinai de la tête.

— Tu n'as pas besoin non plus de faire oui de la tête. Maintenant, regarde et imite mes gestes. Place tes bras ainsi et tes mains comme ça et tes yeux là-bas…

Voilà. Ainsi débuta mon initiation à la danse.

La danse classique japonaise ne correspond pas du tout à l'esthétique occidentale. On la pratique en tabi, les chaussettes de coton blanc, plutôt qu'en ballerines, et les mouvements, contrairement à ceux du ballet, sont d'une extrême lenteur, tendus vers la terre plutôt que le ciel. Cependant, comme dans la danse européenne, leur exécution nécessite une musculature d'athlète.

L'école inoue étant considérée comme la meilleure école de danse du Japon, l'iemoto attachée à cet établissement est le personnage, le plus puissant du monde de la danse, l'aune à laquelle toutes les autres se mesurent.

Après avoir laissé s'écouler ce qui me sembla une éternité mais qui devait être un temps jugé convenable, mère Sakaguchi intervint :

— Maîtresse Aiko, je pense que cela suffit pour

aujourd'hui. Merci infiniment de votre gentillesse et de votre attention.

L'iemoto se tourna vers moi :

– Bien, Mine-chan. La danse que j'ai commencé à t'apprendre s'appelle kadomatsu. Nous nous arrêterons là pour aujourd'hui.

Kadomatsu est toujours la première danse que l'on enseigne aux petites débutantes. C'est aussi par ce mot que l'on désigne la décoration en branches de pin et de bambou dont on orne, au Nouvel An, l'entrée de la maison et dont l'odeur m'évoque à elle seule les jours les plus heureux de ma vie, ceux passés sous le toit de mes parents.

– Hae, dis-je.

– Après ce oui, répliqua-t-elle, tu dois t'asseoir sur tes talons et dire merci.

– Hae, répétai-je.

– Et avant de quitter l'école, tu dois encore une fois dire merci et au revoir, et t'incliner une dernière fois. Tu as compris ?

– Hae. Au revoir, dis-je en retournant en toute hâte me serrer contre le kimono de mère Sakaguchi, qui affichait un sourire réjoui.

Je mis un certain temps à comprendre ce que l'on voulait de moi et encore plus à maîtriser le dialecte du karyukai. Chez mes parents, nous parlions celui jadis en vigueur à la cour impériale, une langue d'une tonalité encore plus douce et feutrée que celle de Gion-Kobu.

Mère Sakaguchi me tapota affectueusement la tête.

– Tu as été formidable, Mineko. Quelle enfant astucieuse tu fais !

Tata Oïma cachait son sourire derrière sa main.

Je n'avais aucune idée de ce que je pouvais bien avoir accompli pour mériter de pareils compliments, mais j'étais contente de les voir toutes les deux si satisfaites.

9

L'okiya Iwasaki se trouvait à six maisons de chez
mère Sakaguchi, dans la rue Shinbashi et à deux rues
de l'école de danse d'une part et du théâtre Kaburenjo d'autre part ; lorsque j'étais petite, je pouvais
donc me rendre partout à pied.

Le long des rues de Gion, entre les centaines
d'okiya et d'ochaya, s'égrenaient quantité d'élégantes boutiques proposant toutes sortes de produits
de luxe, fleurs, friandises, œuvres d'art, costumes,
parures pour les cheveux, éventails… Le tout bien
serré dans un quartier compact.

Après le 6-6-6, mon emploi du temps devint beaucoup plus chargé. Je suivis des cours de calligraphie
avec un vieux monsieur charmant, oncle Hori, qui
habitait à deux maisons de l'okiya, et dont la fille me
donnait des leçons de koto, de chant traditionnel et de
shamisen. Et l'après-midi, j'allais à l'école de danse.

En plus de ce programme scolaire plutôt copieux,
je prenais soin, chaque matin, de nettoyer les W-C.

Je me sentais « grande » et obligée de me comporter en atotori. Il m'était défendu de crier, de dire des gros mots ou même d'avoir le moindre écart de conduite indigne d'une héritière. Tata Oïma entreprit de m'enseigner la variante du dialecte de Kyoto en usage à Gion-Kobu, même si je n'appréciais pas qu'elle me corrige à tout bout de champ. Je n'avais pas non plus le droit de me dissiper et d'être turbulente. Elles étaient toutes là à m'empêcher de courir et de faire la folle, de peur que je me casse un bras, que je gâche ma beauté et mes chances de devenir une danseuse.

Tata Oïma ne badinait plus. Jusque-là, pendant qu'elle accomplissait ses tâches quotidiennes, elle avait admis que je joue à côté d'elle avec insouciance. À présent, elle m'expliquait tout ce qu'elle faisait. Et, comme peu à peu je prenais conscience de la signification des gestes accomplis autour de moi, je me mis à participer plus activement à la vie de l'okiya.

Je me levais tôt, toujours avant tout le monde, et je nettoyais les cabinets pendant que Kuniko se levait pour préparer le petit déjeuner et que les bonnes s'attelaient aux corvées de la journée.

Celles-ci étaient en effet chargées de nettoyer de fond en comble l'établissement. Elles commençaient par balayer la rue devant l'okiya puis l'allée jusqu'à l'entrée, qu'elles aspergeaient ensuite d'eau. Après avoir placé près de l'entrée une minuscule montagne de sel pour purifier la maison, elles nettoyaient le genkan et retournaient toutes nos socques de manière que ces dernières soient dirigées vers l'extérieur, prêtes à nous mener dehors. Dans la maison, elles rangeaient les futons dans les placards ; lorsque tata Oïma se levait, tout était prêt.

Elles préparaient l'autel bouddhiste pour tata Oïma, époussetaient les statues, vidaient les cassolettes d'encens, jetaient les offrandes de la veille et changeaient les bougies dans les candélabres. Même rituel pour l'autel shinto qui trônait sur une étagère dans un autre coin de la pièce.

À Gion-Kobu, on était très pieux. La profession de geisha était étroitement liée à la religion et aux valeurs spirituelles qui sont le fondement de notre culture. Notre vie quotidienne se trouvait ainsi au fil de l'année balisée de cérémonies et de festivals.

Chaque matin, au réveil, après avoir pris soin de se laver la figure, tata Oïma disait ses prières devant l'autel. Je m'efforçais toujours de finir mes tâches à temps pour l'accompagner. Cela demeure encore aujourd'hui ma première action de la journée.

Puis, pendant le court de laps de temps qui nous restait avant le petit déjeuner, tata Oïma et moi faisions un gros câlin à Big John. À cette heure, les apprenties maiko étaient levées et donnaient un coup de main aux bonnes. Dans toutes les disciplines traditionnelles, le nettoyage, qui revêt une signification spirituelle, est considéré comme une partie essentielle de l'apprentissage : purifier un lieu souillé revient à rendre son propre esprit à la pureté.

Une fois la maison propre et bien rangée, se levaient les maiko et les geiko, qui, travaillant tard le soir, étaient toujours les dernières couchées. Elles étaient dispensées de ménage pour la bonne raison que l'okiya vivait de leurs revenus.

Après l'arrivée d'Aba et le petit déjeuner, nous partions chacune de son côté. Les maiko et les geiko couraient à leurs cours ou à la salle de répétition si elles préparaient un spectacle, les bonnes poursuivaient leurs tâches ménagères et moi, du moins jusqu'à mon entrée à l'école l'année suivante, j'« aidais » tata Oïma.

En collaboration avec Aba, tata Oïma passait sa matinée à organiser l'emploi du temps des maiko et des geiko, faisait les comptes des recettes de la veille, tenait les livres à jour, répondait au courrier, acceptait ou non des propositions pour ses pensionnaires. Tata Oïma choisissait quels costumes elles allaient porter le soir tandis qu'Aba se chargeait de coordonner les tenues avec les accessoires.

Le bureau de tata Oïma occupait dans la salle à manger l'autre côté du brasero par rapport à sa place habituelle. Chaque geiko avait un dossier où elle consignait tout ce qui la concernait, y compris le nom des kimonos portés avec quels clients et les frais engagés pour son habillement en général.

Les fournisseurs venaient le matin. Les hommes n'avaient le droit d'entrer à l'okiya qu'après dix heures, quand toutes ses habitantes s'étaient envolées. Se présentaient régulièrement le vendeur de glace pour la glacière, le vendeur de kimonos, les traiteurs, les créanciers… Tous étaient reçus dans le genkan où un banc était disposé spécialement à leur intention. Les parents masculins, tel mon père, étaient autorisés à pénétrer à l'intérieur de la maison, mais jamais plus loin que la salle à manger. Seuls les bonzes et les petits enfants pouvaient poursuivre plus avant.

Même le mari d'Aba, qui était pourtant le frère cadet de tata Oïma, devait se soumettre à cette règle. Voilà pourquoi il est absurde d'assimiler la maison de geishas à un lieu de perdition : les hommes ne sont même pas admis au cœur de cette société exclusivement féminine.

Une fois fixé l'emploi du temps de la soirée, tata Oïma s'habillait pour aller faire la tournée de ceux vis-à-vis de qui l'okiya avait une dette de reconnaissance : soit les propriétaires des maisons de thé ou des restaurants où telle geiko s'était produite la veille au soir, soit leurs professeurs de danse et de musique, ou bien les patronnes d'autres okiya amies, ou encore des artisans.

Ce ballet de visites impromptues est au cœur du fonctionnement du quartier de Gion. Il permet de tisser entre ses habitants des liens de solidarité et de confiance. Dès mon entrée à l'okiya, tata Oïma m'emmena avec elle dans sa ronde quotidienne, sachant qu'elle semait là pour moi des graines dont j'allais récolter les fruits pendant toute ma carrière.

La plupart des pensionnaires rentraient à l'okiya pour le déjeuner, qui est le repas principal de la geiko, puisqu'elle doit dîner très léger avant la représentation. À la maison, nous mangions de la cuisine traditionnelle japonaise à base de riz, de poisson et de légumes. C'est seulement lorsque nous allions au restaurant, sortie exceptionnelle, que nous goûtions à des plats occidentaux, tels du steak ou de la glace.

Ni les maiko ni les geiko ne sont autorisées à manger lors d'un banquet, quelles que soient les délices étalées sous leurs yeux. Elles sont là pour divertir les clients, un point c'est tout. Seule exception à cette règle : quand une geiko est invitée au restaurant par un client.

Après le déjeuner, tata Oïma et Kuniko distribuaient à chacune son programme de la soirée. Ensuite, chaque geiko devait «faire ses devoirs», autrement dit étudier les questions à propos desquelles son futur client serait susceptible de l'entretenir. Par exemple, s'il s'agissait d'un politicien, elle se plongeait dans des articles sur son secteur ; d'un acteur, elle lisait les magazines ; d'un chanteur, elle écoutait ses disques ; d'un romancier, elle dévorait vite son dernier livre ; d'un étranger, elle étudiait son pays d'origine... C'est ainsi qu'une fois devenue maiko, je passai d'innombrables après-midi dans les librairies, les bibliothèques, les musées. Les plus jeunes pouvaient aussi demander conseil à leur «grande sœur».

Outre ces recherches, la geiko devait aussi faire une visite de politesse à la patronne de la maison de thé où allait se tenir le banquet. Et naturellement, dès que l'une d'entre nous était souffrante, l'étiquette exigeait que l'on se rende au plus vite au chevet de la malade pour prendre des nouvelles.

Vers la fin de l'après-midi, tout le monde se retrouvait à l'okiya pour la séance d'habillage. Les portes de la maison se fermaient alors pour le reste de la journée. Les maiko et les geiko prenaient leur bain, se coiffaient, se maquillaient. Ensuite les habilleurs arrivaient pour les aider à revêtir leurs parures. Je mets le mot «habilleur» au masculin, puisque c'étaient presque toujours des hommes, les seuls représentants du sexe opposé à pénétrer dans le sérail, et encore, seulement dans la salle d'habillage du premier. Ces spécialistes, dont le savoir-faire avait nécessité des années d'apprentissage, constituent la clé du succès pour une geiko. Car eux seuls savent préserver l'équilibre d'un costume. Moi par exemple, avec mes quarante-cinq kilos et mon kimono de vingt kilos, il fallait que je puisse tenir sur des socques en bois de quinze centimètres de haut. Le moindre décalage, le moindre accessoire mal placé ou manquant, et c'était la catastrophe. Le travail de l'habilleur devait être parfait.

Le kimono se porte soit avec des sandales, soit avec ces socques très épais que l'on appelle des okobo, dont la hauteur de talon se trouve en principe compensée par le poids des extrémités de la ceinture de kimono qui traînent presque par terre à l'avant. Ces chaussures ne facilitent pas la marche, mais on estime que l'allure affectée qu'elles nous prêtent rehausse notre charme.

J'ai eu mon propre habilleur, toujours le même, à partir de l'âge de quinze ans et pendant les quinze années que dura ma carrière, sauf une ou deux fois parce qu'il était trop souffrant pour venir. Il connaissait par cœur tous mes défauts physiques, comme cette vertèbre déplacée, conséquence d'une chute, qui me rendait le port du kimono et des divers ornements très pénible si tout n'était pas arrangé comme il le fallait.

Mais le rôle de l'habilleur va bien au-delà. Il s'entremettra par exemple pour le choix d'une grande sœur, il servira de chaperon dans certaines circonstances et, surtout, il est l'ami de la geiko, souvent son confident, celui vers qui elle se tourne quand elle a besoin d'un encouragement ou d'un conseil.

Tandis que ces préparatifs touchaient à leur fin et que des messages arrivaient encore pour des réservations de dernière minute, les bonnes nettoyaient le genkan pour l'heure du départ des maiko et des geiko. Elles balayaient de nouveau, aspergeaient d'eau la terre battue, remplaçaient la petite montagne de sel à l'entrée par une nouvelle. Puis c'était la sortie : telles des reines dans leurs nuages de soie, les geiko et les maiko voguaient vers leurs rendez-vous respectifs.

Après leur départ, la maison paraissait très tranquille. Les apprenties maiko et le personnel dînaient. Je répétais les pas de danse appris ce jour-là, le morceau de koto que j'étais en train de travailler et faisais quelques exercices de calligraphie. Une fois que je me mis à fréquenter l'école, il fallut aussi m'occuper de mes devoirs. Tomiko, pour sa part, révisait son chant et son shamisen.

Il existait alors à Gion-Kobu plus de cent cinquante ochaya ou maisons de thé, au cadre serein et raffiné, bruissantes d'activité chaque soir de la semaine. Une geiko pouvait se rendre en l'espace de quelques heures dans trois ou quatre ochaya différentes, d'où un grand nombre d'allées et venues à la nuit tombée dans les ruelles du quartier.

En septembre 1965 fut posé un réseau téléphonique privé qui relia les unes aux autres l'ensemble des okiya et des ochaya. Je me souviens de la couleur des appareils : beige. Les appels étaient gratuits. Parfois, la sonnerie retentissait alors que les apprenties faisaient leurs devoirs. C'était une maiko ou une geiko qui appelait d'une ochaya, réclamant tel ou tel objet qui lui manquait pour animer son prochain banquet ou dîner, une paire de tabi propres ou bien un éventail pour remplacer celui qu'elle venait d'offrir à un admirateur. Même si elle tombait de fatigue, l'apprentie obtempérait aussitôt, ces courses étant indispensables à sa formation, puisqu'elles étaient l'occasion non seulement de voir comment fonctionnait une ochaya mais aussi de se familiariser avec les gens de Gion.

J'allais me coucher à une heure raisonnable, mais il était plus de minuit lorsque geiko et maiko rentraient à la maison. Après s'être changées, elles prenaient un bain ou grignotaient un morceau, bref, s'accordaient un moment de détente avant de se mettre au lit, jamais avant deux heures du matin. Les deux bonnes qui dormaient dans le genkan se levaient à tour de rôle pour les servir.

10

La leçon de danse était le clou de ma journée. Toujours impatiente d'y aller, je tirais Kuniko par la manche.

Rien que d'entrer dans l'école, j'avais l'impression de pénétrer dans un autre monde. J'adorais le bruissement des manches de kimono, la sonorité des cordes des instruments, la retenue des gestes, leur grâce, leur précision.

Dans le genkan, deux murs étaient occupés par des casiers en bois. Il y en avait un que j'affectionnais particulièrement et où, quand j'avais la chance de le trouver vide, je rangeais mes geta, les socques de bois traditionnels.

Ensuite je montais à l'étage dans les salles de danse et me préparais pour mon cours, sortant mon éventail de sa boîte avec ma main droite et le fichant sous mon obi du côté gauche. Puis, les paumes bien à plat contre mes cuisses, les doigts orientés vers l'intérieur, je me dirigeais d'un pas glissant et silencieux vers le fusuma, la porte coulissante. La coupe en tube du kimono oblige celle qui le porte à adopter une démarche particulière. Les genoux légèrement fléchis, les orteils décollent à peine du tatami, entraînant le reste du pied dans un glissement qui empêche le devant du vêtement de s'ouvrir et de révéler un bout de chair, cheville ou jambe, considéré comme inesthétique. Le haut du corps reste droit.

Voici maintenant comment on nous apprend à ouvrir le fusuma et à entrer dans une pièce.

Asseyez-vous sur vos talons devant la porte, levez la main droite à la hauteur de votre poitrine et placez le bout de vos doigts, paume ouverte, au bord de l'encadrement ou dans la cavité, s'il y en a une. Faites coulisser de quelques centimètres en prenant garde de ne pas porter la main au-delà d'une ligne verticale qui passe par le milieu de votre corps. Levez votre main gauche qui repose sur votre cuisse et posez-la devant la droite. Celle-ci doit à présent appliquer une légère pression sur le poignet gauche de manière à faire glisser la porte en ménageant une ouverture tout juste suffisante pour vous permettre de passer. Levez-vous et entrez. Pivotez sur vous-même et asseyez-vous sur vos talons face à la porte ouverte. Servez-vous du bout de vos doigts de la main gauche étayée par la droite, et refermez. Levez-vous, faites demi-tour et allez vous agenouiller devant votre professeur. Sortez votre éventail de dessous votre obi, de la main droite, et disposez-le horizontalement sur le sol avant de vous prosterner.

Le placement du maiohgi entre la maîtresse et soi-même est un acte rituel, indiquant que l'on tourne le dos au monde ordinaire et que l'on est prête à entrer dans le royaume où l'enseignante est toute-puissante. En se prosternant, on montre que l'on est disposée à recevoir son savoir.

Ce savoir se transmet par un processus que nous nommons mane, souvent traduit par imitation, sauf qu'il s'agit plus ici d'identification. Nous répétons les mouvements de notre professeur jusqu'au moment où nous sommes enfin capables de les reproduire dans leurs plus infimes nuances, ce qui signifie que nous avons réussi à assimiler son savoir-faire. Ces techniques artistiques nécessitent des années d'apprentissage avant d'imprégner toutes les cellules de notre corps.

L'école inoue compte à son répertoire des centaines de danses, de la plus simple à la plus complexe, mais elles se composent toujours d'un certain nombre fixe de kata, ou formes stylisées de mouvement. Contrairement à l'enseignement de la danse en Occident, nous commençons par apprendre les danses avant les figures. Et nous apprenons en observant les autres.

Cette danse se démarque aussi du kabuki, qui, pour exprimer le kaléidoscope des émotions humaines, fait un usage effréné de gestes, postures, maniérismes, expressions du visage. Au contraire, le style inoue parvient à concentrer cette complexité en quelques mouvements d'une simplicité et d'une délicatesse poignantes.

J'avais pour ma part le privilège d'étudier chaque jour avec l'iemoto en personne. Après m'avoir communiqué ses instructions, elle jouait du shamisen, je dansais, elle me corrigeait, puis j'allais répéter toute

106

seule. Lorsque j'arrivais au bout d'une danse, elle m'en donnait une autre à étudier. À mon rythme.

Il y avait d'autres professeurs, on les appelait les « petites maîtresses » pour les différencier de la « grande », l'iemoto. Je passais des heures dans le studio à regarder mes condisciples prendre leurs cours. Au moment de me ramener à la maison, Kuniko était obligée de m'arracher à ma contemplation. Et, une fois de retour à l'okiya, je continuais à répéter.

À vrai dire, l'objet de ma fascination était l'iemoto. Elle était à la tête de l'établissement le plus renommé de Gion-Kobu et à ce titre le personnage le plus puissant du quartier. Pourtant Inoue Yachiyo IV distillait son savoir avec douceur, tout en se montrant très exigeante. Jamais je n'ai tremblé devant elle. La seule fois où je me suis sentie intimidée en sa présence fut le jour où je dus me produire sur scène avec elle.

L'iemoto était remarquablement laide. Haute comme trois pommes, grosse, elle avait la figure d'un orang-outan. Mais, quand elle dansait, elle devenait la plus belle femme du monde. Et chaque fois que j'ai été le témoin de cette métamorphose – des milliers de fois –, j'ai été éblouie par cette faculté qu'a la danse de traduire l'essence de la beauté.

Née sous le nom d'Aiko Okamato dans le quartier de Gion, elle avait commencé à danser à quatre ans. Son premier professeur eut tôt fait de repérer son talent et l'emmena à l'école inoue, où l'iemoto de l'époque, Inoue Yachiyo III, l'accepta parmi ses élèves.

L'école comprenait et comprend toujours deux sections, la première formant des danseuses professionnelles, maiko et geiko, l'autre des professeurs de danse. Il y en avait aussi une troisième, beaucoup moins importante, que fréquentaient des amateurs. Aiko fut orientée vers la section des futurs professeurs.

La petite Aiko tint ses promesses et devint une danseuse inouïe. À vingt et un ans, elle épousa Kuroemon Katayama, le petit-fils d'Inoue Yachiyo III, l'iemoto de l'école Kanze, une des plus célèbres écoles d'acteurs de nô. Le couple eut trois fils et vécut dans la rue Shinmonzen, à l'endroit même où je prenais mes cours.

Vers le milieu des années quarante, Aiko fut élue héritière d'Inoue Yachiyo III et à ce titre rebaptisée Inoue Yachiyo IV. Elle demeura la grande maîtresse de l'école jusqu'en mai 2000, cédant la place à sa petite-fille, Inoue Yachiyo V.

Le spectacle de danse le plus célèbre de Kyoto est le Miyako Odori, la « danse de la capitale », plus connue sous le nom de « danse des cerises », peut-être parce qu'elle a lieu chaque année au printemps. Cependant, pour bien saisir toute la portée de cet événement, il faut effectuer un petit retour en arrière.

L'école de danse inoue fut fondée au tout début du XIXe siècle par Sato Inoue, une dame d'honneur du palais impérial, afin d'enseigner les différentes figures exécutées dans les danses de cour rituelles. Vint ensuite ce bouleversement majeur dans la vie de la cité : le déménagement en 1869 de la capitale à Tokyo. Dès lors Kyoto, reléguée au second plan, dut se battre pour demeurer le centre culturel et religieux du pays. Comme la première Exposition universelle de 1871 fut organisée à Kyoto, afin de ramener la ville sur le devant de la scène, le gouverneur et Jiroemon Sugiura, la patronne de l'Ichiriki, la plus grande maison de thé de Gion, décidèrent de donner un spectacle en public.

Haruko Katayama, la grande maîtresse de l'école inoue, fut donc chargée de la création d'une chorégraphie : ce fut la danse des cerises. Cette première représentation remporta un tel succès que l'on décida de remonter le spectacle chaque année à la même époque. Lorsqu'on demanda à Haruko comment la ville pouvait la récompenser, elle souhaita que son école fût choisie comme l'unique établissement de cette nature dans le quartier.

Jusqu'à ce jour, la prestigieuse école inoue est en effet restée la seule école de danse de Gion-Kobu, sa grande maîtresse tenant le rôle d'arbitre des goûts artistiques au sein de la communauté. Il n'y a pas une seule activité, depuis l'accompagnement musical jusqu'à la confection des éventails, qui ne se conforme aux directives de l'école inoue. L'iemoto est la seule personne à pouvoir se permettre d'apporter des changements au répertoire et à la chorégraphie.

La nouvelle que je suivais l'enseignement de l'iemoto se répandit à Gion en produisant un frémissement passionné qui se maintint sans faiblir jusqu'à mes débuts, dix ans plus tard. Car Gion-Kobu est semblable à un village où tout se sait et où les ragots vont bon train. Moi qui suis d'un caractère très réservé et discret, je souffrais de me voir ainsi, dès l'âge de cinq ans, traitée en vedette.

Il faut dire que mes progrès s'avéraient spectaculaires. Une nouvelle danse, qui exige chez une élève ordinaire une dizaine de jours de travail, je l'apprenais en trois. J'étais favorisée par une aptitude à cet art qui ressemblait à un don du ciel, mais surtout je ne ménageais pas ma peine et répétais avec plus d'acharnement que toutes mes condisciples. Cette passion était un moyen pour moi de canaliser ces énergies qui me poussaient toujours à me dépasser ; et puis mes parents me manquaient horriblement, et je trouvais dans l'effort un soulagement à mon chagrin.

Je me produisis pour la première fois en public cet été-là à l'occasion du Bentenkai, le spectacle annuel des danseuses amateurs de l'école. Ma scène s'intitulait Shinobu Uri (la vente des fougères). Nous étions six danseuses et je me trouvais au milieu. À un moment donné, toutes les autres tenaient leurs bras en extension devant elles alors que je devais lever les miens au-dessus de ma tête en triangle. Des coulisses, l'iemoto me souffla : « Continue, Mineko. » Me méprenant sur le sens de cette injonction, je passai à la position suivante. Entre-temps, mes compagnes avaient toutes positionné leurs bras en triangle au-dessus de leur tête.

En sortant de scène, je me tournai, furieuse, vers elles :

— Vous avez l'air d'oublier que nous sommes les élèves de l'iemoto ! Nous n'avons pas le droit de commettre d'erreur !

— Qu'est-ce que tu nous racontes, Mineko ? C'est toi qui as fait la faute.

— Ne cherchez pas à me coller vos bêtises sur le dos repartis-je, sûre de moi.

110

Une fois dans les coulisses, je surpris une conversation entre l'iemoto et mère Sakaguchi. « Ne vous frappez pas, surtout. Il n'est pas nécessaire de punir qui que ce soit. » Dans mon esprit, elles parlaient des autres.

En regardant autour de moi, je constatai que tout le monde était parti.

– Où sont-elles toutes allées ? demandai-je à Kuniko.

– Elles sont rentrées chez elles.

– Pourquoi ?

– Tu as commis une faute et tu les as accusées à ta place.

– Ce n'était pas moi !

– Non, Mineko, tu te trompes. Bien, écoute-moi. N'as-tu pas entendu ce que Grande Maîtresse a dit à mère Sakaguchi ? De ne pas te gronder ?

– Non, c'est toi qui te trompes, elles disaient ça des autres filles. Pas de moi.

– Mineko ! Ne sois pas si têtue, continua Kuniko d'un ton autoritaire qui me surprit de sa part, car elle parlait toujours d'une voix très douce. Ce que tu as fait est très mal et tu dois t'excuser auprès de Grande Maîtresse.

J'étais pour ma part convaincue de mon innocence mais, obéissante, je me rendis dans le salon de l'iemoto pour lui présenter mes respects et la remercier pour le spectacle.

Je n'avais pas ouvert la bouche qu'elle déclara :

– Mineko, ne t'inquiète pas, ce qui s'est passé n'est pas grave.

– Vous… je… bredouillai-je.

– Oui, cela n'a aucune importance. N'en parlons plus.

C'est alors que la vérité fondit sur moi. La faute était mienne. Sa bonté ne fit qu'intensifier ma honte. Je me prosternai et quittai la pièce.

Kuniko me rattrapa :

– Ce n'est pas grave, Mine-chan, du moment que tu as compris et que tu ne recommenceras pas. Allons, c'est du passé maintenant, allons manger ce gâteau.

Kuniko avait promis de m'emmener à la pâtisserie française manger un gâteau après le spectacle.

– Je n'en ai plus envie.

L'iemoto, qui venait de nous rejoindre, me lança :

– Mine-chan, tu n'es pas encore rentrée chez toi ?

– Grande Maîtresse, je ne peux pas rentrer chez moi.

– N'y pense plus, allez, rentre tranquille.

– Je ne peux pas.

– Mais si. Puisque je te dis que tu n'as pas à te faire de souci.

Il n'était pas question de discuter avec l'iemoto.

– On ne peut pas rester ici, me souffla Kuniko. Et si on passait voir mère Sakaguchi ?

Cette dernière étant au courant de mon erreur, l'idée me parut bonne. J'acquiesçai d'un signe de tête.

À ma grande surprise, mère Sakaguchi nous réserva un accueil très chaleureux.

– Quelle joie de vous voir. Mineko, tu as été formidable !

– Non, j'ai été très mauvaise, marmonnai-je.

– Vraiment ? Mais pourquoi ?

– J'ai commis une faute.

– Une faute ? Mais où, à quel moment ? Je n'ai rien vu. Je t'ai trouvée parfaite.

– Mère, puis-je rester ici avec vous ?

– Bien sûr. Mais d'abord, tu dois rentrer dire à tata Oïma où tu es pour qu'elle ne s'inquiète pas.

Je me rendis à l'okiya en traînant des pieds.

Tata Oïma m'attendait devant le brasero. À ma vue, son visage s'éclaira :

– Tu es partie depuis des heures ! T'es-tu arrêtée à la pâtisserie française ? C'était bon ?

Kuniko répondit à ma place :

– On a fait une petite visite à mère Sakaguchi.

– Comme c'est gentil ! Je suis sûre que ça lui a fait un grand plaisir.

Plus on se montrait aimable et indulgent avec moi, plus je me sentais lamentable. J'étais folle de rage contre moi-même.

Je courus m'enfermer dans mon placard.

Le lendemain, Kuniko m'emmena au petit sanctuaire devant le pont Tatsumi, où je retrouvais toujours mes camarades sur le chemin de l'école. Elles étaient toutes là. Je m'inclinai devant chacune d'elles en prononçant ces mots :

– Je suis désolée d'avoir commis une erreur hier. S'il te plaît, pardonne-moi.

Elles se montrèrent drôlement chics.

Le jour qui suit un spectacle, une danseuse est censée témoigner sa reconnaissance à son professeur. Dès notre arrivée à l'école, nous nous sommes donc toutes précipitées dans le salon de l'iemoto. Je me tenais cachée derrière les autres.

Après avoir écouté nos mercis entonnés en chœur, toutes inclinées devant elles, l'iemoto nous complimenta :

– Vous avez bien travaillé, bravo. Il faut continuer maintenant. Répétez sans relâche !

Elles s'exclamèrent toutes de nouveau à l'unisson, sauf moi, qui jouais toujours à l'enfant invisible.

L'iemoto nous donna congé. Mais, à l'instant où je me détournais avec un soupir de soulagement, je l'entendis m'apostropher :

– Mineko, il ne faut pas que tu te fasses de reproches pour hier.

J'avais tellement honte… Je m'enfuis en courant du salon pour me jeter dans les bras de Kuniko.

Les mots que l'iemoto venait de prononcer n'étaient, contrairement à ce qu'on pourrait croire, en rien des paroles de consolation, puisque, en me rappelant mon erreur, elle sous-entendait que pareille bévue était inadmissible de la part d'une élève qui avait l'ambition de devenir une grande danseuse.

11

J'entrai à l'école élémentaire à l'âge de six ans, une année après avoir commencé mes cours de danse. Comme l'établissement se trouvait à Gion-Kobu, les élèves venaient en général de familles liées à la vie du karyukai.

De bon matin, Kuniko était toujours occupée à aider Aba. Kaa-chan ou Suzu-chan, une de nos deux bonnes, m'emmenait donc à l'école, à deux rues de l'okiya, sur Hanamikoji.

En chemin, je faisais mes emplettes. C'est-à-dire que j'entrais dans les boutiques, choisissais ce dont j'avais besoin. La bonne disait : « C'est pour les Iwasaki de Shinbashi » et la marchande me tendait l'article en question. Un crayon. Une gomme. Un ruban pour les cheveux.

Je ne savais même pas ce que c'était que l'argent. Pendant des années, j'ai été persuadée qu'il suffisait d'entonner « C'est pour les Iwasaki de Shinbashi » pour obtenir tout ce qu'on voulait.

Je commençais à m'habituer à l'idée que j'étais

moi-même une Iwasaki. Le jour de la première réunion de parents à l'école, cependant, quelle ne fut pas ma déconvenue de voir surgir, excessivement maquillée et parfumée, Yaeko dans un kimono uni d'un violet pâle et un très coquet haori, la veste qui se porte par-dessus le kimono... Le lendemain, mes camarades de classe ne manquèrent pas de me traiter de « petite miss geiko » et de fille adoptée. Ce que je niai avec véhémence.

La fois suivante, ce fut au tour de Kuniko de représenter mes parents. Ce qui me convenait très bien.

J'aimais bien l'école. Surtout, j'adorais apprendre des choses nouvelles. Mais comme j'étais très réservée, je participais peu en classe. Mes professeurs s'efforçaient en vain de m'encourager à sortir de ma coquille.

Je finis par me faire une amie. Elle s'appelait Hikari, « rayon de soleil ». Je n'avais jamais vu quelqu'un d'aussi extraordinaire : elle avait les cheveux blond doré et me paraissait d'une beauté incomparable.

Hikari n'avait pas plus d'amies que moi. Peu à peu, nos solitudes se rejoignirent. Nous passions des heures à chuchoter et à pouffer de rire sous le ginkgo de la cour de récréation. J'aurais donné n'importe quoi pour avoir une chevelure blonde.

En général, dès que la cloche sonnait la fin des cours, je me précipitais dehors pour courir à ma leçon de danse, laissant la bonne ranger derrière moi mon bureau d'écolière. Mais de temps à autre, très rarement, l'école de danse étant fermée, nous avions quartier libre l'après-midi.

À l'occasion d'une de ces journées si exception-nelles, Hikari m'invita chez elle après la classe. Je décidai de me rendre à son invitation plutôt que de rentrer directement à l'okiya. À Kaa-chan, qui était venue me chercher, je mentis en disant : « J'ai une course très importante à faire. Va prendre une tasse de thé et retrouve-moi ici dans une heure. Et surtout, pas un mot à tata Oïma, d'accord ? »

Mon amie Hikari vivait seule avec sa mère dans une étroite maisonnette au milieu d'une rue très ani-mée. Je me souviens de m'être dit que ce devait être bien agréable d'avoir tant de voisins. Sa mère, une femme douce et aimable, nous servit un goûter. Je ne goûtais jamais, pour la bonne raison que, chez mes parents, mes frères et sœurs se disputaient tellement pour quelques vieux rogatons que j'avais pris l'habi-tude de ne rien grignoter entre les repas. Ce jour-là, je fis une exception.

Je ne vis pas passer le temps. Il fallut bientôt repar-tir. Je retrouvai Kaa-chan comme prévu et elle me ramena à l'okiya, où, manifestement, la nouvelle de mes frasques était déjà parvenue aux oreilles de tata Oïma.

— Je te défends de retourner là-bas, me gronda-t-elle. Tu as compris ? Jamais, tu entends, jamais plus !

Moi qui ne me montrais jamais impertinente, je crus bon de me justifier. Je lui racontai qui était Hikari, combien sa mère était gracieuse, leurs voi-sins nombreux et charmants, bref à quel point je m'étais amusée chez elle. Mais elle refusa tout net de m'écouter. Pour la première fois de ma vie, je me heurtais à une réaction d'hostilité muette mais bornée. J'étais sidérée.

Hikari était une burakumin, elle appartenait à une caste considérée comme souillée, un peu comme les intouchables en Inde. Jadis ils s'occupaient des cadavres ou manipulaient des substances dites polluantes comme la viande de bœuf et le cuir. Ils étaient croque-morts, bouchers, tanneurs. À l'heure actuelle, leur situation s'est améliorée, mais quand j'étais petite fille, ils faisaient encore l'objet d'une cruelle ségrégation.

Ma «transgression» était d'autant plus grave que mon amie Hikari était non seulement une paria, mais aussi une sang-mêlé : la fille illégitime d'un GI. C'en était trop pour tata Oïma, qui tremblait à l'idée que j'aie pu être contaminée, une de ses principales préoccupations étant de veiller à ce que rien ne vienne salir la réputation de son héritière.

Je passai ma mauvaise humeur sur cette pipelette de Kaachan. J'avoue que je lui rendis la vie infernale pendant quelque temps. Mais bien vite je me rendis compte que c'était plutôt de la pitié que j'aurais dû éprouver pour elle. Elle venait d'une famille très pauvre et avait une multitude de frères et sœurs. À plusieurs reprises, je la surpris en train de chaparder des petites choses dans la maison pour les leur envoyer. Au lieu de la dénoncer, je lui offris dès lors de modestes cadeaux afin qu'elle n'ait plus à voler.

Quant à Hikari et à sa mère, elles déménagèrent peu après cet incident. Je n'ai plus jamais entendu parler d'elles et me demande parfois ce que ma jolie amie blonde est devenue.

Mais ma vie était trop trépidante pour que je m'attarde. À sept ans, j'ai pris conscience d'être une « personne très occupée ». En effet, j'étais toujours pressée, toujours en train de courir. Il fallait terminer chaque chose vite pour enchaîner avec la suite. Forte de cette expérience, j'ai cultivé à un très jeune âge la science de l'efficacité.

J'avais par exemple une demi-heure au milieu de l'après-midi pour courir de l'école élémentaire au cours de danse en passant par l'okiya pour que Kuniko m'enlève mes vêtements à l'européenne et me passe mon kimono. Ensuite elle me suivait de loin jusque chez l'iemoto, vers laquelle je filais à toute allure.

Kuniko était ma meilleure amie. Je la protégeais autant qu'elle veillait sur moi. Voir les gens la traiter en inférieure me mettait hors de moi. Yaeko en particulier lui lançait de vilains mots à la figure : « face de potiron », « singe des montagnes ». J'étais furieuse, mais je ne savais pas comment riposter.

Elle était chargée de m'accompagner à l'école de danse puis de me ramener à la maison. Et elle s'en acquitta chaque jour avec d'autant plus de mérite que, non contente de courir à toutes jambes vers mon cours de danse, je marquais trois stations en route, toujours les mêmes et dans le même ordre, tel un rituel.

D'abord, je déposais un bonbon à la mélasse chez mère Sakaguchi qui en échange me donnait une friandise que je fourrais dans mon sac pour plus tard.

Ensuite, je devais dire une petite prière devant le sanctuaire.

Enfin, il fallait que je caresse Dragon, le grand chien blanc de la fleuriste.

Après quoi seulement je pouvais aller prendre ma leçon de danse.

Kuniko m'attendait toujours pour le chemin du retour, qui se déroulait lui aussi selon un ordre immuable. Nous nous rendions chez le fleuriste, où j'offrais la friandise de mère Sakaguchi à Dragon. J'en profitais pour faire un peu de lèche-vitrines. J'adorais les fleurs, elles me rappelaient ma mère. La vendeuse me permettait d'en choisir une en échange de la sucrerie pour le chien. Je la remerciais et apportais cette fleur à la dame qui tenait la petite échoppe au coin de la rue. Elle me donnait à emporter deux parts de dashimaki.

Cette omelette roulée légèrement sucrée était le péché mignon de tata Oïma. Chaque fois que je lui tendais le petit paquet, elle affichait une mine surprise et ravie. Puis elle se mettait à entonner une chanson qui lui venait aux lèvres chaque fois qu'elle se réjouissait de quelque chose. Toujours la même ritournelle : *su-isu-isu-daradattasurasurasuisuisui*. Pour me taquiner, elle remplaçait une syllabe par une autre et il fallait que je trouve l'erreur avant qu'elle se permette de mordre dans son dashimaki. Après quoi je m'asseyais auprès d'elle et lui racontais ma journée.

La première fois que je dus me rendre au tribunal, j'avais huit ans. Vieille Sorcière, en qualité de mère adoptive putative, m'y emmena. J'y retrouvai mon père et ma mère. Car, avant que l'on puisse m'adop-

120

ter, il fallait s'assurer de mon désir de devenir une Iwasaki.

Déchirée, je fus incapable de prendre une décision. Je me trouvais en proie à une si intolérable tension nerveuse que je vomis devant tout le monde dans la salle du tribunal. Je n'étais pas encore prête à quitter mes parents.

Le juge déclara :

— Cette enfant est manifestement trop jeune pour savoir ce qu'elle veut. Il faudra attendre qu'elle soit assez mûre pour décider.

Vieille Sorcière me ramena à l'okiya, désormais mon foyer.

12

Ma vie tournait de plus en plus autour de l'école inoue. Je m'efforçais d'y passer le plus de temps possible, tenaillée par la passion de la danse et l'ambition de devenir une grande artiste.

Un jour, à mon arrivée à l'école, j'entendis dans la pièce à côté des bruits indiquant que l'iemoto avait déjà une élève. Déçue de ne pas être la première, j'eus la surprise de trouver dans le studio une dame très belle.

L'iemoto me demanda de me joindre à elles. La belle dame me salua en s'inclinant puis nous commençâmes à répéter une danse intitulée « cheveux ébène ». La dame dansait comme une fée. Au début, un peu gênée, je n'osai pas trop bouger puis, emportée par le flux harmonieux des gestes, j'oubliai ma timidité.

Comme toujours, l'iemoto me critiqua : « Trop lent, Mine-chan. Suis le rythme. » Ou bien : « Attention, tes bras sont trop mous. Tends-les. » En revanche, elle ne fit aucune critique à ma partenaire.

À la fin, elle me présenta son invitée. Son nom était Han Takehara.

J'en eus le souffle coupé. Han Takehara ! La plus grande danseuse de l'époque ! Elle officiait dans différentes écoles du pays, dont elle avait influencé l'enseignement en introduisant un nouveau style de mouvements. C'était un immense privilège d'avoir dansé à ses côtés.

L'une de mes occupations favorites consistait à observer les danseuses confirmées. Et à l'école inoue, j'en avais très souvent l'occasion. Un grand nombre de ces femmes sont par la suite devenues iemoto dans d'autres écoles.

Quelques mois après ma première et malencontreuse prestation, je fus choisie pour un rôle d'enfant dans la danse d'automne de Gion-Kobu : l'Onshukai. Au printemps suivant, je montai de nouveau sur les planches pour le Miyako Odori, et ainsi de suite jusqu'à mes onze ans. La scène est une formidable école, parce que l'on vibre à l'unisson avec les autres danseuses.

Sans me prévenir, tata Oïma invita mes parents à chacune de ces représentations. Et à ma connaissance, ils vinrent à chaque fois. Je n'ai pas une très bonne vue, si bien que je n'arrivais pas à repérer leurs visages dans le public, mais je savais au fond de mon cœur qu'ils étaient là. Comme chez tous les enfants du monde, une petite voix en moi s'écriait : « Papa ! Maman ! Regardez-moi ! C'est bien ? »

Le dimanche, au lieu de faire la grasse matinée comme les autres, je courais à l'école inoue pour voir à quoi étaient occupées l'iemoto et les «petites maîtresses», les autres enseignantes. Parfois je m'y précipitais dès six heures du matin! Je disais mes prières et nettoyais les W-C plus tard, à mon retour à l'okiya.

À l'instar de tata Oïma, l'iemoto priait devant l'autel bouddhiste pendant que ses disciples récuraient la maison. Elles passaient la serpillière sur les planchers en bois du studio et briquaient les W-C. Je les regardais avec des yeux ronds. Elles étaient enseignantes et devaient se soumettre aux mêmes corvées que moi!

Venait l'heure du petit déjeuner, qu'elles prenaient toutes ensemble. Après quoi l'iemoto commençait les leçons. On me permettait de rester en spectatrice. Je me régalais.

J'aimais aussi l'été, qui, à Kyoto, est chaud et humide. Un de mes devoirs était de me tenir agenouillée derrière l'iemoto et de l'éventer avec un grand éventail en papier rond. Ce travail me plaisait beaucoup. Ainsi je pouvais tout à loisir regarder les cours. Parfois, l'iemoto me priait de prendre une petite récréation, mais comme les autres filles n'aimaient pas ça, après un court jeu de janken, connu en Europe sous le nom de caillou, papier, ciseaux, j'y retournais au bout d'une dizaine de minutes.

En plus de la danse, j'étudiais très sérieusement la musique. À dix ans, je rangeai mon koto pour apprendre à jouer du shamisen, instrument très complexe à maîtriser qui accompagne les spectacles de danse et permet à une danseuse de pénétrer les arcanes du rythme et de la mélodie essentiels à son art. Dans notre langue, il existe deux mots pour qualifier la danse : maï et odori. Le premier, maï, désigne une danse sacrée, à l'origine exécutée par les vierges du sanctuaire en offrande aux dieux. Elle est l'apanage d'un petit nombre d'élues. Le second, odori, correspond à une danse qui exprime des joies et des peines bien terrestres. Les spectacles publics lors de nos festivals en sont la vivante illustration.

Si l'on va un peu plus loin, on dénombre plusieurs formes de style maï : le mikomaï, la danse des vierges, le bugaku, la danse de la cour impériale, et le nô maï, la danse du nô. À Kyoto, nous pratiquons le kyomaï, et l'école inoue est fortement influencée par l'art du nô.

À dix ans, je faisais déjà bien ces distinctions. J'étais fière d'être une danseuse maï et d'appartenir à l'école inoue. Peut-être un peu trop, d'ailleurs. On m'accusa d'être trop sûre de moi, sinon carrément prétentieuse.

Un après-midi d'hiver, comme j'arrivais grelottante à l'école et m'agenouillais devant le brasero afin de me réchauffer, j'aperçus dans le coin le plus glacial de la pièce, près de la porte, une adolescente que je n'avais jamais vue mais dont la coiffure et le kimono m'indiquaient qu'elle était une shikomi-san, c'est-à-dire qu'elle se trouvait à la première étape d'apprentissage dans son okiya. Ce que j'aurais moi-même été si je n'avais été une atotori.

– Rapproche-toi du feu, lui dis-je en la voyant frissonner. Comment t'appelles-tu ?

– Tazuko Mekuta.

– Je t'appellerai Meku-chan.

Elle devait avoir cinq ou six ans de plus que moi ; toutefois, à l'école inoue, la préséance ne tient pas au nombre des années mais à l'ancienneté. De sorte qu'elle était ma « cadette ».

J'enlevai un de mes tabi.

– Meku-chan, lançai-je, mon petit orteil me démange.

Sur ce, je lui présentai mon pied, qu'elle massa respectueusement.

Meku-chan était une jeune fille adorable et douce, avec des yeux ravissants. Elle me rappelait ma sœur Yukiko. Je me pris tout de suite pour elle d'une grande amitié.

Hélas, elle ne devait pas tarder à quitter l'école. Son départ laissa un grand vide. J'espérais un jour retrouver une amie comme elle. Aussi mon cœur fit-il un bond dans ma poitrine lorsque, ce même hiver, je m'approchai du brasero pour y trouver assise une jeune fille de l'âge de Meku-chan. Mais celle-ci, pelotonnée près du poêle, ne daigna même pas lever les yeux vers moi ni me saluer lorsque j'entrai dans la pièce. Comme elle était nouvelle venue, je jugeai sa conduite inexcusable.

– Tu ne peux pas t'asseoir à cette table, lâchai-je.

– Et pourquoi ? répliqua-t-elle d'un ton indifférent.

– Comment t'appelles-tu ?

– Toshimi Suganuma.

Elle ne m'avait même pas saluée. Mon irritation

allait croissant. Je voulus donc lui expliquer que, vu mon statut d'«aînée», elle me devait le respect.

– De quand datent tes premières leçons? lui demandai-je.

– Je ne sais pas, un petit moment.

De toute évidence, elle n'avait rien compris. À cet instant, on l'appela pour aller prendre son cours. Elle s'esquiva, me laissant perplexe.

Un peu plus tard, de retour à l'okiya après avoir accompli le plus rapidement possible mes stations habituelles – chien, fleur, dashimaki –, je tendis à tata Oïma son petit paquet. Elle fit mine de vouloir chanter, mais je l'arrêtai :

– Pas de *suisui* aujourd'hui. J'ai un problème dont je voudrais te parler…

Je lui exposai la situation par le menu.

– Mineko, Toshimi va faire ses débuts avant toi, un de ces jours elle sera une de tes grandes sœurs. Ce qui signifie que tu lui dois le respect. Et que tu dois te montrer aimable avec elle. Tu n'as pas à la guider. Grande Maîtresse va lui apprendre tout ce qu'elle a besoin de savoir. Elle n'est pas sous ta responsabilité.

J'oubliai cet incident jusqu'au jour où, peu après mes débuts de maiko, à l'occasion d'un banquet, je retrouvai par le plus grand des hasards mon ancienne amie Yuriko (Mekuchan) et Toshimi, devenues toutes deux premières geiko. Comme elles rirent en évoquant le passé! D'après elles, je me prenais terriblement au sérieux à l'époque. Je piquai un fard. Heureusement, elles n'avaient pas l'air de m'en vouloir. L'une et l'autre comptèrent beaucoup dans mon existence, surtout Yuriko, qui fut l'une de mes amies.

Quand des liens se nouent à Gion-Kobu, c'est pour longtemps. Le Japon cultive un climat d'harmonie à tous les niveaux, mais c'est particulièrement vrai au karyukai. À cette absence de discorde, on trouve deux raisons. La première tient à ce que, étant très proches les unes des autres, nous avons tout intérêt à vivre en bon voisinage. La seconde découle de la nature même de l'activité qui régit le quartier. Les maiko et les geiko divertissant des personnages provenant de tous les horizons, elles se doivent d'être des diplomates hors pair. Ce qui ne veut pas dire que nous sommes des carpettes ! Avec le temps, j'ai appris à exprimer mes opinions sans froisser les autres.

13

En novembre 1959, j'avais à peine fêté mes dix ans que je dus comparaître de nouveau devant le tribunal. Comme la première fois, ce fut ma mère adoptive, Vieille Sorcière, qui m'y emmena. Mes parents se trouvaient déjà là. Mon avocat aussi, maître Kikkawa. Il avait les cheveux gras, mais c'était un excellent avocat, le meilleur de Kyoto.

Je devais déclarer au juge où je désirais vivre.

La tension était insupportable. Chaque fois que mes pensées allaient vers mes parents, mon cœur se serrait. Mon père se pencha vers moi pour me murmurer : « Tu n'es pas obligée, Masako. Tu n'as pas besoin de rester avec elles si tu n'en as pas envie. » J'opinai. Et puis de nouveau je vomis devant tout le monde.

Cette fois, pourtant, le juge ne remit pas la séance. Il me regarda droit dans les yeux et me demanda de but en blanc :

– À quelle famille voulez-vous appartenir, les Tanaka ou les Iwasaki ?

Après avoir inspiré tout l'air que pouvaient contenir mes poumons, j'articulai d'une voix claire :

– Je veux appartenir aux Iwasaki.

– Vous êtes sûre que tel est votre désir le plus cher ?

– Oui.

J'avais pris ma décision mais, quand même, j'avais l'impression de m'arracher les mots de la bouche. Je me sentais coupable de la peine que j'infligeais à mes parents. Ma réponse avait été dictée par mon amour de la danse. C'était ce qui avait fait pencher la balance en faveur des Iwasaki. La danse. La passion de ma vie. Il était inconcevable pour moi de l'abandonner.

Je sortis de la salle du tribunal entre mes parents, cramponnée à leurs mains, tellement torturée par le sentiment de les avoir trahis que je n'osais même pas les regarder. Je pleurais. Du coin de l'œil, je voyais qu'eux aussi avaient les joues mouillées.

Vieille Sorcière héla un taxi, lequel nous ramena tous les quatre à l'okiya.

Mon père tenta de me consoler :

– C'est peut-être pour le mieux, Ma-chan. Je suis sûre que tu t'amuses beaucoup plus à l'okiya Iwasaki qu'à la maison. Il y a tant d'activités intéressantes ici ! Mais si jamais tu voulais rentrer chez nous, fais-le-moi savoir et je viendrai te chercher tout de suite. N'importe quand. Le jour ou la nuit. Il suffira de m'appeler.

Je le contemplai un instant en silence puis je prononçai la phrase rituelle :

– Je suis morte pour vous.

Reste gravée en moi l'image de leurs deux kimonos s'éloignant de dos. Ils s'en allaient. Ils me quittaient pour toujours. Au fond de mon cœur une toute petite voix s'écria : Papa ! Maman ! Mais je demeurai muette.

Mon père se retourna pour me regarder une dernière fois. Je luttai contre la tentation de lui courir après et, souriant à travers mes larmes, je lui dis tristement au revoir de la main. J'avais fait mon choix.

Ce soir-là, tata Oïma ne se tenait plus de joie. C'était officiel, j'étais son héritière. Elle fit préparer un festin : de la brème de mer, de la confiture de haricots rouges et même du steak, un mets si coûteux qu'on ne le servait que pour les événements exceptionnels. Une multitude de gens vint me féliciter et m'apporter des cadeaux.

La fête se prolongea pendant des heures, si bien que je finis par me réfugier dans mon placard. Tata Oïma n'arrêtait pas de chanter *su-isu-isu-daradatta-surasurasuisuisui*. Même Vieille Sorcière riait à gorge déployée. Elles étaient toutes folles de joie : Aba, mère Sakaguchi, les directrices des annexes de notre okiya. Même Kuniko.

Je venais de faire mes adieux à mon père et à ma mère, et elles y trouvaient un motif de réjouissance ! Je me sentais vidée. Sans réfléchir, j'ôtai l'un des rubans noirs de mes cheveux et l'enroulai autour de mon cou, tirai le plus fort possible. En vain. Au bout du compte, je fondis en larmes.

Le lendemain matin, je dissimulai l'ecchymose qui bleuissait ma gorge et me traînai jusqu'à l'école puis, le soir, jusque chez l'iemoto.

En me voyant, cette dernière s'enquit de la danse que je travaillais en ce moment.

– Yozakura (cerisiers en fleur la nuit).

– Très bien, montre-moi ce que tu te rappelles.

À mesure que je dansais, je la vis se renfrogner. Je ne pouvais pas esquisser un geste sans me faire gronder. Elle finit par soupirer :

– Qu'est-ce qui ne va pas, Mineko ? Arrête ! Tu m'entends ! Qu'est-ce que tu as aujourd'hui, enfin ? Ah non, tu ne vas pas pleurer maintenant. Je déteste les pleurnichardes ! Tu es congédiée !

J'étais consternée. Qu'avais-je fait de mal ? Et je ne pleurais pas ! Pourquoi alors cet excès de sévérité ? Je me confondis en excuses, mais, comme elle refusait de me répondre, je finis par partir.

Je venais de recevoir mon premier otome, et je n'avais aucune idée de ce qui m'avait valu ce traitement.

Un otome, qui signifie « arrêtez ! », est une spécialité de l'école inoue. Dès qu'un professeur prononce ce mot à votre adresse, vous devez quitter la salle de danse. Et il ne vous précise pas quand vous pourrez revenir : il s'agit d'un renvoi pour une période indéfinie.

À la seule pensée d'être privée de danse, une détresse accablante m'envahit.

Sans même attendre que Kuniko vienne me chercher, je rentrai toute seule à la maison et filai droit au placard, sans un mot pour personne. D'abord le tribunal, et ensuite ça ! Je ne comprenais pas ce qui avait pu déclencher la colère de l'iemoto.

Tata Oïma s'approcha de la porte du placard.

– Que s'est-il passé, Mine-chan ? Pourquoi es-tu rentrée toute seule ?

Je restai muette.

– Mine-chan, tu vas venir dîner ? l'entendis-je me demander un peu plus tard.

Puis :

– Mine-chan, ne voudrais-tu pas prendre un bain ?

Je refusai de lui répondre.

À un moment donné, une des bonnes de mère Sakaguchi vint appeler tata Oïma de toute urgence. Cette dernière se dépêcha de partir.

La conversation, qui me fut rapportée par la suite, débuta ainsi :

– Il s'est produit un malentendu. Maîtresse Aiko vient de me prévenir. Son assistante aurait interverti les titres de deux danses, celle que Mineko vient de terminer, et celle qu'elle commence tout juste à étudier. Elle a confondu Sajuramiyotote (regarder les cerisiers en fleur) et Yozakura (cerisiers en fleur la nuit). Ce qui s'est passé, c'est que Mineko s'est trompée de danse et que maîtresse Aiko lui a donné un otome. Mineko ne l'a pas mal pris ?

– Ainsi, voilà l'explication ! Si, Mineko l'a très mal pris. Elle est dans son placard et refuse de me parler. Je crois qu'elle est bouleversée.

– Qu'allons-nous faire si elle menace d'abandonner la danse ?

– Il faudra la convaincre de reprendre.

– Rentrez chez vous et essayez déjà de la convaincre de sortir de son placard.

De mon côté, j'en étais arrivée à la conclusion que j'avais reçu un otome pour la simple raison que je n'avais pas travaillé assez dur. Je pouvais faire mieux. Alors, là, dans l'exiguïté du placard, je me mis à répéter les figures que j'avais déjà mémorisées et celles que j'étais en train d'apprendre. J'y passai des heures en me disant : « Si je ne commets aucune faute demain, Grande Maîtresse sera tellement étonnée qu'elle en oubliera son otome. »

Mais, comme toujours à Gion-Kobu, rien n'est jamais simple. Il n'était pas question que je retourne à l'école la bouche en cœur. Peu importait à qui incombait la faute. Comme un otome avait été prononcé contre moi, il fallait à présent que mes aînées réclament mon retour. Et nous voilà parties pour la rue Shinmonzen, mère Sakaguchi, tata Oïma, Vieille Sorcière, Yaeko, Kuniko et moi.

Mère Sakaguchi s'inclina devant l'iemoto et lui dit :

– Je suis désolée pour le malencontreux incident d'hier. Nous vous conjurons de garder notre Mineko parmi les élèves de votre estimable école.

Personne ne souffla mot de ce qui s'était produit. La cause du drame passait au second plan. Ce qui comptait, c'était que tout le monde pût sauver la face et que mes études se poursuivent sans fâcheuse interruption.

– Très bien, mère Sakaguchi, je satisfais à votre requête. Mineko, s'il te plaît, montre-nous ce que tu es en train d'étudier.

Je dansai Sajuramiyotote, puis, sans qu'on me demandât rien, Yozakura. Je ne m'en sortis pas mal du tout. À la fin, on aurait entendu une mouche voler dans la salle. Je contemplai les expressions troublées des visages autour de moi.

Je me pris alors à songer que l'univers des adultes

était décidément d'une complexité qui dépassait l'entendement.

Naturellement, aujourd'hui, je sais que l'iemoto se servait de l'otome comme d'un instrument pédagogique pour me pousser à franchir un seuil d'excellence artistique. Elle utilisait sciemment la terreur engendrée par cet interdit pour galvaniser mon énergie. Il s'agissait d'un test. Serais-je plus forte à mon retour ? Ou bien en profiterais-je pour baisser les bras et abandonner ? À mon avis, cette méthode ne relève pas d'une science de l'éducation très éclairée, mais dans mon cas elle s'est toujours révélée efficace.

L'iemoto ne donnait jamais d'otome à des danseuses médiocres, seulement à celles qu'elle préparait à des rôles de premier plan. La seule à avoir payé à cause de cet otome fut l'assistante qui m'avait fourni les fausses indications. Elle n'eut plus jamais le droit de me donner des cours.

Le 15 avril 1960, je fus officiellement inscrite dans le registre d'état civil comme fille adoptive des Iwasaki, donc de Masako, alias Vieille Sorcière. Comme je vivais depuis cinq ans à l'okiya, ce changement de statut n'eut guère d'influence sur ma routine. Sauf que désormais j'étais obligée de dormir avec Vieille Sorcière dans sa chambre.

J'avais franchi la passerelle jusqu'au bout. Mon enfance se trouvait derrière moi, et le monde de la danse me tendait les bras.

14

Le seul avantage que je trouvais à la présence de Yaeko à l'okiya Iwasaki, c'étaient les visites de son fils Masayuki. Un jour, Vieille Sorcière demanda à celui-ci ce qu'il voulait pour ses treize ans. Comme il était très studieux, il lui avoua que la chose au monde qui lui ferait le plus plaisir était une encyclopédie.

Le 9 janvier, jour de son anniversaire, Masayuki vint à l'okiya et Vieille Sorcière lui donna son cadeau. Il passa des heures enchantées dans le pavillon des invités à feuilleter le gros volume illustré.

Dans les pièces des maisons traditionnelles, il est toujours aménagé une alcôve – le tokonoma – prévue pour recevoir les éléments décoratifs, en général une composition florale et un rouleau peint. Je me rappelle encore comme si c'était hier l'image sur le rouleau du tokonoma ce jour-là : un lever de soleil sur la montagne avec une grue volant devant l'astre. Les coussins sur lesquels nous étions assis étaient recouverts d'une chaude soie marron pour l'hiver – en été, ils étaient gainés d'un drap bleu.

Six jours plus tard, vers onze heures du matin, le téléphone sonna. J'eus aussitôt le pressentiment qu'il était arrivé un malheur. C'était mon père, pour nous annoncer que Masayuki avait disparu. Le matin même, il était sorti acheter du tofu pour le petit déjeuner et il n'était jamais rentré. Ils ne le trouvaient nulle part.

Yaeko étant occupée à divertir des ambassadeurs étrangers au Hyotei, un restaurant fidèle à une tradition plusieurs fois séculaire près du temple de Nanzenji, mon père se chargea de l'avertir tandis que Kuniko, Tomiko et moi nous précipitions chez mes parents.

Une foule de policiers et de pompiers était agglutinée au bord du canal. On avait découvert des traces de griffures sur les bords, et quelques autres indices qui pouvaient laisser croire que Masayuki était tombé à l'eau. Ils semblaient convaincus qu'il s'était noyé, même si son corps demeurait introuvable : personne ne pouvait survivre plus de quelques minutes dans cette eau glaciale.

Je n'arrivais pas à y croire. Le canal ! Ce canal où nous pêchions ces minuscules coques qui donnaient tant de saveur à notre soupe ! Ce canal qui nous enchantait par la beauté de ses cerisiers en fleur. Ce canal qui protégeait notre foyer du reste du monde. Ce monstre avait englouti mon ami, plus que mon ami, mon neveu… J'étais au bord de l'évanouissement.

Mes parents étaient anéantis. Mon père adorait son petit-fils. L'expression de douleur que je lisais sur son visage était insoutenable. Je brûlais de me jeter dans ses bras pour le consoler, mais je n'étais plus sa fille. Je n'avais pas vu mes parents depuis deux ans, depuis ce jour où, au tribunal, j'avais déclaré que je voulais être une Iwasaki et non une Tanaka. Je me sentais bizarre. Quelle attitude adopter ? Si seulement j'étais morte à la place de Masayuki !

Yaeko attendit la fin du banquet avant de nous rejoindre. Encore aujourd'hui, je n'arrive pas à comprendre comment elle a pu rester dans ce restaurant à bavarder avec des étrangers alors qu'elle savait son fils disparu. Je connais la salle où elle était assise. Elle donne sur un jardin. Et dans ce jardin, il y a un étang, un étang alimenté par un petit ruisseau dont l'eau provient de ce même canal qui a ôté la vie à Masayuki.

Yaeko fit son apparition vers les trois heures de l'après-midi. Dès qu'elle me vit, elle pointa vers moi un doigt accusateur et se mit à hurler comme une harpie :

– Ç'aurait dû être toi ! Toi qui aurais dû mourir, petite vaurienne ! Toi et pas mon Masayuki !

Sur le moment, je lui ai donné raison. Elle blâmait mes parents, qui à leur tour se fustigeaient eux-mêmes. C'était horrible à voir.

Je pris le parti de me montrer stoïque, supposant que c'était ce que mon père attendait de moi. Il aurait sûrement jugé des larmes indignes de moi. Et tata Oïma, elle aussi, me voulait forte. Dans mon esprit, ne pas trahir mes émotions équivalait à honorer l'une et l'autre famille, simultanément.

À mon retour à l'okiya, je résistai à l'attrait du placard et de son havre de paix. Le corps de Masayuki fut retrouvé une semaine plus tard. Il avait dérivé le long de l'écheveau des cours d'eau de Kyoto jusqu'à la rive du lac Fushimi. La veillée funèbre dura toute une nuit. Ensuite il y eut l'enterrement. Au bord du canal, la municipalité avait dressé une palissade verte en cordes.

Ce fut ma première rencontre avec la mort, et une de mes dernières visites chez mes parents.

La haine dans laquelle me tenait Yaeko devint implacable. Chaque fois qu'elle passait à côté de moi, elle murmurait d'une voix sifflante : « Je voudrais que tu sois morte. » Je conservai l'encyclopédie. Masayuki avait laissé des traces de doigts à toutes les pages. Et la mort m'obsédait. Qu'arrive-t-il quand on meurt ? Où se trouvait Masayuki ? Pourrais-je l'y rejoindre ? Je ne pensais plus qu'à ça, au point de négliger mes études. Après mûre réflexion, je me décidai à interroger les quelques vieux messieurs que je connaissais. Après tout, ils étaient plus proches du trépas que moi. L'un d'eux savait peut-être quelque chose.

Je questionnai M. Légumes, oncle Hori, mon professeur de calligraphie, M. Nomura, le docteur, M. Sugane, le blanchisseur… Aucun ne m'apporta hélas de réponse satisfaisante.

En attendant, le printemps approchait ainsi que les examens d'entrée au lycée. Vieille Sorcière me poussa à me présenter à celui de l'établissement le plus recherché de Kyoto. Vu mon état, j'échouai et me rabattis sur le lycée public le plus proche de la maison.

139

Yaeko en voulait tellement à mes parents qu'elle refusait de laisser plus longtemps auprès d'eux son fils aîné, Mamoru. Mais, comme elle était trop irres-ponsable et trop égoïste pour chercher un logement personnel, elle insista pour l'amener à l'okiya.

Ce n'était pas la première fois que Yaeko enfrei-gnait les règles. Sa seule présence, par exemple, était une aberration. En principe, seules étaient autorisées à loger sur place l'atotori et les jeunes geiko sous contrat. Yaeko n'était ni l'une ni l'autre. Même si elle se plaisait à croire qu'elle faisait encore partie de la famille Iwasaki, son divorce n'étant pas encore prononcé, son patronyme demeurait Uehara. Elle avait rompu son contrat avec l'établissement depuis son mariage. En outre, une fois que l'on a quitté une okiya, on n'a plus le droit d'y revenir.

Bravant l'autorité de tata Oïma et de Vieille Sor-cière, Yaeko fit venir Mamoru sous notre toit. Et ce n'est pas tout : elle introduisait clandestinement ses amants la nuit dans sa chambre. Je le sais, puisque, un jour, à mon réveil, en entrant à moitié endormie dans la salle de bains, je tombai sur un homme. Je me mis à crier. Quel tohu-bohu dans la maison !

Il n'était pas convenable qu'un membre du sexe masculin, quel qu'il fût, reste la nuit à l'okiya pour la bonne raison que cela risquait de jeter un doute sur la chasteté de ses habitantes. Rien ne passe inaperçu à Gion-Kobu. Et tata Oïma n'était jamais tranquille quand un homme se trouvait à la maison. Si, pour une raison ou pour une autre, il devait y coucher, même s'il s'agissait d'un proche parent, elle l'obligeait à attendre après le déjeuner pour nous quitter, au cas

140

où, en le voyant sortir de chez nous le matin, les gens se seraient fait des idées.

J'avais douze ans. Mamoru, quinze. Pas encore un homme, mais brassant assez d'air pour changer l'atmosphère de l'okiya. Je ne m'y sentais plus vraiment en sécurité. Il me taquinait d'une façon qui me mettait mal à l'aise.

Un jour, alors qu'il était dans sa chambre avec deux de ses copains, je lui montai un plateau de thé. Ils s'emparèrent de moi et me chatouillèrent. Je pris peur et courus me réfugier au rez-de-chaussée, poursuivie par leurs éclats de rire.

Un autre jour, je prenais un bain quand j'entendis du bruit dans la salle d'habillage. Je demandai :

– Qui est là ?

La voix de Suzu-chan me répondit du jardin :

– Mademoiselle Mineko, tout va bien ?

– Oui, très bien.

À cet instant, la porte coulissante de la pièce voisine claqua et j'entendis des pas précipités dans l'escalier extérieur qui montait au premier. Mamoru, sans aucun doute.

J'étais totalement ignorante en matière de sexualité. Personne n'avait jamais abordé la question avec moi et je n'étais pas très curieuse de nature. Le seul homme à s'être présenté nu devant moi était mon père, et encore cela datait de tant d'années que je ne me rappelais même pas à quoi ressemblait sa nudité.

Quelle ne fut pas ma stupeur, un soir, alors que je me déshabillais, quand Mamoru se glissa derrière moi, m'empoigna et me jeta à terre dans l'intention de me violer !

Il faisait très chaud. C'était l'été. Pourtant je me souviens d'avoir soudain été transie de froid. Je perdis mes esprits. Trop terrifiée pour crier, j'avais à peine la force de me débattre. À cet instant, Kuniko – je lui en serai éternellement reconnaissante – entra pour m'apporter une serviette et des vêtements propres.

Elle éloigna Mamoru de moi et le poussa si brutalement de côté que je crus un instant qu'elle allait le tuer.

– Salaud ! hurla-t-elle.

Kuniko, qui était toujours la placidité même, s'était muée sous mes yeux en une lionne en furie.

– Espèce de porc ! Comment oses-tu porter la main sur Mineko ? Hors d'ici ! Allez, de l'air ! Si jamais tu la touches, je te tranche la gorge. Tu m'entends ?

Il ne se le fit pas dire deux fois et disparut comme un voleur dans la nuit. Kuniko voulut m'aider à me relever. Je grelottais si fort que je n'arrivais pas à tenir debout. J'étais couverte de bleus.

Tata Oïma convoqua Yaeko et Mamoru, et, sans préambule, leur ordonna de quitter l'okiya.

– Tout de suite ! Maintenant ! Pas d'excuses. Ne dites pas un mot.

Par la suite, elle devait m'avouer qu'elle n'avait jamais été aussi en colère de sa vie.

Yaeko refusa tout net de partir. Elle n'avait nulle part où aller, ni personne pour l'accueillir, ce qui était vrai sans doute. Vieille Sorcière intervint pour déclarer qu'elle l'aiderait à trouver une solution.

Tata Oïma refusait de garder Mamoru une minute

142

de plus sous le même toit que moi. Elle appela à la rescousse mère Sakaguchi. Finalement, elles mirent au point un plan.

Le lendemain matin, tata Oïma me fit appeler auprès d'elle.

— Mine-chan, j'ai un grand service à te demander. Mère Sakaguchi a besoin d'aide en ce moment et voudrait que tu fasses un petit séjour chez elle. Cela ne te dérange pas trop ?

Après avoir réfléchi quelques secondes, je répondis :

— Je ferai ce que je pourrai.

— Merci, ma chérie. Je vais m'occuper de préparer ta valise, mais il vaut mieux que tu te charges de ton cartable toi-même.

À la vérité, j'étais secrètement soulagée.

Je partis chez mère Sakaguchi l'après-midi même.

Il fallut à Vieille Sorcière deux semaines pour trouver une maison à Yaeko dans le quartier, au sud de la grande rue de Shijo. Elle lui prêta la somme nécessaire pour l'acheter et Yaeko y emménagea avec Mamoru. L'okiya continua à gérer sa carrière. Cette stratégie avait un avantage : les Iwasaki ne perdaient pas la face. Yaeko était punie, mais l'incident était clos et personne n'était au courant.

Quant à moi, il me fallut des mois pour me remettre. Mes nuits se passaient en cauchemars et mes jours au bord de la crise de nerfs. Je vomissais comme un rien. Tout en étant consciente de l'inquiétude de mon entourage, je n'avais pas la force de feindre la santé. Mère Sakaguchi avait chargé une bonne de veiller sur moi vingt-quatre heures sur vingt-quatre.

15

Je me suis souvent demandé pourquoi tata Oïma avait supporté les agissements de Yaeko alors qu'elle se montrait si sévère pour tout le reste. Bien sûr, elle avait le souci de sauvegarder l'harmonie et le prestige de l'okiya, mais aussi, je pense, de ménager cette femme qui, après tout, était ma sœur de sang, la sœur de l'atotori.

Mère Sakaguchi, en revanche, estimant la punition de tata Oïma beaucoup trop indulgente, convoqua Yaeko et lui déclara :

— Je vous défends de danser en public pendant trois ans. J'en ai déjà informé maîtresse Aiko. En outre, jusqu'à nouvel ordre, vous êtes bannie de notre cercle. Vous n'avez pas le droit de franchir notre seuil ni celui des okiya qui nous sont associées. Nous ne voulons rien avoir à faire avec vous. Plus de petits cadeaux. Plus de gentilles visites, même pour le Nouvel An… Ah, autre chose… Je vous défends d'approcher Mineko. Vous êtes délestée de vos devoirs de grande sœur, même si vous en conservez le titre.

Cette dernière trouvaille était habile, puisqu'elle neutralisait la capacité de nuisance de Yaeko sans salir le nom que nous partagions.

La vie auprès de mère Sakaguchi s'avéra pour moi fort instructive. Femme de pouvoir à l'entregent merveilleux, elle recevait un flot presque ininterrompu de visiteurs en quête, qui d'une recommandation, qui d'un appui, qui d'un conseil.

Elle était fille de Gion-Kobu jusqu'au bout des ongles, l'enfant biologique et l'atotori légitime de la propriétaire de la prestigieuse okiya Sakaguchi, réputée pour son ohayashi, un orchestre de tambours à main et à baguettes dont elle devint vite une virtuose.

Promue geiko à un très jeune âge, elle fit en sorte de favoriser l'indépendance de ses « petites sœurs » afin de pouvoir se consacrer à la musique. Talentueuse comme elle l'était, elle gravit à toute allure les échelons, et on lui conféra l'exclusivité dans l'enseignement de certaines danses ainsi que le titre de koken, accordé seulement à cinq familles de Gion-Kobu.

La koken est entre autres responsable du choix de l'iemoto. Cette dernière n'est désignée qu'une fois en deux ou trois générations, dès lors qu'il y a rupture dans la filiation, c'est-à-dire quand l'iemoto n'a pas d'héritière directe. En l'occurrence, Inoue Yachiyo IV, ma maîtresse à danser, devait son élection à mère Sakaguchi.

Cette dernière avait dix ans de moins que tata Oïma, ce qui lui faisait dans les quatre-vingts à l'époque où j'emménageai chez elle. Je passai près d'un an et demi auprès de cette vieille dame encore pleine de sève qui dirigeait son petit monde avec un soin et une attention dont je fus la première à bénéficier.

Mon déménagement ne bouleversa en rien ma routine. J'allais toujours à l'école le matin, et l'après-midi je dansais. Seul changement notable : je dus par la force des choses renoncer à téter le sein de Kuniko ou de tata Oïma avant de m'endormir.

Je travaillais bien à l'école. J'étais en cinquième. Un jour, mon maître, que j'aimais beaucoup, tomba malade. On l'hospitalisa. Encore sous le coup de la mort de Masayuki, j'étais terrifiée à l'idée que le même sort l'attendait. Je harcelai si bien notre directeur qu'il finit par me glisser un bout de papier avec son adresse.

Je persuadai ensuite mes camarades de classe de fabriquer un « plié de mille grues » – ce grand oiseau échassier est au Japon un symbole de bon augure et le chiffre mille fait écho à la tradition qui veut qu'une grue puisse vivre mille ans. Malgré les hauts cris du remplaçant, neuf cent quatre-vingt-dix-neuf grues en origami naquirent de nos doigts en l'espace de trois jours. Enfilées sur une ficelle, elles formèrent un mobile qui, dans notre esprit, devait aider notre cher maître à guérir. Après quoi seulement l'une de nous plia la dernière grue, la millième : celle que le malade ajouterait au mobile une fois rétabli. Comme je n'avais pas le droit de traverser la rue Shijo, mes camarades allèrent sans moi lui livrer notre œuvre.

Il revint deux mois plus tard et nous distribua à

toutes des crayons en remerciement de notre geste. J'ai rarement éprouvé un tel soulagement : il n'était pas mort.

Je ne retournai vivre à l'okiya Iwasaki qu'à la rentrée de ma troisième.

En mon absence, le contrat de six ans que Tomiko avait signé avec l'okiya était arrivé à expiration. Elle aurait pu continuer à pratiquer le métier de geiko de manière indépendante, quoique sous la direction de tata Oïma, mais elle préféra se marier, comme elle en avait le droit.

En qualité de geiko sous contrat, Tomiko était demeurée une Tanaka et, à ce titre, on l'avait encouragée, contrairement à moi, à entretenir des liens avec mes parents et notre fratrie en leur rendant des visites régulières. C'est ainsi que le fiancé de ma sœur Yoshiko lui avait présenté son futur mari.

Tomiko me manquait, mais j'étais quand même contente d'être rentrée à la maison. Et puis je me faisais une fête du voyage scolaire de fin d'études qui se profilait à mon horizon de lycéenne : nous irions à Tokyo ! Une semaine avant le départ, j'eus très mal au ventre. En allant aux toilettes, je constatai que je saignais. Je devais avoir moi aussi ces fameuses hémorroïdes dont on souffrait dans la famille. Mais que faire ? Comme mon séjour aux W-C se prolongeait de façon anormale, Fusae-chan, une apprentie maiko, me demanda à travers la porte ce qui se passait. Je réclamai tata Oïma.

— Mine-chan, dit tata Oïma, qu'est-ce que tu as ?

– Oh, c'est hoooooorrible… Je saigne.

– Cela n'a rien d'horrible, Mineko. C'est très bien, au contraire.

– C'est bien d'avoir des hémorroïdes ?

– Mais non, c'est bien d'avoir tes règles.

– Mes quoi ?

– Règles. C'est tout ce qu'il y a de plus normal. On ne t'a pas appris ça à l'école ?

– On nous a dit quelque chose, oui, mais il y a longtemps.

A priori, vivre au sein d'une société exclusivement féminine devrait préparer naturellement à cette étape de la vie. Mais non, on ne parlait jamais de ces choses-là.

– Kuniko va t'apporter ce qu'il faut.

Et, à mon grand embarras – car quelle jeune fille aime voir répandre ce genre de détail intime sur sa personne ? –, elles en firent tout un plat. Tata Oïma commanda un repas de fête. Au tout-Gion qui défilait pour présenter ses félicitations, nous distribuions des bonbons appelés ochobo, petites boules surmontées d'un chapeau rouge comme un téton.

Cette même année, Yaeko remboursa la totalité de ses dettes, d'une part à tata Oïma pour son prêt de 1952 et d'autre part à Vieille Sorcière pour celui de sa maison en 1962. Tata Oïma à son tour rendit les sommes qui lui étaient dues à mère Sakaguchi.

En guise d'intérêts, Yaeko offrit à Vieille Sorcière une boucle d'obi en améthyste qu'elle eut l'indélicatesse d'acheter dans une boutique où nous allions tout le temps, de sorte que, forcément, nous en connaissions le prix. Vieille Sorcière était hors d'elle et, au lieu d'arranger les choses, ce cadeau confirma la vulgarité de Yaeko et son incapacité à comprendre le fonctionnement du karyukai.

Moi-même, je commençais à commettre quelques infractions à la règle. Quoi de surprenant ? J'avais quatorze ans. En cachette, je m'inscrivis au club de basket de mon école.

Ce ne fut pas une mince affaire. Il m'était strictement interdit de pratiquer quelque sport que ce soit, de peur que je ne me blesse. Je racontai donc à Vieille Sorcière que je m'étais inscrite dans un atelier de composition florale.

J'adorais le basket. Mes années de danse ayant aiguisé ma concentration et mon sens de l'équilibre, je me révélai une joueuse pleine de talent. Cette année-là, mon équipe termina classée deuxième au tournoi.

Vieille Sorcière ne découvrit jamais le pot aux roses.

16

En novembre 1964, à l'âge de quatre-vingt-douze ans, tata Oïma tomba subitement malade. Elle ne quittait plus son futon. Le jour de mes quinze ans fut un bien triste anniversaire. Je restai à son chevet le plus possible, je lui parlai, je massai ses vieux muscles fatigués. Seules Kuniko et moi étions autorisées à nous occuper d'elle.

À Gion-Kobu, nous commencions les préparatifs du Nouvel An le 13 décembre, avant le reste du Japon, par la fête du Kotohajime.

Notre premier devoir consistait à rendre visite à l'iemoto, qui nous offrait à chacune un éventail d'une couleur correspondant à notre rang afin de nous encourager à produire le meilleur de nous-mêmes durant l'année à venir. En retour, au nom de nos familles respectives, nous lui présentions des okagamisan, deux gâteaux de riz gélatineux placés l'un sur l'autre, assortis d'une enveloppe rouge et blanc fermée par une tresse d'or et d'argent contenant une somme équivalente à la valeur de l'éventail que nous avions reçu, autrement dit à notre statut au sein de la hiérarchie de l'école : petit montant pour les enfants, plus grand pour les geiko. À la fin du Kotohajime, l'iemoto fait don des friandises et de l'argent à une école pour handicapés.

Le 13 décembre, je m'habillai avec soin et partis faire ma visite de Kotohajime pleine d'un regret mélancolique : c'était ma dernière année avant mes débuts de maiko à l'automne suivant. Aussi tressaillis-je lorsque l'iemoto me fit un signe de la tête et me dit :

– Mine-chan, je voudrais qu'après-demain matin, à dix heures, tu te présentes à un examen à la section nyokoba. Il commence à dix heures précises.

Même si je n'avais aucune envie d'aller me présenter à un examen alors que tata Oïma était au plus mal, je n'avais pas le choix. Cependant, quand j'annonçai la nouvelle à cette dernière, je la vis tout d'un coup sortir de sa torpeur et s'animer presque comme autrefois ; elle souriait, faisait mine de vouloir chanter *sui-sui*.

Vieille Sorcière se montra encore plus excitée que tata Oïma.

– Cela nous laisse très peu de temps, dit-elle en se tournant vivement vers Kuniko afin de la prier d'annuler tous ses rendez-vous pour les quarante-huit heures à venir.

Tandis qu'elle organisait des répétitions, je protestai :

– Mais mon vrai examen est l'année prochaine seulement ! Celui-ci sera facile pour moi. Je connais toutes les danses.

151

– Ne dis donc pas de bêtises. Le temps nous est compté, il va falloir nous atteler à la tâche jour et nuit…

Vieille Sorcière tint parole. Elle ne me laissa pratiquement pas une minute de repos. Tant et si bien que je connaissais par cœur chaque nuance du moindre mouvement.

Le 15 décembre, elle me réveilla tôt pour être bien certaine que je n'arriverais pas en retard. Treize filles attendaient assises devant la salle 2 de l'école. Elles avaient l'air angoissées. Pour ma part, je n'avais même pas le trac : je ne me rendais pas compte de ce qui était en train de se jouer pour nous, pour moi.

Aux yeux de certaines, c'était l'examen de la dernière chance : si elles échouaient, c'en était fini du rêve de leur vie ; elles ne seraient jamais maiko.

On nous appela l'une après l'autre. Comme la porte était fermée, on ne pouvait voir ce qui se passait à l'intérieur. Lorsque vint le tour d'une de mes amies, je l'interrogeai à sa sortie :

– Qu'est-ce que l'iemoto t'a fait danser ?

– Torioi.

À ma seconde amie qui sortait de la salle, je posai la même question, à laquelle elle répondit aussi :

– Torioi.

Facile, me dis-je en en revoyant en pensée chaque figure de cette danse qui contait l'histoire d'une joueuse de shamisen.

Vint mon tour.

Le premier volet de l'examen portait sur l'ouverture de la porte. Je m'y employai avec une dextérité devenue seconde nature à force de pratique. Chacun de mes gestes était fluide et gracieux.

Je fis coulisser la porte, me prosternai et me retournai pour demander la permission d'entrer. Et c'est à ce moment-là que je compris l'angoisse qui avait l'air de tourmenter les autres candidates. L'iemoto n'était pas seule dans la salle, elle était flanquée de toutes les petites maîtresses, et de la propriétaire de l'Ichiriki, et des membres du Kabukai, et des déléguées des ochaya et des associations de geiko, et de personnages que je n'avais jamais vus. Bref, je ne me trouvais pas face à un public mais à un tribunal.

Ravalant ma surprise, je montai calmement sur l'estrade.

L'iemoto prononça un seul mot : « Nanoha » (l'histoire d'un papillon et d'une fleur). Ce ne serait donc pas Torioi. J'avoue que j'étais un peu déçue. Après une pause, je remerciai mes juges et me lançai. Tout alla parfaitement bien jusqu'à la dernière minute, où je commis une minuscule erreur. Je me figeai, laissant mon mouvement en suspens.

Me tournant vers la musicienne qui m'accompagnait, je lâchai :

– S'il vous plaît, on recommence depuis le début.

L'iemoto m'interrompit :

– Nous n'aurions rien remarqué si tu ne t'étais pas arrêtée. Excusez-moi, mais puisque Mineko avait presque terminé le morceau, pourrait-elle seulement reprendre la dernière figure ?

– Bien sûr, répondit la salle.

– Mine-chan, juste la dernière partie…

Je terminai sans anicroche.

Vieille Sorcière m'attendait en arpentant le corridor comme une chatte inquiète. Elle me sauta dessus :

— Comment ça s'est passé ?

— J'ai fait une faute.

— Une faute ? Quel genre ? Tu as raté ?

— Sûrement.

— Oh, j'espère que non…

— Pourquoi ? m'étonnai-je, toujours inconsciente des enjeux.

— À cause de tata Oïma, elle va être catastrophée. C'est très mauvais pour elle.

Mon cœur se serra. J'avais complètement oublié tata Oïma. Non seulement j'étais une piètre danseuse, mais je me comportais en horrible égoïste. Après une éternité, les membres du Kabukai nous rassemblèrent toutes pour nous donner les résultats.

— J'ai la joie de vous annoncer que Mlle Mineko Iwasaki a remporté la première place. Mes félicitations, Mineko.

Ensuite, quelqu'un afficha une liste sur le mur en disant :

— Voici les autres résultats. Désolé pour celles qui ont échoué.

Je n'en croyais ni mes oreilles ni mes yeux. C'était stupéfiant. Pourtant c'était écrit, là, noir sur blanc.

— C'est parfait, déclara Vieille Sorcière, folle de joie. Tata Oïma va en sauter de son lit ! Mineko, je suis fière de toi. Quelle magnifique victoire ! Allons fêter ça avant de rentrer à la maison, qu'en dis-tu ? On va inviter tes amies. Où veux-tu aller ? Ton choix sera le mien…

154

Je ne l'avais jamais vue aussi bavarde.

Cela nous prit des heures pour arriver jusqu'au Grill Tararabune, pour la simple raison que Vieille Sorcière s'inclina devant chaque personne que nous croisions pour lui annoncer :

– Mineko est sortie première ! Merci beaucoup !

Si elle remerciait ainsi tout le monde, c'est qu'au Japon on estime qu'il faut tout un village pour élever un enfant. J'étais le fruit d'un effort collectif plutôt que celui d'une seule famille ou d'un seul individu. Et cette collectivité, c'était Gion-Kobu.

Les propriétaires du Grill, de vieux amis, étaient aux petits soins pour nous. Comme j'étais la seule à ne pas m'amuser, une des filles me demanda pourquoi je faisais la tête.

– Mange ton steak et tais-toi, lui rétorquai-je.

Je broyais du noir. J'étais moins heureuse de mon résultat à l'examen que malheureuse pour celles qui l'avaient raté. Et puis l'état de santé de tata Oïma me tourmentait. Par ailleurs, je ne pouvais m'empêcher de songer à mes relations avec Vieille Sorcière.

Cela faisait dix ans que je vivais à l'okiya Iwasaki, cinq que la famille m'avait adoptée, et pas une fois je ne m'étais permis d'appeler Masako Iwasaki, c'est-à-dire Vieille Sorcière, « maman ».

Un jour, peu après que nous avions reçu les papiers d'adoption, je l'avais, pour rire, arrosée avec un pistolet à eau. Elle était venue vers moi en disant :

– Si tu étais ma vraie fille, tu aurais droit à une bonne fessée.

Moi qui avais renié ma mère, j'eus la sensation d'un rejet violent de sa part.

Lorsque Masako était plus jeune, tata Oïma l'avait poussée à avoir un enfant. Au karyukai, les mères célibataires ne sont pas mal vues. Bien entendu, même s'il n'est pas impossible d'y élever un garçon, c'est plus facile quand il s'agit d'une fille, et puis tata Oïma espérait que Masako mettrait au monde une atotori.

Mais Masako ne souhaitait pas transmettre sa propre illégitimité comme une tare. En outre, la tuberculose l'ayant affaiblie, elle avait peur de ne pas être assez forte pour supporter une grossesse.

Je savais tout cela et, à présent, après avoir vu combien elle s'était donné du mal pour moi ces deux derniers jours, combien elle m'avait soutenue dans mes efforts durant cette épreuve, je me disais qu'au fond une vraie mère n'aurait pas mieux fait pour sa fille.

À la fin du repas, je la regardai droit dans les yeux et prononçai ces mots :

— Maman, je veux rentrer à la maison.

Un éclair de stupéfaction passa dans ses yeux. Puis elle me sourit :

— Entendu, allons-y… Merci à tout le monde d'être venu. Je suis tellement contente que vous ayez pu vous joindre à nous…

En chemin vers l'okiya, elle me confia :

— Ç'a été l'un des plus beaux jours de ma vie.

À notre arrivée, nous avons trouvé tata Oïma rayonnante de bonheur.

— Je n'ai jamais douté de sa réussite ! Maintenant, nous devons nous occuper de tes kimonos. Nous allons commencer dès demain. Masako, il faut appeler Eriman et Saito et tous les autres. Dressons une liste. Il y a tant à faire !

Elle était mourante, mais elle avait encore toute sa tête. Son souhait le plus cher s'apprêtait à être exaucé. Elle tenait à me ménager des débuts spectaculaires. Quant à moi, j'étais partagée entre le plaisir de la contenter et l'envie de continuer à danser et à aller au lycée.

Après cet examen, tout alla si vite que je n'eus plus le temps de méditer sur mon avenir. Mère Saka-guchi, tata Oïma et maman Masako – que je n'appe-lai plus jamais Vieille Sorcière – décidèrent de faire de moi une manarai, une apprentie maïko, dès le 15 février. Elles fixèrent la cérémonie de mes débuts au 26 mars. Mon brevet de fin d'études au lycée tombait le 15 du même mois.

L'okiya Iwasaki se transforma en une ruche, entre les préparatifs du Nouvel An et ceux de mon intronisation. Il fallait nettoyer, balayer, essuyer, astiquer à fond la maison. Un flot constant de fournisseurs venait prendre commande ou effectuer des retouches sur mes kimonos. Kuniko, Aba et maman Masako étaient actives comme des abeilles. Pour ma part, je ne quittais pas le chevet de tata Oïma. De temps à autre, Tomiko faisait une apparition et nous prêtait main-forte en dépit de son ventre qui s'arrondissait : elle attendait son premier fils.

Tata Oïma tint à me dire quel plaisir elle éprouvait à m'entendre appeler Masako « maman ».

– Mineko, je sais qu'elle n'a pas très bon caractère, mais elle a le cœur généreux. Les gens qui la croient austère et froide ont tort. Elle ne laisse jamais personne dans la difficulté. Sois gentille avec elle. Elle n'est pas méchante comme Yaeko.

Je m'efforçai de la rassurer :

– Je comprends, tata Oïma. Ne t'inquiète pas pour nous. Tiens, je vais te faire un petit massage.

On ne reste pas longtemps minarai, mot qui signifie « apprendre par l'observation ». Pendant ces quelques mois – pour moi ils furent deux –, la future maiko se familiarise avec le fonctionnement de l'ochaya. En kimono à longues manches amples, elle assiste le soir aux banquets à titre de spectatrice. Ainsi elle est à même d'apprécier les nuances dans les mouvements, l'attitude, les préséances imposées par l'étiquette, la conversation, toutes qualités qu'elle sera bientôt appelée à déployer.

La minarai doit se présenter chaque soir en tenue à l'ochaya dont la propriétaire se charge d'organiser ses rendez-vous. Elle sert aussi à la jeune fille de conseillère, si bien que souvent des amitiés durables se nouent entre elles.

La première étape consistait à choisir l'ochaya à laquelle me confier. En général, les Sakaguchi faisaient leur apprentissage au Tomiyo et les Iwasaki au Mankiku. Pour une raison qui m'échappe mais qui devait relever d'une manœuvre politique, mes aînées sélectionnèrent pour moi le Fusanoya.

Le 9 janvier, le Kabukai divulgua les noms des geiko élues pour se produire cette année-là dans la

158

danse des cerises, le Miyako Odori. Le mien y figurait. La chose était donc officielle. On m'informa que la prise de vues pour la photo destinée à la brochure publicitaire aurait lieu le 26 janvier. Il faudrait par conséquent que l'okiya Iwasaki m'ait pour cette date fourni une parure de cérémonie complète. Cette annonce eut sur les préparatifs un effet d'accélération. La vie à l'okiya devint un tourbillon.

Le 21 janvier, dès mon retour de mon cours de danse, je me précipitai comme toujours pour raconter ma journée à tata Oïma. Dès que je m'assis à ses côtés, elle tourna sa pauvre vieille tête et rendit son dernier soupir. Elle m'avait attendue. Kuniko était là elle aussi. Nous étions tellement bouleversées que nous ne pleurions même pas. Je n'arrivais pas à croire qu'elle avait disparu.

Les funérailles de tata Oïma restent inscrites dans ma mémoire en noir et blanc, comme dans un vieux film. Il faisait un froid glacial. Une tempête de neige soufflait dans les ruelles étroites qui se couvraient d'un tapis blanc. Et c'est par centaines que les kimonos de deuil aux teintes sombres sont venus des quatre coins de Gion-Kobu s'agglutiner dans l'okiya Iwasaki.

Sur une bande d'étoffe disposée sur le sol depuis le genkan jusqu'à l'autel des ancêtres, on avait répandu une épaisse couche de gros sel, de manière à tracer un chemin d'une blancheur immaculée.

Nous étions toutes les trois, maman Masako, Kuniko et moi, assises sur nos talons dans un coin de la pièce pendant que le bonze chantait des sutras devant la bière où reposait tata Oïma.

Les cendres que nous cueillîmes au bout de nos baguettes pour les placer dans l'urne après la crémation étaient aussi blanches que les flocons de neige qui tombaient dehors. Après avoir déposé l'urne sur l'autel des ancêtres, le bonze procéda à une cérémonie plus intime.

L'okiya Iwasaki reposait désormais entièrement sur les épaules de maman Masako.

Le 26 janvier, date de la prise de vues, tombait par hasard au septième jour après la mort de tata Oïma, le jour de la première commémoration, qui est presque plus importante au Japon que les funérailles elles-mêmes.

Ce matin-là, je me rendis chez le maître coiffeur. Puis mère Sakaguchi vint à l'okiya me maquiller le visage et le cou. Coiffée du chignon raffiné et complexe de la maiko, je me tenais sagement devant elle, fière de me sentir aussi grande, quand, voyant la tendresse et la satisfaction se peindre sur son visage, soudain je me rendis compte que tata Oïma était morte. J'éclatai en sanglots. Enfin. Le travail de deuil avait commencé. Je pleurai pendant deux heures avant que mère Sakaguchi pût appliquer la première touche de blanc sur ma joue.

Quarante-neuf jours après le décès, nous avons enterré l'urne dans le caveau Iwasaki au cimetière Otani.

Bébé, avec mon père, ma mère, mon frère et mes sœurs.

La passerelle du canal devant la maison.
C'est dans ce canal que s'est noyé Masayuki.

À l'âge de six ans.

Dans le quartier de Gion, en 1956, j'ai sept ans.

En papillon, à l'âge de dix ans.

Yaeko (gauche), mère Sakaguchi (droite).

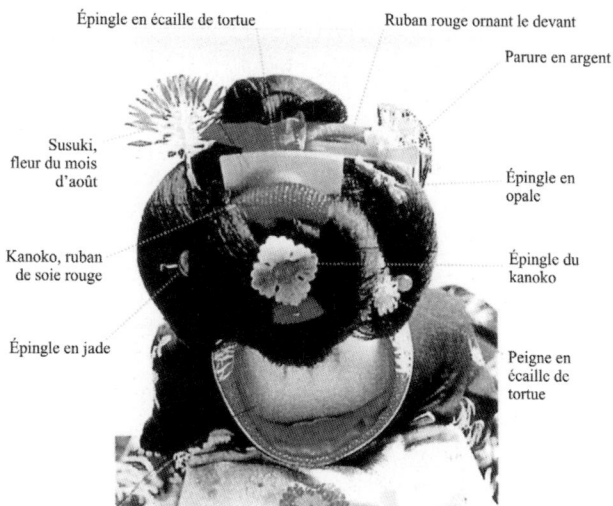

Épingle en écaille de tortue

Ruban rouge ornant le devant

Parure en argent

Susuki,
fleur du mois
d'août

Épingle en
opale

Kanoko, ruban
de soie rouge

Épingle du
kanoko

Épingle en jade

Peigne en
écaille de
tortue

La coiffure wareshinobu.

En compagnie du
prince Charles.

Maman Masako,
à l'âge de
quarante-quatre ans.

Devant l'okiya Iwasaki.

La coiffure sakko.
C'est aussi mon dernier jour en tant que maiko.

Le jour où je suis devenue geiko, mes fans
m'ont envoyé de nombreux messages
de félicitations peints à la main que nous avons
suspendus dans l'entrée de l'okiya.

Sur scène pendant le Miyako Odori.

Portrait estival

Dans le jardin d'une ochaya.

Une cérémonie du thé pendant le Miyako Odori.

Ma dernière représentation, à l'âge de vingt-neuf ans.

17

L'esthétique qui imprègne la vie de l'ochaya est influencée par l'art de préparer et de boire du thé, auquel nous donnons au Japon le nom de « voie de thé ». Cette cérémonie consiste en un rituel d'une notoire complexité, destiné à célébrer les joies simples d'une réunion entre amis – un instant de répit dans les soucis du quotidien. Et de quels extraordinaires artifices on use pour recréer un climat de simplicité… Du pavillon de thé jusqu'au plus modeste bol, tout a été fabriqué avec le plus grand soin par les artisans les plus délicats. L'hôte lui-même manie les ustensiles avec des gestes soumis à une chorégraphic minutieuse qui nécessite beaucoup de pratique. Rien n'est laissé au hasard.

De même, à l'ochaya, tout est calculé afin que les invités y trouvent un refuge de sérénité au cours d'une sorte de banquet que nous appelons un ozashiki, mot qui désigne aussi la salle traditionnelle où se tient cet événement.

L'ozashiki offre au client l'occasion de profiter

pendant quelques heures, dans un environnement paisible – tatamis, tokonoma, arrangement floral aux fleurs toujours fraîches –, de la compagnie la plus exquise en se régalant de mets raffinés, préparés par des cuisinières extérieures appelées sidashi. À l'instar de la cérémonie du thé, il permet de se couper des réalités du monde. L'ochaya fournit le cadre, les maiko et les geiko servent de catalyseurs, mais c'est en fin de compte le degré de raffinement du client qui donnera le ton de la soirée.

Une ochaya n'est pas une auberge espagnole : pour y entrer, il faut avoir été présenté officiellement, en général par des habitués de la maison. Cette sélection garantit que l'hôte d'un banquet est un homme bien élevé, solvable et cultivé. Il arrive souvent qu'un père soucieux d'éducation y amène son fils adolescent. C'est ainsi que les liens de certaines familles avec telle ou telle ochaya se perpétuent au fil des générations.

Pour des raisons analogues, il se forme entre une ochaya et les clients qui fréquentent l'établissement au moins une fois par semaine un climat de confiance mutuelle. Je garde beaucoup de bons souvenirs de ces relations d'affection et de sympathie ; ce que je préférais dans un ozashiki, c'était d'en sortir en ayant appris quelque chose.

Bien entendu, il y avait ceux qui me plaisaient tellement que je m'efforçais d'assister à leurs banquets même quand j'étais débordée, et ceux que je prenais soin d'éviter.

La geiko est engagée pour divertir l'hôte et ses invités. Elle est là pour mettre tout le monde à l'aise.

Les naikai assurant le service, elle se contente de verser un peu de saké. Dès qu'elle entre dans l'ozashiki, elle doit aller droit à la personne qui préside et engager avec elle la conversation. Faisant taire ses sentiments, elle doit par son attitude lui dire : « Je n'avais qu'une hâte, c'était de venir bavarder avec vous. » Si jamais dans son visage quelque chose communique au client : « Je ne peux pas vous sentir », elle est indigne de porter le nom de geiko.

Le pire pour moi, c'était quand le client me dégoûtait physiquement. Il est infiniment pénible de dissimuler un sentiment de répulsion. Les clients ayant payé pour que je leur tienne compagnie, la moindre des politesses était de me montrer aimable avec eux. Mais la nécessité de cacher ses sympathies et antipathies sous un vernis de courtoisie m'a semblé une des épreuves les plus ingrates du métier.

Jadis, les clients étaient souvent des joueurs de shamisen ou des amateurs de danse japonaise. Ils portaient donc sur ce qu'ils voyaient un œil de connaisseur et engageaient tout naturellement avec les geiko des discussions sur l'actualité, la littérature, la cérémonie du thé, les compositions florales, la poésie, la calligraphie, ou autres, qui sont notre domaine d'élection. De nos jours, hélas, les gens qui ont les moyens n'ont pas toujours le temps et la culture indispensables pour s'intéresser aux choses de l'esprit.

Un banquet dans une ochaya coûte une petite fortune : environ 500 euros l'heure, nourriture et geiko non comprises. Un ozashiki de deux heures pour quelques invités en compagnie de trois ou quatre geiko peut se monter en tout à 2 000 euros.

Il existe deux sortes de geiko : les tachikata et les jikata. Une tachikata est spécialisée dans la danse et a été formée à un très jeune âge. Elle joue aussi d'un autre instrument que le shamisen, comme la flûte traversière ou le tambour. Elle fait ses débuts de maiko à l'adolescence. Une jikata – telle ma sœur Tomiko – commence sa formation plus tard, se consacre à la pratique d'un instrument de musique et chante des ballades. Elle doit attendre quelques années de plus pour devenir maiko. Une tachikata doit être belle, alors que, pour être jikata, il n'est pas nécessaire de posséder tant d'attraits.

L'okiya Iwasaki était réputée pour la qualité de ses percussionnistes. Pour ma part, je maîtrisais à la perfection le tsuzumi. Mais, comme j'étais renommée pour mes talents de danseuse, en général on ne me demandait pas de jouer.

Le montant des honoraires d'une geiko est calculé en unités de temps appelées hanadai, «argent-fleur», qui correspond en général à une quinzaine de minutes. En plus de l'hanadai que touche l'établissement, le client verse directement à la geiko un pourboire dans une petite enveloppe blanche qu'il glisse dans l'obi ou la manche de celle qui l'a si bien diverti.

À la fin de la soirée, l'ochaya calcule la somme des hanadai pour toutes les maiko et geiko qui ont participé aux banquets. Ces sommes sont enregistrées sur des cartes déposées dans une boîte à l'entrée de l'ochaya. Au matin, un envoyé du keban, le bureau d'enregistrement des geiko, vient les ramasser. Cet organisme, émanation de l'association des geiko, fixe le pourcentage à prélever sur les honoraires, se charge de récupérer l'argent et de partager la recette entre les parties concernées : le Trésor public, le keban, l'okiya et l'ochaya. Ensuite, il incombe à la patronne de l'okiya de déduire des revenus de la geiko les frais d'habillement, et de transférer l'argent qui lui revient sur son compte.

Le 15 février fut un grand jour. Je commençai à la fois à répéter pour le Miyako Odori, à suivre à plein temps les cours au nyokoba et à assister aux banquets en qualité de minarai.

Mère Sakaguchi vint à l'okiya superviser mon habillage et procéder elle-même à mon maquillage.

Quel travail !

Une maiko en costume est conforme à l'idéal de beauté nippon. Elle ressemble à une princesse de l'époque Heian, au point qu'on la dirait sortie d'un rouleau peint du XIᵉ siècle. Son visage est un ovale parfait, sa peau de lait, sa chevelure aile-de-corbeau. Ses sourcils sont des demi-lunes, sa bouche un bouton de rose. Elle a un long cou gracile et sensuel, un corps aux courbes exquises.

Je me rendis chez le coiffeur qui me fit un wareshinobu, la première coiffure de la maiko. Les cheveux sont étirés, enduits de brillantine puis noués au-dessus de la tête par des rubans de soie rouge appelés konoko et tenus par une profusion d'épingles à cheveux, les kandashi, indissociables de l'image traditionnelle de la maiko.

Une fois maiko, je rendais visite au maître coiffeur une fois tous les cinq jours. Pour ne pas abîmer ma coiffure, je dormais sur un oreiller en bois laqué rectangulaire, surmonté d'un coussinet. Au début, j'avais du mal à dormir, mais je finis par m'habituer. À l'okiya, les bonnes ont un truc pour éviter que l'on repousse cet objet inconfortable durant le sommeil : elles saupoudrent de son de riz le drap du futon tout autour, de sorte que si par malheur on pose la tête par terre, cette poudre brune se colle tellement aux cheveux que l'on n'a plus qu'à retourner chez le coiffeur.

Je portais derrière mon chignon deux épingles à cheveux en forme de pruniers en fleur – on était en février – qui symbolisent la venue du printemps ; sur les côtés devant, une paire de grandes épingles en argent ; sur le sommet, un autre kandashi représentant des orangers en fleur et enfin, insérée horizontalement dans le bas du chignon, une épingle en corail et en jade.

Mère Sakaguchi m'appliqua au pinceau le maquillage blanc caractéristique de la maiko, du cou à la poitrine et de la racine des cheveux à la naissance du dos. Au départ, ce maquillage était porté par les aristocrates de sexe masculin quand ils étaient reçus en audience par l'empereur. Ce dernier, considéré comme un dieu, recevait ses sujets caché derrière un mince paravent. Dans le clair-obscur de la salle éclairée à la bougie, le maquillage blanc permettait à l'empereur d'identifier la personne qui lui parlait. Par la suite, les danseurs et les acteurs adoptèrent cet artifice. Non seulement le masque blanc rehausse la présence sur scène mais il est flatteur pour le teint.

Sauf qu'autrefois, paradoxalement, la crème utilisée contenait du zinc, qui abîmait la peau.

Mère Sakaguchi posa ensuite un peu de rose sur mes joues et mes sourcils. Puis elle peignit de rouge ma lèvre inférieure, la peinture de la lèvre supérieure étant réservée à la geiko.

Le moment était venu de m'habiller. On appelle hikizuri le kimono de la maiko. Il diffère du costume habituel en ce qu'il est pourvu d'une splendide traîne arrondie, que ses manches sont très longues et qu'il laisse la nuque à découvert jusqu'aux épaules. En outre, l'obi de l'hikizuri, qui peut mesurer jusqu'à cinq mètres de long, tombe dans le dos jusqu'aux chevilles.

Le mien était en satin dans de subtiles nuances turquoise. L'épais ourlet de la traîne, teinte dans une gamme orangée, s'animait d'un motif d'aiguilles de pin, feuilles d'érable, cerisiers en fleur et pétales de chrysanthèmes. Sur mon obi en damas noir voletaient de grands papillons aux ailes jaune vif rayées de noir, identiques au papillon en argent qui ornait ma boucle de ceinture.

Mon sac à main traditionnel, le kago, dont la base est un panier et la partie supérieure en shiburi, un tissu teint à minuscules points noués ressemblant à du batik, était couleur pêche, peint de papillons blancs. Il contenait entre autres mon éventail pliant de danseuse – trois diamants rouges sur fond or –, une serviette avec le même motif et un peigne en buis. Tous ces objets étaient frappés au blason de l'okiya Iwasaki.

Une fois parée, je glissai mes pieds dans mes

okobo et la bonne fit coulisser la porte donnant sur la rue. Mais voilà que soudain je me figeai, consternée de me trouver devant une foule qui se pressait dans la rue au coude à coude, devant tous ces visages tournés vers moi, devant tous ces yeux brillants.

Je me retournai, affolée.

– Je ne peux pas sortir, lançai-je à Kuniko, qui se trouvait juste derrière moi. On peut attendre qu'ils soient partis ?

– Ne fais pas l'idiote, Mineko ! Ils sont venus t'admirer.

Bien sûr, je n'avais pas été sans remarquer que tout le monde attendait mes débuts avec impatience, mais à ce point…

– Sors, Mineko ! cria une voix enthousiaste dans la foule. Qu'on voie comme tu es belle !

Et moi de continuer à supplier Kuniko tout bas :

– Non, pas tout de suite, tout à l'heure, quand ils seront partis…

– Mineko, ils ne vont pas partir comme ça. C'est l'heure, il faut y aller. Tu ne peux pas te permettre d'être en retard le premier jour.

Mais j'étais braquée. Je ne voulais pas que tous ces gens me contemplent comme une bête curieuse. Kuniko tentait de calmer l'accompagnatrice du Fusa-noya, qui commençait à montrer des signes d'impatience. Finalement, Kuniko trouva l'argument décisif :

– Fais-le pour tata Oïma. C'était son rêve. Ne la déçois pas.

Je n'avais pas le choix. Je me tournai de nouveau vers la rue et, prenant une profonde inspiration, je me dis : « Papa, maman, tata Oïma, me voilà ! », puis posai mon okobo sur la marche.

Je franchissais une nouvelle passerelle.

Ma sortie fut très applaudie ; félicitations et compliments fusaient de toutes parts. J'étais trop accablée pour y répondre. Cou blanc ployé, paupières baissées, je voguai lentement parmi la foule qui s'ouvrit devant moi pour me laisser un passage jusqu'à l'ochaya. Même si je ne les ai pas vus dans la cohue, je suis persuadée que mes parents étaient là quelque part.

Le patron de l'ochaya, que l'on appelle otosan (père), me gronda pour mon retard.

— Il n'y a pas d'excuse qui tienne, jeune fille, surtout le premier jour. Cela montre que vous n'êtes pas motivée. Vous êtes une minarai maintenant. Alors conduisez-vous comme telle.

Manifestement, il prenait son rôle de mentor au sérieux.

— Oui, monsieur, dis-je un peu sèchement.

— Et je vous prie de parler correctement. Je vous rappelle qu'on ne dit pas *hae* mais *hei*.

— Hae, veuillez m'excuser.

— Vous voulez dire qu'il faut travailler si vous voulez avoir l'air d'une vraie geiko.

— Hae.

J'avais l'impression de revenir dix ans en arrière, à l'époque où j'avais pris mon premier cours avec l'iemoto. Elle m'avait adressé exactement les mêmes reproches. Il est vrai que j'ai eu du mal à assimiler les intonations et les subtilités de la langue du karyukai, ce dialecte doux et feutré, fait d'imprécisions qui demandent qu'on lise entre les lignes.

Heureusement, la patronne du Fusanoya se montra plus encourageante.

– Ne vous inquiétez pas, vous mettrez un peu de temps à vous habituer, mais vous finirez par le parler couramment.

Elle avait raison. Aujourd'hui, cette langue m'est devenue une seconde nature, je ne peux plus m'exprimer autrement. La parole de cette femme était d'or. D'ailleurs elle allait être ma lumière, mon guide, mon pilote à travers les eaux tumultueuses qui s'étendaient devant moi.

18

Ce soir-là fut celui de mon premier banquet, mon premier ozashiki, dont l'invité d'honneur se trouva être un distingué Occidental. L'interprète lui expliqua que j'étais une apprentie maiko qui débutait à l'ochaya.

Comme l'hôte étranger se tournait vers moi pour me poser une question, je m'efforçai d'y répondre dans mon anglais d'écolière.

– Vous allez parfois voir des films américains ?

– Oui.

– Connaissez-vous des acteurs d'Hollywood ?

– Je connais James Dean.

– Et des réalisateurs ?

– Je connais un nom. Elia Kazan.

– Merci. Je suis très honoré. Car Elia Kazan, c'est moi.

– Ce n'est pas possible ! Je tombe des nues ! m'exclamai-je en japonais.

À l'époque, la bande originale d'*À l'est d'Éden*

était sur toutes les lèvres. Voilà, me dis-je, un bon présage pour la suite de ma carrière.

Hélas, ma joie fut de courte durée.

L'interprète informa M. Kazan de mon désir de me consacrer à l'art de la danse et il demanda à me voir danser. Ce n'était pas dans les usages, étant donné que je n'avais pas encore effectué mes débuts officiels, mais j'acceptai et j'envoyai chercher une accompagnatrice.

Nous nous repliâmes dans la pièce voisine pour nous consulter à voix basse.

– Quel morceau veux-tu que je joue ? s'enquit la jikata.

À cet instant, le vide se fit dans mon esprit et je ne pus que marmonner quelques mots incompréhensibles.

– Que dirais-tu de Gion-Kouta, la ballade de Gion ?

– J'ignore cette danse.

– Alors les saisons de Kyoto ?

– Aussi.

– Akebono, l'aube ?

– Aussi, soupirai-je.

– Tu es pourtant bien la fille de Fumichiyo, non ? dit-elle en haussant le ton.

(Fumichiyo étant le nom de geiko de ma mère adoptive Masako.)

Effrayée à l'idée que l'on risquait de nous entendre, je répliquai dans un chuchotement :

– C'est mon premier banquet, je ne sais pas comment m'y prendre. Décide pour moi.

– Tu n'as pas encore appris les danses de maiko ?

Je fis non de la tête.

— Bien, dans ce cas, nous allons faire avec ce que l'on a. Qu'apprends-tu en ce moment ?

Je lui récitai une longue liste.

— Shakkyou (la lionne et ses lionceaux), Matsuzu-kushi (l'histoire d'un pin), Shisha (le récit d'un tour-noi en char à bœufs entre quatre compagnons de l'empereur), Nanoha (le papillon et la fleur de colza toute fraîche éclose)…

Aucune de ces danses ne figurait au répertoire de la maiko.

— Je n'ai pas mes partitions avec moi aujourd'hui, me dit la jikata. Dommage que je ne sois pas sûre de les connaître par cœur. Connais-tu celle qui s'intitule le char de l'empereur ?

— Oui, celle-là, je sais la danser. Essayons.

Je me doutais qu'elle ne connaissait pas cette mélo-die sur le bout des doigts. Cela ne manqua pas : elle commit plusieurs erreurs. J'étais au trente-sixième dessous. Heureusement, les invités parurent ne s'aper-cevoir de rien. Ils avaient l'air enchantés de notre prestation. Je me sentais vidée.

Ma deuxième journée se passa sous de plus favo-rables auspices. D'abord, j'arrivai à l'heure au Fusa-noya, la tête haute.

J'y appris que j'avais un engagement au presti-gieux restaurant Tsuruya, ce qui n'avait rien d'ex-ceptionnel, puisque nous nous produisions souvent à l'extérieur de l'ochaya, dans les restaurants ou les salons privés des grands hôtels. L'okasan du Fusanoya m'y escorta.

La tradition veut que la plus jeune entre la première dans la salle de banquet. L'okasan m'indiqua la marche à suivre.

– Ouvre la porte, fais passer la cruche de saké à l'intérieur et salue les invités.

Dès que je poussai le battant, je ne vis plus qu'une seule chose : la resplendissante collection de poupées exposée sur une estrade contre le mur du fond. Ces figurines représentant la maison impériale sont au cœur du rituel de la fête des filles à l'orée du printemps. Sans réfléchir, je filai droit vers les poupées en passant devant les dix convives et m'exclamai :

– Comme elles sont belles !

L'okasan se rapprocha vivement pour me réprimander à mi-voix :

– Mineko ! Sers les invités !

– Oh… bien sûr.

Mes mains étaient vides. Je regardai autour de moi. La cruche se trouvait toujours près de la porte, là où je l'avais abandonnée. Par bonheur, les invités jugèrent mon entrée charmante plutôt qu'offensante.

Après quoi, chaque après-midi, je m'habillai pour me rendre au Fusanoya. Lorsque je n'avais aucun engagement, je dînais avec l'okasan, l'otosan et leur fille dans le salon de l'ochaya. Nous jouions ensuite aux cartes jusqu'à dix heures, l'heure pour moi de rentrer à l'okiya.

Un soir, l'okasan de l'ochaya Tomiyo téléphona à l'okiya pour me prier de venir immédiatement. Dès mon arrivée, elle me fit entrer en toute hâte dans une salle de banquet. Sur une estrade s'alignaient au moins quinze maiko. On me fit monter à côté d'elles. J'étais si intimidée que je tentai de me dissimuler dans l'ombre d'un pilier.

Dix personnes se tenaient au milieu de la pièce. Un homme m'interpella :

– Vous, là, près du pilier. Avancez de quelques pas. Asseyez-vous. Levez-vous maintenant. Tournez-vous...

Je n'avais aucune idée de ce qui se tramait, mais j'obtempérai néanmoins.

– Parfait, déclara l'homme, elle sera notre modèle pour l'affiche de cette année.

C'était le président de l'association des négociants en kimonos, le grand manitou qui sélectionnait la maiko devant servir de vitrine à l'ensemble de la profession. Ce portrait en pied, haut de trois mètres, était affiché dans toutes les boutiques de kimonos du Japon. Toutes les jeunes maiko rêvaient d'être choisies.

Comme, pour l'affiche de cette année-là, je savais qu'il y avait déjà une heureuse élue, je restai interdite, ne sachant que penser.

À mon retour au Fusanoya, j'interrogeai l'okasan.

– Mère, je dois poser pour une photographie.

– Laquelle ?

– Je ne suis pas certaine. Une photo.

– Mine-chan, je crois que nous devons avoir une petite conversation toutes les deux. Père me dit que tu as été choisie pour le dépliant du programme du

Miyako Odori. C'est une affaire de première importance, vois-tu. Et maintenant, tu as été aussi choisie pour encore un autre grand honneur. Je ne voudrais pas jouer les rabat-joie, mais je crains qu'un pareil succès ne suscite des jalousies. Sois très prudente. Certaines filles peuvent se révéler de vraies harpies.

– Qu'une autre prenne donc ma place, si c'est comme ça. Peu m'importe.

– Je crains que cela ne soit pas convenable.

– Je ne veux pas qu'elles soient méchantes avec moi.

– Je sais, Mineko. Il n'y a rien à faire, sauf qu'il vaut mieux être avertie. Tu ne dois pas t'étonner de susciter de l'envie autour de toi.

– Je ne comprends pas.

Si j'avais pu imaginer ce qui m'attendait...

Les persécutions démarrèrent dès le lendemain matin, à mon arrivée à l'école. Elles m'ignorèrent toutes jusqu'à la dernière du lot. Aucune de mes camarades ne m'accorda un regard.

Il s'avéra que le président de l'association des négociants en kimonos avait évincé la lauréate précédente en ma faveur. Cette mesure avait soulevé des protestations : on était furieux de me voir prématurément portée au pinacle. Je n'étais même pas encore maiko ! Une simple minarai. Même celles que je considérais jusqu'ici comme mes amies refusaient de m'adresser la parole. J'étais déchirée entre le chagrin et la colère. Pourtant je n'avais rien fait de mal !

J'apprenais à mes dépens que, comme beaucoup de sociétés régies par les femmes, Gion-Kobu était miné par les intrigues, les trahisons, les rivalités sournoises et mesquines. Je n'arrivais cependant pas à comprendre comment on pouvait chercher à blesser une condisciple. Surtout si cette dernière n'avait en rien cherché à nuire. Je fis de mon mieux pour garder la tête froide. Pendant des jours, je tournai le problème dans tous les sens en me demandant quelle stratégie adopter.

Quelles machinations pouvaient bien ourdir ces pestes ? Et comment riposter ? Si quelqu'un tentait d'attraper mon pied, devais-je le lever de plus en plus haut afin qu'il fût hors d'atteinte ?

Au bout du compte, au lieu de me laisser accabler et de minimiser mes talents, je décidai de devenir la meilleure danseuse de toutes ! J'allais obliger leur haine à se muer en admiration. Toutes les filles finiraient par vouloir me ressembler et entrer dans mes bonnes grâces. Je jurai de mettre les bouchées doubles. À moi le travail acharné ! À moi les longues heures de répétition ! Je ne lâcherais pas le morceau avant d'être la première !

J'investis dans ce projet tout le sérieux et toute l'énergie de ma jeunesse. Jour et nuit, j'œuvrais à l'accomplissement de mon ambitieux dessein, sans néanmoins négliger de m'accorder des moments de réflexion dès que j'en avais l'occasion pour faire mon ménage spirituel. Alors je m'asseyais dans la solitude obscure du placard ou bien dans le silence de la pièce où se trouvait l'autel. Je parlais à tata Oïma.

Voici quelques-uns de mes défauts que je mis au jour :

Je suis soupe au lait.

Quand j'ai à prendre une décision épineuse, je fais

souvent le contraire de ce que j'avais l'intention de faire.

Je vais trop vite. Je veux toujours tout finir tout de suite. Je manque de patience.

Et une liste incomplète des solutions que j'avais trouvées :

Je dois garder mon calme.

Je dois montrer de la persévérance.

Je dois me composer un visage plein de bonté et de douceur comme tata Oïma.

Je dois sourire plus souvent.

Je dois prouver que je suis une vraie professionnelle. C'est-à-dire que je dois participer à plus d'oza-shiki que les autres. Je ne dois jamais refuser un engagement. Je dois prendre mes tâches au sérieux et les accomplir au mieux.

Je dois être la première.

Voilà peu ou prou ce qui devint mon credo.

J'avais quinze ans.

19

Je ne vis maman Masako s'épanouir vraiment qu'à partir du moment où elle commença à diriger seule l'okiya. La gestion des petits problèmes de la vie quotidienne lui apportait de profondes satisfactions : tenir les livres de comptes, orchestrer les emplois du temps… Elle était une organisatrice hors pair et, sous sa férule, l'okiya tournait comme une machine bien huilée.

Frugale surintendante des finances, elle surveillait chaque yen. Elle ne se permettait qu'une seule folie : les appareils ménagers. Nous avions toujours le dernier cri en matière d'aspirateur, de réfrigérateur, de télévision en couleur. Nous avons été, par exemple, les premiers à Gion-Kobu à nous équiper d'un climatiseur.

Hélas, dès qu'il s'agissait d'hommes, son inébranlable bon sens s'évaporait. Non seulement elle jetait son dévolu sur les plus laids, mais en plus son amour n'était jamais payé de retour.

Maman Masako avait un cœur d'artichaut. Quand

elle était amoureuse, elle rayonnait. Puis, quand l'idylle tournait au vinaigre, elle négligeait de se coiffer et pleurait sans cesse. Je lui disais alors en lui tapotant l'épaule :

– Je suis sûre qu'un jour ou l'autre tu rencontreras l'homme qu'il te faut.

Jamais elle ne cessa d'espérer. Jamais elle ne trouva l'âme sœur.

Un de ses premiers devoirs en tant que directrice de l'okiya consistait à me préparer à mon omisedashi, la cérémonie au cours de laquelle une minarai devient maiko.

Le jour de mes grands débuts tombait le 26 mars 1965. À l'époque, on comptait soixante-trois autres maiko à Gion-Kobu. J'étais la soixante-quatrième.

Ce matin-là, je me réveillai à six heures, pris un bain et courus chez le coiffeur pour qu'il arrange mes cheveux en ware-shinobu. À mon retour m'attendait un petit déjeuner spécial : riz aux haricots rouges et daurade. Je pris soin de ne boire que quelques gouttes de thé, car, une fois habillée, il est fort incommode de satisfaire ses besoins naturels.

Mère Sakaguchi fit son apparition à neuf heures tapantes pour la séance de maquillage. La coutume voulait que ce rite fût accompli par la « grande sœur » de la maiko, son onesan, mais en l'occurrence mère Sakaguchi, fidèle à sa parole, refusa que Yaeko s'approche de moi. C'est pourquoi elle se chargea elle-même d'enduire mon visage, mon cou et la naissance de mon dos de bintsuke-abura, une crème à l'huile, puis, au pinceau, de fond de teint blanc, laissant voir sur la nuque la peau nue à travers trois pointes effilées, effet décoratif visant à mettre en valeur la gracilité et la longueur du cou.

Elle peignit mon menton, l'arête de mon nez, ma gorge. Avec une poudre couleur pêche, elle fit briller mes joues et le contour de mes yeux. Elle passa encore une houppette de poudre blanche sur mon visage. Elle redessina mes sourcils en rouge puis avec un bâtonnet de pigment noir avant de mettre un peu de rouge sur ma lèvre inférieure.

Vint ensuite la pose des ornements sur mes cheveux, enroulés autour d'un morceau de soie rouge que l'on apercevait à l'endroit où le chignon était fendu. Un ruban rouge en ornait aussi déjà le devant. Restait à piquer les épingles, de corail, de jade, d'argent délicatement gravé du blason de l'okiya, ainsi que les peignes d'écaille qu'une maiko ne porte qu'à cette occasion, pendant les trois premiers jours de ses débuts : les chirikan.

J'étais prête à me draper dans mes sous-vêtements. Deux rectangles de coton blanc, le premier que l'on enroule autour des hanches, l'autre autour de la poitrine afin de l'aplatir et de rendre la ligne du kimono plus fluide. Ensuite j'enfilai une sorte de jupon moulant, puis des culottes longues afin dc préserver ma pudeur au cas où les plis de devant de mon kimono viendraient à s'ouvrir.

Par-dessus tout ce linge, je passai un naga-jugan, sorte de blouse flottante qui épouse les lignes du kimono, puis un naga-juban, qui couvrait toute ma hauteur. Le mien était en soie teinte à points noués avec un motif en éventail et brodé d'une multitude de fleurs.

181

Sur ce naga-jugan est cousu un col qui dépasse du kimono : l'eri. Une bande de tissu épais, longue et étroite, de couleur rouge, brodée de fils d'or et d'argent. Plus on est jeune, plus modeste est la broderie, et plus le rouge du col, symbole de l'enfance, est visible. À mesure que l'on gagne en maturité, l'eri s'orne de motifs, jusqu'au jour où le rouge disparaît tout à fait quand la maiko devient geiko au cours de la cérémonie dite du «retournement de col». Alors l'eri rouge est remplacé par un eri blanc.

On me confectionnait cinq cols par an, deux pour l'été en gaze de soie légère et trois pour l'hiver en crêpe. Chacun coûtait la modique somme de 2 000 euros. Je les ai conservés dans ma collection personnelle. Mon premier, celui que j'ai porté lors de mon omisedashi, était orné d'un motif classique en fils d'or et d'argent représentant le palanquin du prince Genji.

Enfin mon habilleur posa sur mes épaules le kimono à blason de la maiko, l'hikizuri. Une robe en soie noire décorée d'un dessin impérial représentant des fleurs. Elle était frappée du blason de l'okiya à cinq endroits différents : sur le dos, sur chaque sein et sur les deux manches. Au Japon, chaque famille possède un blason, appelé kamon, qui figure sur les kimonos de cérémonie. Celui des Iwasaki représente une campanule à cinq pétales.

Quant à mon obi, c'était une véritable œuvre d'art : cinq années avaient été nécessaires à sa confection. Un damas brodé d'un motif tout en nuances de feuilles d'érable dorées. Elle mesurait près de quatre mètres et avait coûté une fortune. Elle était maintenue en place par l'obi-age, une longue et étroite bande de soie – la mienne était rouge et frappée de notre blason –, et ses extrémités tombaient jusqu'au sol.

Mon sac à main n'était guère différent de celui que je portais quand j'étais minarai. Il contenait mon éventail, une serviette de poche, un rouge à lèvres, un peigne et un petit coussin. Chacun de ces articles était enfermé dans une pochette de soie rouge calligraphiée en blanc à mon prénom, Mineko.

Certains des accessoires que je portais ce jour-là appartenaient à l'okiya Iwasaki depuis plusieurs générations, mais la plupart – une vingtaine – avaient été commandés spécialement pour l'occasion. Je ne connais pas la somme exacte, mais je suis persuadée qu'à ce prix on aurait pu facilement se faire construire une maison.

Une fois que je fus déclarée prête, une délégation de l'okiya m'escorta dans ma tournée des habitantes de Gion-Kobu. Mon habilleur, comme le veut la tradition, faisait office de maître de cérémonie. Je devais pour commencer aller rendre mes hommages à l'iemoto. À notre arrivée à l'école, l'habilleur annonça d'une voix de basse :

– Puis-je vous présenter Mlle Mineko, la petite sœur de Mlle Yaechiyo ? Elle célèbre aujourd'hui son omisedashi. Nous vous prions de lui accorder vos bons vœux…

– Je la félicite du fond du cœur, entonna Grande Maîtresse des profondeurs de la maison.

S'ensuivit un brouhaha de voix : tout le personnel me félicitait.

– Nous t'enjoignons de travailler dur et de faire de ton mieux, chantonnèrent-elles en chœur.

– Merci, oui, c'est bien mon intention, répondis-je avec l'accent de ma famille d'origine.

– Et voilà que tu remets ça ! rétorqua l'iemoto. Une geiko dit *hei* et *ookai*.

Après cette réprimande, je continuai ma ronde par les propriétaires de l'ochaya, la plus âgée des geiko et quelques clients importants. Je saluai en me prosternant devant chacune et chacun, les priant de me prêter leur soutien. En tout, rien que ce premier jour, je fis trente-sept visites.

Puis vint le moment de s'arrêter dans une salle afin d'accomplir le rituel qui allait me lier officiellement à Yaeko, laquelle deviendrait dès lors ma « grande sœur ». L'habilleur avait encore une fois tout arrangé. Dès notre entrée dans la salle, il installa mère Sakaguchi à la place d'honneur, devant le tokonoma. Il me fit asseoir à côté d'elle, avec maman Masako sur mon autre côté, les autres places étant occupées par les directrices des okiya qui nous étaient associées. Quant à Yaeko, qui aurait dû se tenir à mes côtés, elle était assignée à un rang inférieur. Un détail que ceux qui s'en étonnaient en silence ignoraient : cela constituait déjà un privilège pour elle d'être présente à la cérémonie.

Je portai cette première tenue pendant trois jours, au bout desquels je la troquai contre un costume correspondant à la deuxième phase de mes débuts, un kimono qui n'était ni noir ni frappé de notre blason, mais coupé dans une soie d'un bleu pervenche et intitulé « vent de pin ». L'ourlet de ma traîne était couleur sable, avec un motif de pins et de coquillages brodés. L'obi était en damas orange traversé d'un vol de grues dorées.

Je ne garde de ces six jours qu'un souvenir flou. J'ai dû rendre des centaines de visites. Le Miyako Odori démarra sept jours après mon intronisation. Il me fallut monter sur scène pour la première prestation vraiment professionnelle de ma carrière. J'avais les jambes en coton. Je me rappelle m'être plainte à Kuniko :

– Kun-chan, quand vais-je pouvoir souffler un peu ?

– Je n'en ai pas la moindre idée.

– Mais quand aurai-je le temps d'apprendre tout ce que je dois encore apprendre ? Je ne sais rien. Je ne connais même pas le Gion-Kouta (la ballade de Gion) ! Tout va beaucoup trop vite !

Autant tenter de faire barrage à la marée montante. J'étais inexorablement poussée en avant. Depuis que j'étais maiko, je n'avais plus besoin de me rendre au Fusanoya. Mes demandes d'engagement arrivaient directement à l'okiya. Désormais, c'était maman Masako qui s'occupait de mes rendez-vous.

Je fis mes premiers pas de maiko à l'Ichiriki, la plus célèbre des ochaya de Gion-Kobu, où ont eu lieu tant de rencontres historiques qu'elle est entrée dans la légende. L'Ichiriki figure d'ailleurs en toile de fond de nombreux films et romans.

Cette renommée n'a pas toujours été bénéfique pour notre quartier. Elle a répandu l'idée que l'établissement favorisait la courtisanerie et que les geiko passaient la nuit avec leur client. Ce genre de préjugé, une fois qu'il a pris racine dans l'esprit du public, s'avère tenace. À l'étranger, même des universitaires s'y sont laissé prendre.

Toujours est-il que je fis, ce soir-là, mon entrée dans la salle de banquet et rencontrai mon client, un magnat de l'industrie, Sazo Idemistu. Il avait invité le réalisateur Zenzo Matsuyama et son épouse, l'actrice Hideko Takamine.

Yaeko était déjà là à mon arrivée.

– C'est votre petite sœur ? s'enquit l'actrice. N'est-elle pas trop mignonne ?

Yaeko pinça les lèvres et esquissa un mince sourire.

– Trop mignonne ? Que lui trouvez-vous donc ?

– Eh bien, on dirait une poupée des pieds à la tête.

– C'est parce qu'elle est jeune. En vérité, elle n'est pas si gentille que ça. Ne vous fiez pas aux apparences.

Je n'en croyais pas mes oreilles. Jamais je n'aurais imaginé qu'une « grande sœur » pût médire ainsi de sa « petite sœur » ! En plus, devant un client ! Satoharu, la geiko que j'avais rêvé d'avoir pour onesan, ne se serait pour rien au monde conduite de façon aussi honteuse.

Mon réflexe de fuite prenant le dessus, je m'excusai. Comme j'étais un peu trop grande pour me cacher dans un placard, je courus m'enfermer dans les toilettes. Dès que je fus seule, je fondis en larmes pour aussitôt ravaler mes pleurs : je n'avais pas le droit de me laisser aller. Je retournai dans la salle de banquet comme si de rien n'était.

Au bout de quelques minutes, voilà que Yaeko me lançait une nouvelle pique.

— Mineko est ici uniquement parce qu'elle est pistonnée. Elle n'a rien fait pour mériter pareil honneur. Je ne pense pas qu'elle tiendra longtemps le coup.

— C'est votre devoir de la protéger, fit observer l'actrice avec une grande douceur.

— Vous croyez? répliqua Yaeko d'un ton plein d'insolence.

À cet instant, la première serveuse de l'ochaya, qui était une femme d'une bonté profonde, lança à mon intention :

— Excuse-moi, Mineko-chan, ton prochain rendez-vous t'attend.

Dès que je sortis de la salle, elle me demanda d'un air perplexe :

— Quelle mouche a piqué Yaeko? Elle est ton onesan, non? Pourquoi se montre-t-elle si méchante avec toi?

— Si seulement je le savais, soupirai-je.

— Le client que tu vas voir est un vieil habitué, ce sera moins pénible…

— Merci, je veux dire : ookini, me corrigeai-je.

Elle m'introduisit dans une autre salle en annonçant :

— Puis-je vous présenter Mineko-chan? Une toute nouvelle maiko.

Le client se tourna vers moi :

— Bienvenue, Mineko-chan. Venez, qu'on vous regarde un peu. Qu'elle est jolie! Voulez-vous un peu de saké?

– Non, merci, nous ne sommes pas autorisés à boire avant l'âge de vingt ans.

– Même pas une goutte ?

– Non, vraiment. Mais je peux faire semblant, si vous voulez. Puis-je avoir une tasse ?

J'étais comme une petite fille à un goûter pour rire.

– Tenez, voilà.

– Merci… ah… ookini.

Je me détendais peu à peu. Et, tandis que mes muscles se décontractaient, je sentis les larmes me piquer de nouveau les yeux.

– Eh bien, mon enfant, qu'y a-t-il ? Ai-je dit quelque chose qui vous a fait de la peine ?

– Non, pardonnez-moi. Ce n'est rien, je vous assure.

Je ne pouvais quand même pas lui confier que ma propre sœur s'efforçait de me nuire. Il fit de son mieux pour me distraire en parlant d'autre chose.

– Quelle est votre occupation favorite, Mine-chan ?

– La danse.

– Comme c'est bien ! Et d'où venez-vous ?

– De là-bas.

– Où, là-bas ?

– De la salle d'à côté.

Il s'esclaffa.

– Non, je parle du lieu de votre naissance.

– Je suis née à Kyoto.

– Mais vous avez un accent d'ailleurs.

– C'est celui de ma famille. Je n'ai pas pu le perdre.

Il sourit. Sans doute me prenait-il pour une fantai-
siste.

— Je sais combien le dialecte de Gion est difficile.
Parlez-moi dans la langue de votre choix.

Dans ma confusion, je m'embrouillai et m'exprimai dans un étrange méli-mélo linguistique. Le sourire de mon interlocuteur s'était élargi.

— Mine-chan, vous m'avez conquis, conclut-il à
la fin de la conversation. Vous pouvez me compter
parmi vos amis, et vos admirateurs !

Quel homme charmant ! J'appris par la suite qu'il
s'appelait Jiro Ushio et qu'il était président-directeur
général de la compagnie Ushio Electric. En tout cas,
il m'avait redonné confiance en moi-même après la
gifle que m'avait assenée Yaeko.

Nos liens de maiko et d'onesan avaient beau être
lâches au regard de la coutume, il nous fallait néanmoins nous plier à certains usages. Par exemple, un
des devoirs de la maiko consiste à ranger la table de
toilette de sa « grande sœur ». À ce propos, peu après
mon omisedashi, je lui fis une visite chez elle, dans
Nishihanamikoji. C'était la première fois que je
pénétrais sous son toit.

En entrant, j'aperçus la silhouette courbée d'une
bonne qui faisait le ménage. Une silhouette vaguement familière. C'était ma mère ! Elle s'écria en me
voyant :

— Ma-chan !

À l'instant même, Yaeko fit son apparition en ful-
minant :

— Voilà la salope qui nous a vendues et a tué Masayuki !

J'eus l'impression qu'on me plongeait un poignard dans le cœur. J'ouvris la bouche pour riposter quand je croisai le regard de ma mère et ravalai mes paroles fielleuses, de crainte d'envenimer encore la situation. Des larmes se mirent à ruisseler sur mes joues. Je m'enfuis en courant.

Jamais je ne retournai chez Yaeko. Et tant pis pour les convenances.

20

Après mon omisedashi, je fus emportée par un courant irrésistible dans un tourbillon d'obligations et de tâches plus ardues les unes que les autres. Entre mes cours à la nyokoba, les répétitions pour les festivals de danse et les banquets auxquels j'assistais chaque soir, j'avais à peine le temps de souffler. Levée à l'aube, je n'étais jamais couchée avant deux ou trois heures du matin.

Mon radio-réveil me tirait du sommeil avec de la musique classique ou des extraits de littérature. Je restais encore un moment allongée à écouter, puis me levais pour commencer aussitôt à répéter les figures de la danse que j'étais en train d'apprendre tout en me préparant mentalement au travail de la journée. Un programme chargé pour une jeune fille de quinze ans. En plus, je ne m'intéressais pas aux garçons. Mamoru avait réussi à m'en dégoûter. Je n'avais pas d'ami, sauf Big John. Je n'avais confiance en personne. J'étais obsédée par ma réussite professionnelle.

Je sautais le petit déjeuner : il m'empêchait de me

concentrer. À huit heures trente, je partais pour la nyokoba. À propos de cette section de l'école de danse consacrée à la formation des geiko, quelques précisions historiques s'imposent.

En 1872, un navire péruvien, le *Maria Luz*, mouilla dans le port de Yokohama. Il transportait des esclaves chinois qui, s'étant mutinés, venaient demander asile au gouvernement Meiji. Celui-ci, arguant que le régime réprouvait l'esclavage, s'empressa d'affranchir ces hommes et de les renvoyer en Chine. Cette décision provoqua une levée de boucliers au Pérou : le Japon ne maintenait-il pas dans la servitude les femmes des quartiers des plaisirs ? Le gouvernement Meiji, dans son désir de hisser le Japon au rang de grande puissance moderne, était très sensible aux critiques en provenance de l'étranger. Pour apaiser l'opinion internationale, il promulgua un décret – l'acte d'émancipation des geiko et des prostituées – abolissant leur régime spécifique dans un souci d'occidentalisation. Du même coup, il brouilla pour de bon la frontière entre le statut de geiko et celui d'oiran (courtisane).

Trois ans plus tard, en 1875, l'affaire fut portée devant une sorte de tribunal international présidé par le tsar de toutes les Russies. Ce fut le premier procès à caractère humanitaire où se trouva impliqué le Japon, qui s'en sortit d'ailleurs sans blâme. Mais il était trop tard : le préjugé avait pris racine – la geiko était considérée comme une esclave.

En riposte à l'acte d'émancipation, les autorités de Gion-Kobu, dont l'iemoto de l'école inoue et le gouverneur de Kyoto, formèrent une association, le

Kabukai ou ligue des artistes de la scène, chargée de promouvoir l'indépendance et la position sociale des femmes travaillant dans le quartier de Gion. Elle adopta comme slogan : « Nous vendons notre art, pas nos corps. »

C'est ainsi que Gion-Kobu est dirigé par un triumvirat : le Kabukai, l'association des ochaya et l'association des geiko.

Ce triumvirat fonda une école spéciale pour la formation des geiko. Avant la guerre, les petites filles qui entraient en apprentissage à six ans pouvaient y être admises dès la sortie de l'école primaire. Après la Seconde Guerre mondiale, avec la mise en place de mesures de protection de l'enfance, on ne put entrer à l'école Yasaka Nyokoba qu'à partir de quinze ans, une fois son brevet de fin d'études en poche.

À la nyokoba, on nous enseigne l'excellence artistique dans tous les domaines : la danse, la musique, l'étiquette, la calligraphie, la cérémonie du thé et l'arrangement floral. Nos professeurs sont recrutés parmi les plus grands artistes du pays. Certains d'entre eux, comme notre iemoto, sont honorés du titre de « trésor national vivant ».

Pour en revenir à ma vie quotidienne, je quittais donc l'okiya à huit heures dix pour arriver à la nyokoba à huit heures vingt précises. Cela me donnait dix minutes pour tout préparer, y compris une tasse de thé avant l'arrivée de Grande Maîtresse. Tout dans ma vie en ce temps-là était chronométré ; non seulement mes cours s'enchaînaient à toute vitesse, mais je devais aussi faire des visites dans le quartier avant de retourner déjeuner à l'okiya.

Ces visites faisaient partie de mon travail. À cette époque, il existait cent cinquante ochaya dans le quartier de Gion. J'avais beau ne me produire régulièrement que dans une dizaine d'entre elles, j'avais de temps à autre des relations avec d'autres établissements – une cinquantaine au total. Chaque jour, je tentais d'additionner le plus de visites possible. J'allais remercier les propriétaires de l'ochaya qui m'avait employée la veille et confirmer mes rendez-vous de la soirée.

Le déjeuner était à midi et demi. Pendant le repas, maman Masako et Aba, qui s'occupait de tout à l'okiya, nous parlaient de nos différents engagements et des clients que nous allions être chargées de divertir.

Ce n'était jamais pareil. Parfois, je devais être prête à partir à quinze heures, parfois à dix-sept ou dix-huit heures. Il arrivait que j'aie à m'habiller pour une séance de prises de vue le matin (dans ce cas, je me rendais à l'école en tenue) ou pour me déplacer dans une ville plus ou moins lointaine. Dans la mesure du possible, j'essayais toujours d'être de retour pour remplir mes obligations de la soirée.

Je me sentais contrainte de m'abrutir de travail : à cette seule condition, je deviendrais la première. J'entrais et je sortais de la maison si souvent qu'on m'avait surnommée la « pigeonne ». Le soir, je me débrouillais pour surcharger mon agenda d'ozashiki. Si bien que je n'étais jamais de retour à l'okiya avant des heures indues, en violation totale avec la loi interdisant le travail des mineurs. Mais j'avais envie de me donner entièrement à mon métier et peu m'importait le reste.

Une fois rentrée, je passais un kimono informel, me démaquillais et répétais la leçon de danse de la matinée, de manière à la mémoriser parfaitement. Puis je prenais un bain bien chaud et lisais au lit pour me détendre. Je fermais rarement les yeux avant trois heures du matin.

Ce qui me faisait en tout trois heures de sommeil : c'est peu quand on pense à la vie trépidante qui était la mienne. Je ne sais comment, je m'en sortais. Et, comme il semblait peu convenable pour une maiko en costume de piquer du nez, je ne cédais jamais au sommeil dans l'avion ou dans le Shinkansen. J'avoue que ce n'était pas toujours facile.

Un jour, alors que j'assistais à un défilé de mode dans un grand magasin, comme je n'étais pas revêtue de ma tenue, je relâchai ma vigilance et m'assoupis. Mais je ne fermai pas les yeux. Ils sont restés grands ouverts.

21

J'ai toujours regretté d'avoir été obligée d'arrêter mes études à quinze ans. À la Nyokoba, on n'enseignait que les arts, ce qui me paraissait incompréhensible. Pourquoi ne nous apprenait-on pas l'anglais ou le français ? On nous formait pour divertir les grands de ce monde sans nous donner les outils pour communiquer avec eux ! Voilà qui n'était pas logique.

Peu après mes débuts de maiko, je me rendis au Kabukai pour déposer une plainte concernant cette lacune. Je m'entendis conseiller d'engager un précepteur, ce que je fis, mais les membres du Kabukai n'avaient pas compris le fond du problème. Heureusement, d'un autre côté, le fait d'avoir grandi dans un karyukai m'a procuré une éducation exceptionnelle, que je n'aurais pu recevoir nulle part ailleurs. J'y ai rencontré toutes sortes de gens brillants dont certains sont restés mes amis.

En attendant, ma sphère d'action ne s'élargissait pas au même rythme que mon horizon intellectuel.

Je m'aventurais rarement hors du quartier. Maman Masako veillait aussi jalousement sur moi que tata Oïma autrefois. Gion-Kobu est situé à l'est de la Kamo, qui coupe Kyoto en deux. Le cœur commercial de la ville se trouve de l'autre côté du fleuve. Je ne fus pas autorisée à franchir cette frontière avant l'âge de dix-huit ans, ni à me promener dans les rues en dehors de Gion sans chaperon.

Mes clients étaient mes fenêtres sur le monde. Ils furent mes véritables maîtres. Un soir, je fus convoquée à l'ochaya Tomiyo, où un ozashiki était donné en l'honneur d'un de ses clients réguliers, le styliste de nô Kayoh Wakamatsu, lequel était un aficionado de notre art.

Je préparai mon entrée. Une fois ma cruche de saké posée sur son plateau, je fis glisser la porte coulissante et dis : « ookini », qui signifie aussi bien « merci » que « pardon ». Il y avait beaucoup de monde dans la salle. Sept ou huit de mes grandes sœurs étaient déjà avec lui.

L'une d'elles me lança :

— Tu n'as pas ouvert la porte correctement.

— Je suis désolée, dis-je.

Je fis coulisser de nouveau la porte et recommençai l'opération.

Personne n'éleva d'objection.

Je répétai « ookini » et entrai dans la salle.

— Tu n'es pas entrée correctement, m'entendis-je de nouveau reprocher. Et tu tiens ton plateau tout de travers… et la cruche de saké, ce n'est pas comme cela qu'on la prend…

Une boule se forma dans ma gorge, mais je

conservai mon sang-froid. Je retournai dans le couloir pour tout reprendre de zéro.

C'est alors que l'okasan de Tomiyo me prit à part pour s'enquérir :

– Qu'est-ce qui ne va pas, Mine-chan ?

– Mon onesan m'indique la procédure pour faire mon entrée.

Dans mon for intérieur, je savais bien qu'elles se moquaient toutes de moi et que leur jeu était cruel. Mais je tenais à voir jusqu'où la farce pouvait aller avant de susciter l'intervention du client ou de l'okasan.

– Elles te taquinent, voilà tout. Allez, entre et ne fais pas attention à elles.

Cette fois, elles se tinrent coites.

M. Wakamatsu me pria, en termes fort amènes, de lui apporter un gros pinceau et un bâton d'encre. J'obtempérai. Ensuite il me demanda de préparer l'encre. J'en broyai un peu dans la meule de pierre et ajoutai à la poudre quelques gouttes d'eau. Quand l'encre fut prête, j'y trempai le pinceau avant de le lui tendre.

Il s'adressa à la meneuse du petit groupe en l'invitant à se tenir debout devant lui.

Mlle S. portait un kimono blanc orné d'un motif de pins. M. Wakamatsu leva son pinceau entre ses doigts et la regarda droit dans les yeux en déclarant :

– Vous avez toutes honteusement maltraité Mineko, mais c'est vous, mademoiselle, vous, que je tiens pour responsable.

Joignant le geste à la parole, il zébra d'épais traits de pinceau noir son kimono blanc.

198

– Allez-vous-en, toutes autant que vous êtes. Je ne veux jamais vous revoir. Partez !

Les geiko sortirent comme un troupeau bien docile.

L'okasan, qui avait entendu du bruit, accourut aussitôt.

– Wa-san, que s'est-il passé ? dit-elle en se rapprochant vivement du client, qu'elle appelait par son petit nom.

– Je ne supporte pas la méchanceté. Je ne veux plus jamais revoir cette bande de chipies.

– Bien sûr, Wa-san, tout ce que vous voudrez.

Cet incident produisit sur moi une vive impression. J'en sortis tout à la fois attristée et heureuse de la gentillesse que m'avait témoignée le client. Triste de voir que les autres montraient à mon égard tant de cruauté et craignant de n'avoir pas encore bu cette coupe jusqu'à la lie. Heureuse de la gentillesse qu'avait eue pour moi le client. J'avais l'impression de ne plus être tout à fait seule. Non seulement il avait remarqué que je souffrais, mais il s'était aussi donné la peine de prendre ma défense. Wa-san avait le cœur sur la main. Le lendemain, il envoya à Mlle S. trois kimonos et obis de brocart aux bons soins de l'ochaya. C'est ainsi qu'il devint un de mes clients préférés, et moi une des maiko qu'il appréciait le plus.

Quelque temps plus tard, j'eus une conversation à son propos avec deux des filles qui le fréquentaient aussi.

– Wa-san est si bon avec nous trois, on devrait faire quelque chose pour le remercier. Et si on lui offrait un cadeau ?

– Quelle excellente idée ! Que pourrait-on trouver ?

Nous avons réfléchi un moment, puis je lançai en souriant :

– Je sais !

– Quoi ?

– On n'a qu'à lui faire un Beatles.

Elles me regardèrent avec des yeux ronds.

– Qu'est-ce que c'est, un Beatles ?

– Vous verrez. Faites-moi confiance.

Le lendemain, après les cours, nous nous engouffrâmes toutes les trois dans un taxi : direction un magasin au coin de Higashioji Nijo. Mes camarades se mirent à glousser dès que le véhicule s'arrêta devant la boutique : c'était un perruquier. Wa-san était chauve comme un œuf… Je m'étais dit qu'une perruque était pour lui le cadeau idéal. En continuant à pouffer de rire, nous en avons choisi une blonde.

Il ne tarda pas à nous convoquer à un ozashiki. Nous étions tout excitées en déposant notre paquet devant lui. Nous l'avons salué à genoux, en nous prosternant jusqu'à terre, puis une de mes camarades fit un bref discours.

– Wa-san, nous vous remercions de toutes vos gentillesses. Nous vous avons apporté un modeste témoignage de notre gratitude.

– Mais vous n'auriez pas dû ! s'exclama-t-il.

Il déballa la forme poilue, ne saisissant de quoi il s'agissait que lorsqu'il l'eut levée des deux mains en l'air. Alors il mit la perruque des Beatles sur sa tête et, avec un large sourire, s'enquit :

– Comment me trouvez-vous ?

200

Et nous de lui tendre un miroir.

Un des invités de Wa-san arriva sur ces entrefaites.

— Que se passe-t-il ici ? s'étonna-t-il. Vous avez l'air de vous amuser comme des fous.

— Bienvenue, monsieur O., lui dit Wa-san. Venez vous joindre à nous. Comment me trouvez-vous ?

En nous tournant vers M. O., nous nous aperçûmes qu'il n'avait pas son toupet ! Croisant nos regards surpris, il posa instinctivement sa main sur sa calvitie, puis se couvrit avec le journal qu'il avait à la main, avant de se précipiter dehors. Il revint vingt minutes plus tard.

— Je l'avais laissé tomber à l'entrée de l'hôtel Miyako, nous expliqua-t-il.

Il était cette fois coiffé de son toupet, mais de travers.

Le lendemain soir, Wa-san me fit de nouveau engager pour son banquet. Son épouse et ses enfants l'accompagnaient. La première se montra avec moi d'une chaleur inaccoutumée.

— Il n'a jamais été d'aussi bonne humeur depuis des années, me confia-t-elle gaiement. J'aimerais vous inviter chez nous pour vous remercier. Pourquoi ne venez-vous pas un soir chasser les lucioles dans le jardin avec nous ?

J'étais un peu gênée de constater que notre cadeau avait produit un effet aussi spectaculaire.

Un des a priori que l'on a sur le karyukai, c'est qu'il s'adresse uniquement aux hommes. C'est tout ce qu'il y a de plus faux. Les femmes commanditent aussi des ozashiki, et figurent souvent parmi les convives.

S'il est néanmoins vrai que la plupart des clients sont des hommes, ils viennent souvent en famille. Je me suis produite devant des femmes et des enfants, en particulier au moment du festival du Miyako Odori. J'étais aussi fréquemment invitée dans leur foyer pour le Nouvel An. D'autre part, un homme pouvait présider un banquet ennuyeux pour ses affaires pendant que son épouse et ses amies riaient aux éclats dans une pièce voisine. Lorsque j'en avais terminé de divertir ces messieurs, je me glissais alors joyeusement chez les dames.

Je connaissais les familles d'un bon nombre de mes clients. Parfois, surtout dans la période du Nouvel An, il leur arrivait de commanditer un ozashiki pour tous. Ou bien c'était un grand-père qui tenait à célébrer par un banquet la naissance d'un petit-enfant. Pendant que les parents s'amusaient, nous autres geiko nous disputions le plaisir de tenir le bébé dans nos bras. Entre nous, nous comparions volontiers l'ochaya à un « restaurant familial de luxe ».

Ce qui se dit dans l'intimité d'un ozashiki est sans doute coupé des réalités du monde extérieur, mais les relations qui s'y créent sont solides et durables, fondées sur la confiance réciproque. J'étais si jeune quand j'ai commencé qu'au fil des années j'ai appris à connaître intimement mes clients. Comme j'ai une bonne mémoire des chiffres, j'arrivais à me rappeler la date de l'anniversaire de leur épouse, et même de leur mariage ! À une époque, j'avais ainsi emmagasiné dans mes neurones ces données pour une centaine de mes meilleurs clients. Je gardais toujours sous la main des petits cadeaux à offrir au cas où l'un d'eux aurait oublié une date importante dans sa vie de couple. Cela évitait à ces messieurs de rentrer chez eux les mains vides.

22

Avant d'évoquer de pénibles événements survenus alors que j'étais maiko, je voudrais raconter deux épisodes merveilleux. Si, au cours de ma carrière, j'ai rencontré un grand nombre de gens, il y a deux hommes qui se tiennent loin au-dessus de la mêlée.

En premier lieu, le philosophe Tetsuzo Tanigawa. Peu après mes débuts, j'eus la chance de me produire à un ozashiki en présence de cet éminent professeur.

– Cela fait plus de cinquante ans que je ne suis pas venu à Gion-Kobu, me dit-il en guise d'introduction.

Je crus à une plaisanterie. Il n'avait pas l'air si vieux que cela. Mais en bavardant avec lui et son hôte, patron d'une importante maison d'édition, je me rendis compte qu'il devait avoir plus de soixante-dix ans.

Lors de cette première rencontre, je ne savais pas à qui j'avais affaire. Je ne tardai naturellement pas à m'apercevoir que c'était un grand érudit, mais il ne se mettait jamais en avant. Quand je lui posais une question, il gardait un moment le silence pour bien réfléchir avant de me répondre. Alors ses paroles étaient parfaitement éclairantes et d'une simplicité désarmante. Je m'empressais de lui poser une autre question. Et de nouveau, il me répondait avec la même sagesse. C'était un jeu dont je me délectais.

Quand l'heure fut venue de me rendre à mon prochain rendez-vous, n'ayant aucune envie de partir, je me glissai dehors une minute pour dire à l'okasan que je ne me sentais pas très bien et lui demander si elle pouvait annuler mon engagement suivant, ce que je n'avais jamais fait jusqu'ici.

De retour dans la salle de banquet, je repris ma conversation avec le professeur. Lorsque ce dernier se leva pour prendre congé, je lui exprimai ma joie de l'avoir rencontré et mon désir de lui parler de nouveau dans un proche avenir.

– J'ai beaucoup apprécié notre conversation, me répondit-il. Vous êtes une charmante jeune femme. Je dois assister à un certain nombre de colloques à Kyoto et ferai de mon mieux pour revenir vous voir. En attendant, vous pouvez trouver d'autres questions à me poser !

– Ce ne sera pas difficile. Revenez quand vous voulez, et aussi vite que possible.

– Comptez sur moi. Mais pour l'instant, je dois vous dire au revoir. Veuillez trouver en moi un nouveau fan.

Le professeur avait bien prononcé le mot alors fort à la mode de «fan», qui nous venait tout droit des États-Unis. À l'époque, j'avais de fait plusieurs «fanclubs » à Kyoto et dans tout le Japon, même parmi les maiko et geiko d'autres karyukai.

Le professeur Tanigawa tint sa promesse : il revint peu après me voir à l'ochaya.

Au fil de notre dialogue, je lui posai des questions sur sa vie.

Le professeur Tanigawa avait un an de plus que mon père et il avait enseigné à l'université des Beaux-Arts de Kyoto, qu'avait aussi fréquentée mon père. Il avait été en outre conservateur des plus grands musées d'art du Japon. Je ne m'étonnais plus de l'étendue de ses connaissances, qui me semblaient infinies ! Son fils était le poète Shuntaro Tanigawa, si célèbre que même moi, pauvre ignorante, je le connaissais.

Il me confia que, dans sa jeunesse, il était venu à Kyoto suivre les cours d'un grand philosophe, Kitaro Nishida. Il aimait beaucoup notre ville et Gion-Kobu, dont il gardait d'extraordinaires souvenirs.

Chaque fois qu'une visite du professeur Tanigawa s'annonçait, je me dépêchais d'annuler tous mes autres rendez-vous pour être totalement disponible. Je n'ai jamais vécu mes relations avec lui comme relevant d'un quelconque commerce. Notre amitié ne se démentit pas jusqu'à sa mort, au début des années quatre-vingt-dix.

Je le bombardais de questions. Il me fournissait toujours des réponses nettes et précises. Le professeur Tanigawa m'a appris à réfléchir. Il ne m'imposait jamais ses propres opinions, mais m'encourageait à trouver toute seule. Nous discutions inlassablement d'art et d'esthétique. En ma qualité d'artiste, je vou-

206

lais être en mesure de reconnaître la beauté partout où elle se trouvait.

– Comment doit-on regarder une œuvre d'art ? interrogeai-je.

– Vos yeux voient ce qu'ils voient, votre cœur ressent ce qu'il ressent.

Une formule brève, magnifique.

– La beauté est-elle dans l'œil de celui qui regarde ?

– Non, Mineko, la beauté est universelle. Il existe un principe absolu en ce monde qui sous-tend l'apparition et la disparition de tout phénomène. Ce principe s'appelle le karma. Il est constant et immuable, il engendre les valeurs universelles telles la beauté et la moralité.

Son enseignement devint peu à peu la base de ma philosophie personnelle.

Un soir, le professeur Tanigawa et un grand éditeur se lancèrent dans une conversation sur l'esthétique en se servant de toutes sortes de mots compliqués. L'éditeur demanda au professeur :

– Comment puis-je évaluer une pièce de manière que les autres me jugent professionnel ?

Il devrait avoir honte de poser une pareille question, me dis-je.

Le professeur Tanigawa me stupéfia en lui faisant exactement la même réponse qu'à moi.

– Vos yeux voient ce qu'ils voient, votre cœur ressent ce qu'il ressent.

Je n'en croyais pas mes oreilles. Cette sommité du monde universitaire et artistique s'adressait au patron d'une maison d'édition connue dans les mêmes termes qu'à moi, une gamine ignare de quinze ans!

Le professeur Tanigawa me montra comment trouver la vérité en plongeant mon regard à l'intérieur de moi-même. Il n'aurait pu m'offrir un cadeau plus précieux.

En mars 1987, le professeur Tanigawa publia un nouvel ouvrage intitulé *Le Doute à quatre-vingt-dix ans*. Je me rendis à l'hôtel Okura pour le cocktail de lancement du livre avec une centaine d'amis proches du professeur. J'étais honorée de figurer parmi eux.

– Vous avez encore des doutes, lui dis-je, à votre âge?

– Il y a des choses dont on ne peut jamais être sûr, répliqua-t-il, même si l'on vit jusqu'à cent ans. Cela prouve que nous sommes des êtres humains.

Sur la fin, j'allais rendre visite au professeur Tanigawa chez lui, à Tokyo, dès que j'en avais l'occasion. Un jour, pour rire, j'avais fait semblant de subtiliser une amulette égyptienne en or, dans sa superbe collection.

– Chacune de ces pièces est destinée à entrer dans un musée. Elles appartiennent à tous, afin que tous puissent en tirer des leçons sur l'art et la culture. C'est pourquoi je vous prie de remettre ce que vous avez volé où vous l'avez trouvé.

Pour réparer ma bévue, je commandai une boîte spéciale que je dessinai moi-même pour ranger son scarabée d'or : extérieur en cognassier chinois, intérieur en bois de paulownia tendu de soie améthyste. Le professeur Tanigawa se montra très touché

208

par mon cadeau, qui servit désormais d'écrin à son amulette.

Un autre homme éminent marqua profondément mon jeune esprit. Il s'agit du professeur Hideki Yukawa, professeur de physique à l'université de Kyoto et prix Nobel 1949 pour avoir démontré l'existence théorique du méson. Lui aussi prenait mes questions au sérieux.

Le professeur Yukawa avait tendance à somnoler sous l'effet du saké. Un jour, il s'assoupit tout à fait, si bien que je fus obligée de le réveiller.

– Debout, professeur. Ce n'est pas l'heure de dormir.

Il me dévisagea de ses yeux flous.

– Que voulez-vous ? J'ai tellement sommeil !

– Je voudrais que vous m'expliquiez ce que c'est que la physique. Et que vous me disiez ce que vous avez découvert pour mériter ce prix… Le Nobel, vous savez.

Il ne se moqua pas de moi. Au contraire. Il se redressa et répondit avec force détails à chacune de mes questions. J'écoutais attentivement ses réponses, tout en n'étant pas toujours sûre de bien comprendre ses explications.

23

Hélas, toutes mes premières rencontres dans les ochaya ne se révélèrent pas aussi plaisantes ni aussi instructives. Un soir, avant un ozashiki, je fus avertie que le client était fort désireux de me voir. Pour je ne sais quelle raison, j'eus le pressentiment que ce banquet n'allait m'apporter que des ennuis. En entrant, je trouvai dans la salle Mlle K. Cette geiko était déjà ivre morte, comme d'habitude.

À Gion-Kobu, quand une geiko pénètre dans un ozashiki, elle commence par saluer ses sœurs aînées avant de s'incliner devant les clients. Je me prosternai donc devant Mlle K.

— Bonsoir, onesan.

Puis je me tournai pour saluer le client. Celui-ci me rendit mon salut.

— Je suis ravi de vous revoir, me déclara-t-il.

Je levai les yeux et reconnus un des hommes présents à ce banquet de sinistre mémoire où j'avais couru dès mon arrivée vers la collection de poupées sans un regard pour les convives.

Quelques semaines s'étaient écoulées depuis, autant dire des siècles.

– Il me semble que c'était il y a si longtemps, repartis-je. Merci de m'avoir invitée ici avec vous ce soir.

Mlle K. m'interrompit d'une voix avinée :

– Comment cela, il y a longtemps ? Longtemps depuis quand ?

– Plaît-il ? dis-je, ne comprenant pas de quoi elle parlait.

– Qu'est-ce qui lui prend ? s'étonna le client. Elle ne se sent pas bien ? Elle n'a même pas été capable de danser correctement. Et en plus elle prend de grands airs…

– Je suis désolée si elle a fait quoi que ce soit pour vous offenser.

Mlle K. tirait si vigoureusement sur sa cigarette qu'un nuage de fumée enveloppait son visage.

– Tu es désolée ? répéta-t-elle d'un ton accusateur. Qu'est-ce que tu veux dire ? Que tu sois désolée ou non, ça ne changera rien du tout.

– Nous en discuterons demain si tu le veux bien, rétorquai-je, de plus en plus embarrassée.

Le client affichait une mine contrite ; ce n'était pas pour entendre de pareilles sornettes qu'il avait payé aussi cher… Il tenta d'intervenir :

– Voyons, mademoiselle, si je suis ici, c'est pour me divertir. Changeons de sujet, je vous prie.

Mais cette fille était décidée à ne pas lâcher.

– Non, j'essaye seulement d'aider Mineko. Je n'ai pas envie qu'elle tourne mal comme son onesan.

Il fit une nouvelle tentative :

– Je suis persuadé qu'il n'y a aucun danger de ce côté-là.

– Qu'en savez-vous ? Pourquoi ne vous taisez-vous pas, plutôt ?

Cette fois, le client sortit de ses gonds :

– Comment osez-vous me parler sur ce ton ?

Je marmonnai pour ma part des excuses, puis lançai à la fumeuse :

– Je te promets de parler à Yaeko. Je lui dirai combien tu es fâchée. Nous sommes désolées de t'avoir contrariée.

Mlle K. riposta en sautant du coq à l'âne :

– Qu'est-ce qui te prend ? Tu ne vois pas que je suis en train de fumer ?

– Bien sûr, pardonne-moi. Je vais t'apporter un cendrier tout de suite.

Comme je faisais mine de me lever, Mlle K. me retint d'une main sur le bras.

– Ne te donne pas ce mal. J'en ai déjà un. Tends-moi la main.

J'obtempérai en pensant qu'elle allait me confier un cendrier pour que je le vide. Au lieu de quoi, elle s'empara de ma main gauche et y fit tomber les cendres de sa cigarette. Elle la tint si fermement que je fus incapable de la lui retirer. Le client, pétrifié d'horreur, appela l'okasan à la rescousse.

Tata Oïma ne se lassait pas de me répéter qu'une geiko se devait de garder son calme, quoi qu'il arrive. Aussi je me dis : « C'est un exercice de volonté. Si je pense que les cendres sont chaudes, elles vont me brûler, si je pense qu'elles ne sont rien, je n'aurai pas mal. Concentre-toi. » Au moment où l'okasan se précipita dans la salle, Mlle K. écrasa sa cigarette dans ma paume et me lâcha la main.

– Merci, dis-je, ne sachant comment réagir. Je viendrai te voir demain.

– Très bien. Je pense qu'il est temps pour moi de partir.

Elle tenait à peine debout. L'okasan la traîna à moitié pour la faire sortir. Pour ma part, je m'excusai et trottai jusqu'à la cuisine pour prendre un morceau de glace. En le serrant de toutes mes forces au creux de ma main brûlée, je retournai dans la salle de banquet et saluai le client comme si de rien n'était.

– Je suis navrée de l'épisode des poupées, soufflai-je. Veuillez me pardonner.

Il se montra tout à fait charmant, mais l'atmosphère n'en était pas moins un peu pesante. Heureusement, l'okasan ne tarda pas à envoyer en renfort des geiko plus âgées, qui furent assez habiles pour égayer la soirée.

De mon côté, j'avais respecté les deux règles d'or de la maiko : toujours montrer du respect à ses sœurs aînées ; ne jamais se disputer ou se montrer grossière en présence d'un client.

N'empêche, je me sentais dans l'obligation de prouver à Mlle K. que sa conduite infamante ne m'avait pas intimidée. Le lendemain, de mon propre chef, je lui rendis une petite visite. Ma main bandée me faisait souffrir le martyre, mais je prétendis que ce n'était pas sa faute.

– Onesan, je suis désolée de tout ce remueménage hier soir.

– Bon, mais qu'est-ce que tu t'es fait à la main ?

– Oh, je suis tellement maladroite ! Je ne regarde jamais où je mets les pieds et je suis tombée. Mais je voulais te remercier pour tes bons conseils d'hier soir. Je me souviendrai de tes paroles.

– Bon, comme tu voudras.

Que j'aie eu le cran de me comporter comme si de rien n'était avait l'air de la sidérer.

– Veux-tu une tasse de thé ? ajouta-t-elle.

– Merci, c'est gentil, mais il faut que je file, je n'ai pas encore terminé mes cours. Au revoir.

J'avais eu le dessus. Jamais plus elle ne s'attaqua à moi.

De toute façon, je n'avais guère la tête aux chamailleries. Sept jours après mes débuts de maiko, le 1er avril, s'ouvrit le festival du Miyako Odori, qui se déroule pendant tout un mois. Puis, au mois de mai, je me produisis à plusieurs reprises au nouveau théâtre Kabukiza d'Osaka. Et dès que cette série fut terminée, je commençai à répéter pour les Rokkagai, la seule fois de l'année où les cinq karyukai de Kyoto s'associent pour monter un spectacle qui présente l'ensemble de nos danses.

Je me réjouissais d'avance à la pensée non seulement de me faire de nouvelles amies parmi les maiko des autres quartiers mais aussi de vivre un moment d'intense communion spirituelle. Je ne tardai pas à perdre mes illusions. L'ambiance était empoisonnée par un esprit de compétition débridé. L'ordre dans lequel se présentent les différents karyukai établit leurs places respectives pour l'année. Gion-Kobu ayant le privilège d'ouvrir le festival, nous étions hors concours, mais il était néanmoins effarant de voir jusqu'où allaient les rivalités. J'oubliai vite mon rêve de « grande famille unie ».

J'étais en passe de devenir la maiko la plus populaire de Kyoto, débordée de demandes d'engagement dans des ochaya à l'extérieur du quartier de Gion. Les gens qui en avaient les moyens désiraient me rencontrer et, si les invitations étaient assez prestigieuses, maman Masako les acceptait. Naïvement, je me disais que tout ce qui était bon pour les affaires du karyukai bénéficiait à toutes.

Or tout le monde à Gion-Kobu ne partageait pas cette opinion. Certaines maiko et geiko me considéraient comme une aventurière. Elles me lançaient des questions perfides, du style :

— De quel karyukai as-tu dit que tu venais ?

Comme, de nature, j'aime que les choses soient claires et nettes, je trouvais toutes ces intrigues stupides. Certes, je pouvais me le permettre, étant donné que je représentais déjà le dessus du panier. Toujours est-il qu'à l'époque cette comédie me paraissait incompréhensible. Et détestable.

À Kyoto, la maiko est la cible préférée du photographe amateur, touriste ou autre. Je me déplaçais souvent au milieu d'une nuée d'appareils photo. Un jour, à la gare, alors que je devais prendre un train pour Tokyo, je me rendis compte que mon portrait était affiché un peu partout, jusque sur les sacs publicitaires pour Kyoto que les kiosques exposaient pour attirer les chalands. Je ne connaissais pas cette image. Une chose était sûre : je n'avais pas autorisé sa publication. J'étais furieuse. Le lendemain, je me précipitai au Kabukai.

— Comment a-t-on osé se servir de mon portrait sans me demander la permission ? fulminai-je.

J'avais quinze ans, mais le type derrière le comptoir me traita comme si j'en avais quatre.

— Du calme, Mine-chan, ce sont des histoires de grandes personnes qui ne te regardent pas. Dis-toi que c'est la rançon de la gloire.

Je ne pus jamais rien tirer de ces gens-là.

En dépit d'un malaise croissant, je donnai le meilleur de moi-même. La fin du festival de Rokkagai, à la mi-juin, me laissa épuisée. Il était prévu que j'enchaînerais par les répétitions pour le Yukatakai, le festival d'été de danse de l'école inoue. Mais mon corps refusait de se plier à ma volonté.

J'eus une crise d'appendicite et dus être opérée de toute urgence. Mon séjour à l'hôpital devait durer dix jours. Kuniko resta tout le temps à mon chevet, même si je ne me souviens pas des quatre premiers jours suivant l'intervention : je dormais tout le temps. Kuniko me raconta plus tard que dans mon sommeil je récitais à voix haute mon emploi du temps : « Il faut être à l'Ichirikitei à six heures puis au Tomiyo à sept heures. »

Finalement, je me réveillai.

Le chef de service vient m'examiner et me demanda si j'avais des gaz.

– Des gaz ? répétai-je, abasourdie.

– Oui. Il vous en est venu ?

– Venu d'où ?

– Des vents, des flatulences. Vous en avez chassé ? Vous avez pété ?

Pour le coup, je pris un air indigné :

– Je vous en prie, je suis bien élevée, quand même.

J'interrogeai cependant Kuniko pour savoir si elle avait remarqué quelque chose. Elle répondit par la négative. Le médecin griffonna quelques mots sur ma feuille de maladie.

Maman Masako vint me rendre visite.

– Comment te sens-tu, mon enfant ? s'enquit-elle gentiment.

Puis, avec un sourire sarcastique, elle ajouta :

– On ne doit pas rire quand on a des points de suture sur le ventre comme toi.

Alors elle posa ses deux mains sur sa tête et appuya sur son front, de sorte qu'elle avait le visage tout plissé avec la bouche de travers.

– Tu me trouves belle comme ça ? dit-elle. Et comme ça ?

Cette séance de grimaces était si peu coutumière de sa part et si comique que je fus prise d'un fou rire. Ou plutôt je pleurai à la fois de rire et de douleur.

– Je t'en supplie, arrête ! hoquetai-je.

– Lors de mes dernières visites, tu dormais tellement que je me suis ennuyée à mourir. Alors je me rattrape. Je reviendrai.

– Ne te sens pas obligée, lui dis-je. Et préviens tout le monde de ne plus m'envoyer de fleurs.

Ma chambre était pleine de bouquets aux parfums

si capiteux que j'en avais la nausée. Elle persuada mes amies de m'apporter plutôt des mangas. C'est ainsi que je pus passer des heures à me délecter de ces bandes dessinées dont les adolescents japonais raffolent, plaisir que je n'avais pas le temps de m'accorder à l'ordinaire. Je lisais, je riais, je me tordais de douleur.

Un des autres avantages de mon oisiveté forcée était que, une fois rentrée à l'okiya, comme je n'avais pas encore tout à fait terminé ma convalescence, j'allais enfin pouvoir essayer de m'offrir un ochaohiku. Autrement dit, j'allais revêtir mon costume de maiko sans avoir à me rendre nulle part. Le comble du luxe. La boutique est ouverte, mais il n'y a pas de client.

Pour commencer, je pris un bain voluptueux.

Après l'exiguïté de ma chambre d'hôpital, notre spacieuse salle de bains me paraissait impériale. Je protégeai ma cicatrice avec un pansement imperméable et me plongeai avec délice dans l'eau brûlante de la grande baignoire en cèdre. Quand je vis que la peau de mes doigts était bien fripée, je sortis, remplis une bassine d'eau chaude au robinet du mur et me nettoyai vigoureusement avec du savon. Puis je me massai des pieds à la tête à l'aide d'une balle de son de riz, bourré de vitamine B, excellent pour la peau. Puis je me replongeai dans la baignoire pour une dernière séance de farniente.

Les membres de la famille et Kuniko étaient les seuls à l'okiya à se servir de la salle de bains. Les autres fréquentaient le bain public, ce qui était courant à l'époque, peu de Japonais ayant les moyens d'être équipés chez eux.

Ma toilette terminée, je courus chez le coiffeur.

– Je pensais que tu ne reprenais le travail que demain, me dit la coiffeuse en me voyant.

– C'est exact, mais je voulais m'exercer au ochaohiku.

Elle me considéra d'un drôle d'air, mais s'exécuta. J'appelai ensuite l'habilleur, qui ne montra guère plus d'enthousiasme, mais accepta néanmoins de venir m'aider à passer ma tenue. Lorsque je fus prête, je m'assis. Rien ne se passa, bien entendu : j'étais en congé. Mais j'appris quelque chose de capital. Je ne suis pas faite pour l'inactivité. De rester là, sans rien faire, revêtue de ma lourde parure, m'exténua. C'était beaucoup moins fatigant pour moi de m'occuper sans cesse, de courir à droite et à gauche, d'avoir toujours mille obligations à remplir.

24

Le lendemain, je commençai à répéter pour le Yukatakai, les spectacles de musique et de danse qui se déroulent en été. La vie avait repris son cours habituel.

Ce soir-là, encore affaiblie par l'opération, je me produisis dans un ozashiki prévu de longue date. Au moment où je m'inclinais pour saluer, un des invités, qui faisait semblant d'être ivre, me poussa violemment par terre. Je tombai à plat sur le dos. Puis, alors que j'étais sur le point de me relever, il attrapa l'ourlet rembourré de mon kimono et le souleva jusqu'en haut de mes cuisses, exposant mes jambes et mes sous-vêtements. Après quoi il me prit par les pieds et me traîna de-ci de-là comme si j'étais une poupée de chiffon. L'assistance partit d'un grand éclat de rire, y compris les autres maiko et geiko présentes dans la salle.

J'étais blême de rage et de honte. Je bondis sur mes pieds, rabattis mes jupes et courus à la cuisine, où je pris des mains d'une serveuse un grand couteau à sashimi que je déposai sur un plateau pour retourner dans la salle de banquet.

– Que personne ne bouge ! m'écriai-je.

– Voyons, Mine-chan, c'était une plaisanterie. Rien de méchant.

L'okasan arriva alors sur mes talons.

– Mine-chan, arrête !

Je fis la sourde oreille. J'étais hors de moi. Je prononçai d'une voix lente et posée :

– Restez où vous êtes et écoutez bien ce que j'ai à vous dire. Je vais punir ce monsieur. Peut-être même vais-je le tuer. Je veux que vous vous rendiez compte combien je me sens humiliée.

Je pris le couteau et le mis sous la gorge de mon agresseur.

– Frappez le corps, il guérira. Mais une blessure au cœur dure toute la vie. Vous m'avez blessée dans mon amour-propre et sachez que je ne souffre pas l'humiliation. Jamais je n'oublierai ce qui s'est passé ici ce soir. Mais comme vous ne valez pas la peine que j'aille en prison à cause de vous, je ne vous toucherai pas. Pour cette fois. Mais gare à vous si vous recommencez.

Sur ces paroles, je laissai tomber, pointe en bas, le couteau sur le tatami, où il se planta à un centimètre du mauvais plaisant. Puis, la tête haute, je sortis de la salle.

Le lendemain, je déjeunais à la cafétéria de l'école quand une maiko qui avait assisté à ce banquet s'assit à mon côté. Elle n'était guère plus âgée que moi. Elle me raconta que c'étaient en réalité les geiko qui avaient monté cette farce et joué les pousse-au-crime.

Elles riaient d'avance à la perspective de mon humiliation. La pauvre fille ne savait plus où se mettre. Elle n'avait pas voulu marcher avec les autres, mais que faire ?

Ma colère froide ne fit malheureusement que stimuler l'hostilité de mes semblables. Mes accessoires se volatilisaient comme par magie : éventails, parasols, mouchoirs, miroirs de poche, rouges à lèvres, peignes de buis. Les autres me parlaient durement ou m'ignoraient au cours des banquets. Je trouvais des messages pour moi à l'okiya me proposant de faux rendez-vous.

L'ourlet du bas d'un kimono de maiko est matelassé de façon à alourdir la traîne et lui donner une belle forme arrondie. Un soir, une main perfide piqua des aiguilles dedans. En rentrant à l'okiya, j'en retirai tristement vingt et une du somptueux tissu.

Plus ces incidents se multipliaient, moins j'avais confiance dans mes condisciples. D'autant que, lorsqu'il m'arrivait de commettre une erreur, la punition me paraissait presque toujours excessive par rapport à la gravité de mon crime. Par exemple, un soir, en entrant dans une ochaya, je ne reconnus pas l'okasan dans la pénombre et omis de la saluer comme il se devait. Furieuse, elle m'interdit de séjour dans son établissement pendant une année entière !

Je ne sais pas comment j'ai pu supporter ce harcèlement ; sans doute m'a-t-il en fin de compte rendue plus forte.

Si je ne comptais aucune amie parmi mes pairs, certaines geiko qui réussissaient dans leur carrière, et ne se sentaient dès lors pas menacées par mon succès, se montraient néanmoins très cordiales avec moi.

Le système pratiqué à Gion-Kobu traduit immédiatement le degré de popularité en termes comptables. Les hanadai sont autant de plumes à un chapeau de maiko ou de geiko. J'en moissonnai vite beaucoup plus que les autres, jusqu'à occuper la première place. Une place dont je ne délogeai pas pendant six ans.

La geiko qui totalise le plus d'hanadai pendant l'année écoulée est félicitée en public durant la cérémonie de Nouvel An de la nyokoba, le 7 janvier. Pour ma part, je fus félicitée dès ma première année de maiko.

D'emblée on réclama ma présence dans un nombre stupéfiant d'ozashiki. Je me rendais chaque soir dans une dizaine d'ochaya et participais dans chacune à un maximum de banquets, passant rarement plus de trente minutes dans un établissement. Il m'arrivait de ne me mêler à des dîneurs que cinq minutes avant de courir à un prochain rendez-vous.

À cause de ma popularité, les clients étaient facturés une heure entière même si je n'étais présente à leur banquet que quelques minutes, si bien qu'en fin de soirée, ma récolte d'hanadai finissait par sembler vertigineuse. Je n'ai pas les chiffres exacts en tête, mais je devais gagner l'équivalent de 500 000 euros par an. C'était beaucoup d'argent dans le Japon des années soixante, plus que le salaire de bien des P-DG de grosses entreprises. C'est pourquoi, entre autres raisons, il est ridicule de croire que les geiko se prostituent : avec des revenus pareils, en ont-elles besoin ?

Et pourtant, je ne prenais mon travail dans les oza-shiki très au sérieux. Je considérais encore les banquets comme une occasion de danser en public et ne songeais guère à m'occuper des clients. Je me disais que, si je m'amusais, eux aussi, sans doute. Je n'allais pas me mettre en quatre pour leur plaire.

Vis-à-vis des geiko, c'était une tout autre affaire. Je souhaitais gagner leur respect et leur amitié. Je m'efforçais de leur faire plaisir. Si seulement, me disais-je, elles pouvaient m'aimer un peu ! Mais aucune de mes tentatives ne semblait aboutir. Plus j'avais du succès auprès des clients, plus elles me détestaient. Puis, un beau jour, il me vint une idée.

Comme je n'avais presque jamais le temps de m'attarder dans un banquet, je laissais derrière moi un vide que d'autres maiko ou geiko devaient combler. Je décidai de tenter ma chance et de demander aux okasan des ochaya où je devais me produire d'engager quelques geiko de mon choix pour chaque ozashiki auquel j'étais tenue de participer.

– Okasan, pour mon rendez-vous de ce soir avec M. Untel, je pensais que vous pourriez engager Une-telle et Unetelle afin de me donner un coup de main...

L'okasan appelait alors les okiya pour annoncer que Mineko avait spécifiquement réclamé telle ou telle pour un banquet. Je fis employer ainsi trois à cinq geiko supplémentaires par banquet. En multi-pliant ces chiffres par le nombre de banquets, on voit que cela grimpe vite. Il s'agissait de cachets que ces geiko n'auraient pas obtenus sans mon intervention, et leur reconnaissance finit par les aider à oublier un peu leur jalousie.

Amadouées par l'appât du gain, elles cessèrent de me harceler. Ce constat me convainquit de rester la première. À cette seule condition il était en mon pouvoir de les manipuler.

Si je réussissais plus ou moins bien à déjouer la jalousie des femmes, devant les hommes, je me trouvais beaucoup plus désarmée. Pourtant il fallait que je m'aguerrisse aussi de ce côté-là. Si, avec les femmes, je m'efforçais d'être aimable et serviable, il en allait autrement avec le sexe opposé.

Un jour, c'était un 5 janvier, alors que je rentrais du sanctuaire de Shimogamo, où je m'étais produite dans un spectacle de Nouvel An, transportant ce qu'on appelle une « flèche à chasser les démons », un porte-bonheur vendu par le sanctuaire shinto à cette époque de l'année, je vis un monsieur d'âge mûr s'avancer dans la ruelle à ma rencontre. Au moment de me croiser, il me poussa de l'épaule, puis, sans crier gare, se mit à me peloter.

Saisissant le poignet de l'odieux individu, j'enfonçai dans le dos de sa main la pointe en trident de ma flèche de bambou. Je pressai le plus fort possible, jusqu'à en faire jaillir du sang. L'homme avait beau tirer sur sa main, je tenais bon. En le toisant d'un regard glacial, je lâchai :

— De deux choses l'une, monsieur. Soit nous allons tout de suite au poste de police, soit vous me jurez que vous ne recommencerez jamais ce que vous avez fait tout à l'heure, ni avec moi ni avec personne. C'est à vous de décider. Alors ?

Il s'empressa de répondre d'une voix qu'étranglait

un cri de douleur tandis que j'appuyais sur la flèche plantée dans sa chair :

– Je vous jure que je ne recommencerai jamais plus. Je vous en supplie, lâchez-moi.

– La cicatrice qui vous restera vous rappellera votre promesse chaque fois que vous serez tenté d'agresser l'une de nous.

Un autre jour, Yuriko et moi nous promenions dans Hanamikoji lorsque, du coin de l'œil, je vis trois hommes se rapprocher de nous à vive allure. Ils avaient l'air ivres. Mon estomac se noua. Sans me laisser le temps de réagir, l'un d'eux me ceintura par-derrière en me tordant les bras dans le dos. Les deux autres allaient se jeter sur Yuriko quand je lui hurlai de prendre ses jambes à son cou. Elle disparut dans une contre-allée.

Celui qui m'avait attrapée entreprit de me sucer le cou. C'était dégoûtant.

– Vous devriez vous méfier des femmes modernes. Qui s'y frotte s'y pique, déclarai-je en guise d'entrée en matière.

Je devins toute molle entre ses bras, puis, sentant qu'il avait relâché son étreinte, je m'emparai de sa main droite et lui mordis le poignet. Il laissa échapper un cri et me lâcha tout à fait. Du sang ruisselait sur ses doigts. Ses deux compères me regardèrent un instant avec des yeux ronds puis prirent le large.

J'avais les lèvres couvertes de sang.

Une autre fois, alors que je me trouvais à deux pas de l'okiya, une bande d'hommes avinés s'approcha de moi en chancelant. Ils cherchaient à jouer les fanfarons au bénéfice des femmes qui les accompagnaient. Ils m'entourèrent en ricanant et se mirent à me toucher. Comme un épais brin d'osier de mon panier dépassait, je le cassai d'un coup sec et le brandis sous le nez de mes assaillants en hurlant :

— Vous vous croyez malins ? Eh bien, vous n'êtes que des imbéciles !

Avec la pointe acérée de la tige d'osier, je lacérai le visage de celui qui se trouvait à portée de main. Les autres reculèrent. Je courus me réfugier à l'okiya.

Une autre fois encore, un homme tenta de me malmener au coin de Shinbashi et de Hanamikoji. En me débattant, je réussis à m'extraire de ses griffes et lançai de toutes mes forces un de mes okobo dans sa direction. Le lourd socque de bois frappa en plein dans le mille. Je me souviens aussi de cet ivrogne qui, alors que je passais d'une ochaya à une autre, me prit à bras-le-corps et glissa une cigarette allumée dans le décolleté du dos de mon kimono. Je le poursuivis et l'obligeai à l'extraire lui-même. J'étais au supplice. Je me dépêchai de rentrer à l'okiya et enlevai mon kimono à toute allure. Dans le miroir, je vis que j'avais une vilaine boule rouge dans le dos. Avec une aiguille, je perçai la peau pour vider l'ampoule puis j'enduisis la blessure de fond de teint blanc pour qu'on ne remarque rien. J'arrivai à mon rendez-vous pile à l'heure. Mais à présent, j'en avais plus qu'assez. La coupe était pleine. Désormais je pris un taxi partout où je devais me rendre, même si c'était à quelques rues.

Il m'arrivait parfois des ennuis dans les ochaya elles-mêmes. Car si la grande majorité de nos clients sont des gentlemen, il se glisse parfois parmi eux des goujats.

Un de ces derniers, qui venait à Gion-Kobu presque tous les soirs et commanditait les banquets les plus coûteux, avait si mauvaise réputation que les maiko comme les geiko s'efforçaient de l'éviter autant que possible. Un soir, alors que je patientais à côté de la cuisine en attendant une cruche de saké chaud, voilà que cet obsédé s'approche de moi et pose la main sur ma poitrine.

– Où sont tes seins, Mine-chan ? Par là ?

J'ignore s'il s'en tirait auprès des autres, mais avec moi, cela n'allait pas se passer comme ça !

La pièce où se trouvait l'autel bouddhiste se trouvant voisine de la cuisine, j'avisai les deux lourdes briques en bois qui servaient à scander les sutras. Je fonçai en prendre une et me tournai vers l'obsédé. Il avait dû me voir venir, car il détalait déjà dans le couloir. Je m'élançai à sa poursuite et il sortit à toutes jambes dans le jardin, où je le suivis, en chaussettes, avec ma trame volant dans mon sillage.

Je grimpai sur ses talons l'escalier jusqu'au premier étage de l'ochaya, sans me soucier du spectacle que nous offrions aux autres invités. Une fois que je l'eus rattrapé à l'arrière de la maison, non loin de la cuisine, je lui assenai un coup de brique sur la tête. Cela produisit comme un bruit de gong, à croire qu'il avait le crâne creux.

– Je t'ai eu ! m'écriai-je.

Je ne sais si l'on peut établir un rapport entre ces deux événements, mais il se trouva que, peu de temps après, cet individu devint chauve.

Pour finir, tata Oïma prétendait que la raison pour laquelle nos épingles à cheveux sont si pointues était qu'elles pouvaient nous servir à nous défendre contre les clients trop entreprenants. Par ailleurs, celles qui s'ornaient de corail se révélaient utiles afin de tester le saké pour voir s'il n'était pas empoisonné : le corail se brise en présence d'une substance toxique.

Koba...

25

« Ens...

Je n'avais pas besoin de savoir compter pour constater que j'étais devenue la plus populaire des maiko de Gion-Kobu. Il suffisait de regarder mon emploi du temps. J'avais des engagements pour un an et demi.

Mon programme était si chargé que les clients devaient confirmer leur réservation un mois à l'avance. Pourtant je ménageais toujours un peu de temps en cas d'imprévu. Et quand, au cours de la journée, je voyais que j'avais une fenêtre dans mes horaires, j'en profitais pour accorder quelques minutes par-ci, par-là, et demandais à Kuniko de noter ces rendez-vous supplémentaires sur mon agenda.

Pendant les six ans où j'ai été maiko, de quinze à vingt et un ans, je n'ai pas eu un instant de libre. J'ai travaillé sept jours sur sept, d'un bout à l'autre de l'année. Sans prendre une seule journée de vacances.

J'étais la seule à l'okiya Iwasaki à ne jamais m'accorder de repos, peut-être aussi la seule à Gion-

Kobu, pour ce que j'en sais. Mais je ne me plaignais pas, c'était mieux que d'être au chômage.

Je ne savais même pas ce que c'était que de s'amuser. Quand il m'arrivait de me retrouver en compagnie de mes camarades dans des lieux publics, je trouvais cela épuisant.

Dès que je posais le pied en dehors de l'okiya, je me métamorphosais en « Mineko de Gion-Kobu », traînant dans mon sillage partout où j'allais une ribambelle d'admirateurs. Et il fallait que je me montre à la hauteur de mon rôle. Si quelqu'un souhaitait faire une photo de moi, je prenais la pose. Si quelqu'un voulait un autographe, je ne refusais jamais.

Ce rôle, je le tenais si bien que j'avais l'impression que je n'étais plus rien d'autre qu'une maiko. Pourtant, je n'aimais rien mieux que de rester à la maison à méditer, à lire, à écouter de la musique. C'étaient là mes seuls moments de vraie détente.

Il est difficile d'imaginer un monde où tous ceux qui vous entourent sont en rivalité avec vous, vos amies, vos sœurs, jusqu'à votre mère. Parfois, tout était confus et se heurtait dans mon cerveau. J'étais incapable de distinguer mes amis de mes ennemis, je ne savais si je devais croire ou non ce qu'on me racontait. Si bien qu'au bout d'un certain temps, je finis par souffrir de troubles névrotiques : je ne dormais plus ou très mal, j'avais des crises d'anxiété, du mal à parler.

Comme je craignais que mon état ne s'aggrave, je pris la résolution de m'« exercer » à rire. Je m'achetai une pile de disques de comiques japonais que je me passais tous les jours. Je m'efforçai d'inventer des tours malicieux pour mes ozashiki, de visualiser la salle de banquet comme un terrain de jeu.

Ce stratagème s'avéra efficace. Je me sentis vite mieux et, peu à peu, je fus de nouveau capable de me concentrer sur ce qui se passait autour de moi. On peut apprendre la danse ou toute autre forme d'art, mais animer un ozashiki ne s'enseigne pas. Ils sont tous différents, même au sein de la même ochaya. Dès que l'on entre dans la salle, on peut juger du niveau de revenus du client. Le tokonama est-il précieux ? La vaisselle est-elle en porcelaine ? Les plats proviennent-ils d'un traiteur huppé ? D'un seul coup d'œil, une geiko expérimentée enregistre ces détails et adapte son approche. L'éducation artistique acquise auprès de mes parents me procurait dans ce domaine une bonne longueur d'avance sur les autres.

Ensuite, il faut divertir le client. Apprécie-t-il plutôt la danse, la conversation ou les jeux de société ? Une fois que l'on a appris à connaître un client, on sait d'avance à quoi il s'attend, ce qui rend la tâche plus aisée.

Les ochaya ne servent pas seulement aux loisirs. Ce sont des lieux où se conduisent les affaires économiques et politiques du pays. Un ozashiki fournit un cadre tranquille et agréable à des discussions sérieuses.

Dans certaines circonstances, la geiko est tenue de s'effacer, son professionnalisme lui dicte de se fondre dans le décor. Si besoin est, elle se poste à l'entrée de la salle pour avertir le client au cas où quelqu'un approcherait, ce qu'elle lui fait savoir par un signal convenu. Ou bien elle informe le nouvel arrivant que les clients désirent ne pas être dérangés.

Il existe dans une ochaya une personne spécialement chargée de chauffer le saké : on l'appelle l'okanban. C'est elle qui remplit le cruchon d'alcool et le plonge au bain-marie. A priori, la tâche a l'air simple, mais elle se complique quand on sait que chaque client aime son saké à une température différente. Tout l'art de l'okanban consiste à calculer combien de degrés perdra le liquide pendant son trajet de la cuisine à la salle de banquet, afin qu'il arrive juste à la bonne température. J'aimais beaucoup m'occuper d'aller chercher le saké, pour la bonne raison qu'il me plaisait de bavarder avec l'okanban, qui avait toujours des anecdotes à raconter sur les coulisses de l'ochaya.

Souvent, l'assistant de l'okanban appartient à l'une des familles clientes de l'ochaya depuis plusieurs générations. C'est d'ailleurs une des techniques employées par ces établissements pour s'assurer la fidélité de la clientèle.

Par exemple, un jeune homme se préparant à entrer à l'université à Kyoto pouvait se faire engager sur recommandation de son père, afin de participer à ses frais de scolarité. Cette solution arrangeait tout le monde. L'étudiant d'une part était aux premières loges pour apprécier l'effort déployé afin de mettre au point le plus simple des ozashiki, d'autre part il faisait la connaissance des maiko et des geiko. Le père initiait son fils aux complexités de l'univers des adultes. Et l'ochaya se réservait un futur client.

Pour ma part, je continuais à m'investir corps et

âme dans mes cours de danse. Promue danseuse professionnelle, j'avais enfin l'impression de progresser. De sorte que j'eus un des plus grands chocs de ma vie le jour où je reçus mon deuxième otome.

Je me précipitai chez maman Masako, hors de moi.

— Cette fois-ci, c'est fini, je démissionne ! J'ai eu un deuxième otome et, encore une fois, ce n'était pas ma faute !

Maman Masako répliqua aussitôt d'une voix ferme et égale :

— Très bien. Vas-y. Tu n'as même pas commis la plus petite erreur et voilà qu'elle t'humilie devant tout le monde ! Pauvre petite !

La rusée, elle savait bien que je faisais toujours le contraire de ce qu'elle me disait.

— Je suis sérieuse, je laisse tomber.

— Oh, mais comme tu as raison ! C'est exactement ce que je ferais si j'étais à ta place.

— Mais si je laisse tomber, je perds la face. Peutêtre devrais-je ne rien laisser paraître. Je ne sais pas…

— C'est en effet une autre solution.

Yaeko, qui écoutait sans doute à la porte, choisit cet instant pour faire son apparition :

— Bravo, Mineko, cette fois, tu as réussi ton coup. La honte rejaillit sur nous toutes.

Elle voulait dire par là que mon déshonneur éclaboussait la réputation de toutes les geiko liées à notre famille.

Maman Masako la renvoya sèchement :

— Ce n'est pas ton affaire, Yaeko. Voudrais-tu passer à côté une minute ?

Yaeko pinça les lèvres en un vilain sourire :

– Pas mon affaire ? Sa conduite me met moi aussi dans un grand embarras.

– Yaeko, ne sois pas ridicule ! Veux-tu sortir d'ici immédiatement ?

– Depuis quand me donnes-tu des ordres ?

– Cette histoire concerne uniquement Mineko et moi. Je ne veux pas que tu t'en mêles.

– Bien, je suis désolée de vous avoir dérangées, toi et ta précieuse Mineko. Comme si elle valait quelque chose.

Sur ce, elle sortit précipitamment, mais ses paroles résonnaient dans mon esprit : je ne valais rien, je devais donner ma démission…

– Excuse-moi, maman, dis-je, c'est mieux si je laisse tomber.

– Ta décision sera la mienne.

– Et si Yaeko avait raison ? Si j'avais déshonoré notre nom ?

– Ce n'est pas une raison suffisante. Tu l'as admis toi-même tout à l'heure. En quittant l'école, tu risques de perdre la face définitivement. Si j'étais toi, j'aurais une conversation avec l'iemoto. Écoute ce qu'elle a à dire. Je parie qu'elle tient à ce que tu continues.

– Tu crois ? Merci, maman. Je vais suivre ton conseil.

Maman Masako téléphona à mère Sakaguchi, laquelle s'empressa de venir me prendre en voiture pour m'emmener à l'école inoue et à la nyokoba en compagnie d'autres maiko de notre okiya.

Après l'échange de politesses et les salutations d'usage, je m'attendais à la voir assurer ma défense.

235

— Maîtresse Aiko, je tiens à vous faire part de ma gratitude pour avoir grondé Mineko. C'est grâce à des punitions telles que celle-ci que l'on devient une vraie danseuse. De sa part, puis-je demander très humblement que vous continuiez à lui prodiguer votre enseignement ?

Après une courte hésitation, je me prosternai de nouveau avec les autres représentantes de l'okiya Iwasaki. L'espace d'un instant, en effet, déconcertée par l'entrée en matière de mère Sakaguchi, j'avais eu envie de me révolter. Puis j'avais compris ce qui se passait : l'iemoto me mettait de nouveau à l'épreuve. Elle se servait de l'otome comme d'un outil pour me pousser à aller plus loin dans mon travail. Elle tenait à ce que je comprenne qu'il ne fallait jamais s'arrêter de danser quoi qu'il arrive. Un reproche occasionnel n'était rien au regard de ce que j'étais capable d'accomplir. Je devais pour me perfectionner laisser ma susceptibilité de collégienne au vestiaire.

Ce moment fut un des plus importants de ma vie. Il s'était produit en moi un déclic : je voyais d'un seul coup le monde en grand. Je savais où j'allais. À cet instant je devins une véritable danseuse.

Mère Sakaguchi, en faisant étalage de son humilité, me transmettait un message essentiel. Elle me montrait comment des professionnelles accomplies réglaient leurs conflits d'une manière pacifique, et bénéfique à l'un et l'autre camps. J'avais souvent assisté à ce genre de séance, mais jusqu'à ce jour je n'en avais pas saisi le sens profond. J'étais très fière de mère Sakaguchi. Même si c'était l'iemoto qui m'avait grondée, c'était elle qui me donnait une leçon.

J'avais encore du chemin à parcourir avant d'être adulte, mais je souhaitais de tout mon cœur devenir aussi capable que les femmes présentes dans cette pièce. L'iemoto remercia mère Sakaguchi de sa visite et, en compagnie des autres enseignantes, la raccompagna dans l'entrée pour lui dire au revoir.

Juste avant de monter en voiture, mère Sakaguchi se pencha pour me murmurer à l'oreille :

– Mine-chan, travaille dur.

– Oui, c'est promis.

Une fois de retour à l'okiya, je fouillai dans tous les coins de la maison pour trouver des miroirs que j'installai dans ma chambre. Je les alignai le long des murs de manière à pouvoir me voir sous tous les angles. Puis je me mis à danser. Dès lors, je travaillai d'arrache-pied. Même très tard dans la nuit, lorsque je rentrais de ma tournée des ochaya, j'enlevais mon kimono et passais mes vêtements de danse pour répéter jusqu'à ce que mes yeux se ferment. Parfois je ne prenais qu'une heure de sommeil.

Je gardais sur moi-même un regard aussi critique que possible. Je tentais d'analyser chacun de mes mouvements, jusqu'à la plus subtile nuance. Mais quelque chose manquait. Une force dans l'expression. Je passai des jours et des jours à réfléchir. Qu'est-ce qui pouvait bien clocher ? En fin de compte, j'en arrivai à la conclusion que le problème n'était pas d'ordre physique ou technique mais affectif.

Je n'avais jamais été amoureuse. Mes mouvements n'avaient pas la profondeur et la densité émotionnelles que seule apporte la passion amoureuse.

Comment pouvais-je exprimer les joies et les chagrins de l'amour sans connaître l'amour ?

Cette prise de conscience éveilla en moi des craintes secrètes. Depuis le jour où mon neveu avait essayé de me violer, l'idée même de l'amour physique me glaçait. J'avais l'impression que je ne me remettrais jamais de ce traumatisme. Et puis il y avait aussi autre chose, un sentiment vague mais opiniâtre et plus insidieux encore que la peur : je n'aimais pas les autres.

Je ne les avais pas aimés quand j'étais petite, je ne les aimais toujours pas. Cette misanthropie constituait un grave handicap. Mais c'était comme ça, je n'y pouvais rien. Je prenais toujours sur moi pour prétendre être l'amie de tout le monde.

Une pauvre jeune fille solitaire qui se donne un mal fou pour plaire tout en redoutant que quiconque l'approche de trop près, voilà ce que j'étais.

Les relations entre les sexes sont, pour presque toutes les adolescentes, nimbées de mystère. Pour moi, elles auraient aussi bien pu appartenir à une autre planète. Je n'avais pas la plus petite idée sur la frontière entre témoignage d'amitié et invitation au flirt. Je m'imposais de me montrer gentille avec tout le monde. Mais si je l'étais trop, le client se faisait des idées. Il me fallut des années pour apprendre à éviter ces écueils et savoir créer une atmosphère propice au bien-être d'un hôte tout en le tenant à distance. Et, comme toujours, j'appris de mes erreurs.

Un jour, un client, jeune homme très fortuné, m'annonça tout de go :

– Je pars poursuivre mes études à l'étranger. Je voudrais que tu viennes avec moi. Tu es contente ?

J'étais consternée. Il m'avait fait part de ce projet comme si c'était tout décidé. Je restai sans voix.

Les habitués de Gion-Kobu connaissaient les règles de convenance, règles tacites, non dites, et les respectent. Mais quelquefois, surtout quand le client en question était jeune et naïf, il interprétait de travers ma gentillesse. Désolée d'avoir à lui mettre les points sur les i, je lui expliquai que je faisais seulement mon travail et que, même si je le trouvais charmant, je n'avais pas voulu lui donner l'impression de chercher à le séduire.

Un autre soir, un jeune client se délesta d'une grosse somme d'argent pour m'acheter une belle poupée. Il était si pressé de me l'offrir qu'il n'eut pas la patience d'attendre le prochain ozashiki. Il vint donc frapper à la porte de l'okiya.

C'était un manquement grave à l'étiquette. Je le pris en pitié, même si son geste provoquait chez moi un malaise. Comment avait-il pu être assez naïf pour croire que je pouvais l'accueillir chaleureusement ? Mais je m'efforçai néanmoins de rester polie.

– Merci beaucoup, mais je n'aime pas les poupées. Donnez-la à quelqu'un d'autre, quelqu'un qui en profitera.

La rumeur se répandit aussitôt parmi mes clients réguliers : je détestais les poupées !

Une autre fois encore, à Tokyo, un client m'emmena dans un magasin de luxe.

– Choisissez ce que vous voulez, lança-t-il.

J'acceptai rarement les cadeaux des clients. Je

refusai donc, disant que je me contentais très bien d'admirer toutes ces belles choses. C'est alors que j'aperçus une montre et marmonnai à part moi : « Très jolie ». Le lendemain, la montre fut déposée à mon nom à l'hôtel. Je la renvoyai sans hésiter à l'expéditeur. Ce fut un brusque rappel à la réalité : je devais toujours rester sur mes gardes.

Tous ces incidents se produisirent alors que j'avais seize ou dix-sept ans. Ils portent la marque de mon immaturité.

Il arriva que mon innocence me fourvoie dans les situations les plus invraisemblables. Je me souviens en particulier du Nouvel An qui suivit mes débuts de maiko. J'avais été invitée à la première cérémonie du thé de l'année – que l'on appelle hatsugama – à la très célèbre école Urasenke, le bastion de l'esthétique japonaise. C'était un honneur d'y être convié et je m'appliquai spécialement devant l'honorable assemblée.

Toutes les geiko sont tenues d'étudier la « voie du thé » c'est pourquoi l'école Urasenke est si chère au cœur de Gion-Kobu. Le théâtre Kaburenjo est doté d'une gigantesque salle de thé où peuvent se réunir jusqu'à trois cents convives. La geiko qui fait office de maîtresse du thé se plie cinq fois au rituel avant chaque représentation, ou plutôt elle prépare le thé pour les deux invités d'honneur pendant que les deux cent quatre-vingt-dix-huit autres sont servis par des femmes qui ont préparé le thé dans les coulisses.

À cette hatsugama, je me trouvais assise contre les murs d'une vaste salle tandis qu'une serveuse s'employait à passer de l'un à l'autre une tasse de forme étrange, à la base pointue et dépourvue de pied, de sorte qu'il était hors de question de la poser : il fallait boire son contenu. Je trouvais cela très amusant et, quand vint mon tour, je bus d'un trait.

Je n'avais jamais goûté quelque chose de plus infect et je réprimai un haut-le-cœur. Mon visage dut me trahir car Mme Kayoko, l'épouse de l'ancien directeur de l'école Urasenke, qui se montrait toujours adorable avec moi, me dit :

— Qu'est-ce qu'il y a, Mine-chan ? Vous n'aimez pas le saké ?

Du saké ? Je fis la grimace. Puis je fus prise de panique. J'avais enfreint la loi ! Et si on venait m'arrêter ? Mon père m'avait inculqué une telle crainte de la loi que j'étais terrifiée à l'idée de commettre le moindre délit. Qu'est-ce que j'allais faire maintenant ? Mais voilà que la tasse revenait vers moi et que tout le monde avait l'air de trouver cela normal. Comme je ne voulais pas provoquer de scandale devant une aussi noble assemblée, je retins mon souffle et bus de nouveau d'un trait. À la fin de la soirée, j'étais légèrement pompette.

Je me sentais de plus en plus bizarre. C'est un miracle que je sois parvenue jusqu'au bout de mon programme de danse sans encombre. Après quoi, je me rendis à mon nombre habituel de banquets et m'en sortis tout à fait bien. Mais à peine étais-je rentrée, dès l'antichambre de l'okiya, que je tombai en avant, raide. Et quel remue-ménage ensuite pour me déshabiller et me mettre au lit…

Le lendemain, réveillée à six heures du matin, comme d'habitude, je fus instantanément saisie d'un sentiment de honte. Qu'avais-je fait la veille au soir ? Je ne me rappelais rien à propos d'aucun de mes ozashiki.

J'aurais voulu rentrer sous terre. Pourtant je devais me lever pour aller prendre mes cours. Non seulement j'avais violé la loi en buvant du saké, mais je m'étais peut-être aussi mal conduite. Cette idée surtout m'était intolérable. Je n'avais envie de voir personne.

La mort dans l'âme, je me forçai à me rendre à l'école. Je pris ma leçon avec l'iemoto, convaincue tout du long que tout le monde me regardait de travers. Je demandai à être excusée aux autres cours et rentrai en courant à l'okiya, où je fonçai droit sur le placard. Je m'y pelotonnai et, les bras enroulés autour des genoux, je me berçai en chantant : « Pardon, pardonne-moi, je ne le ferai jamais plus », encore et encore, tel un mantra.

J'étais dans mon refuge depuis déjà un bon moment, peut-être un après-midi entier, quand je décidai qu'il était temps de sortir afin de m'habiller pour la soirée.

Ce fut la dernière fois que je m'accordai cette consolation. Jamais plus je ne remis les pieds dans le placard, celui-là ou un autre.

Je me demande pour quelle raison je me montrais si sévère avec moi-même. Quelque chose à voir avec mon père, quelque chose à propos de la solitude. J'étais persuadée que la réponse à tout se trouvait dans l'autodiscipline.

Je croyais que l'autodiscipline était la clé de la beauté.

26

Deux ans après mes débuts de maiko, au cours d'un rituel appelé le mizuage, marquant le passage à une plus grande maturité, j'adoptai une coiffure différente et le ruban en soie rouge de mon chignon fut symboliquement coupé.

Quand je demandai à maman Masako si je devais suggérer à mes clients de contribuer aux frais de cette cérémonie, elle se contenta de rire en disant :

– Qu'est-ce que tu me chantes là ? Je t'ai élevée pour être une femme indépendante. Nous n'avons pas besoin d'aide. L'okiya prend tout en charge.

Maman Masako, comme je l'ai déjà dit, était très économe. Pour ma part, tout en me sentant peu compétente dans ce domaine, je tenais à ne pas être un poids pour elle.

– Que dois-je faire, alors ?

– Pas grand-chose. Il faut d'abord que tu changes de coiffure. Puis on donnera une petite fête pour annoncer la bonne nouvelle et distribuer des cadeaux à la famille, dont ces bonbons qui t'ont fait rougir quand tu avais quatorze ans.

Elle parlait de ces minuscules gâteaux de riz, les ekubo, signifiant « fossette », ayant un petit creux sur le dessus avec un minuscule cercle rouge au centre qui leur donne une apparence de tétons.

La cérémonie se tint en octobre 1967. J'avais dix-sept ans. Nous avons fait une tournée dans le quartier avec nos petits présents sans omettre une seule de nos « relations » de Gion-Kobu.

Je laissais derrière moi le wareshinobu qui se porte au début de la formation pour arborer l'okufu, la coiffure de la maiko plus âgée. Ce changement dans mon apparence signalait à mes clients que j'approchais l'âge du mariage. Je commençais donc à recevoir des propositions. Les clients, qui étaient en général des hommes mariés, pensaient à moi pour leurs fils ou même parfois leurs petits-fils.

La geiko de Gion-Kobu est une épouse très prisée aux yeux des riches et des puissants de mon pays. Hôtesse accomplie, ravissante, elle figure une compagne idéale pour ceux qui se meuvent dans les hautes sphères de la diplomatie ou des affaires internationales. En outre, elle apporte dans son trousseau un carnet d'adresses bien rempli qui peut se révéler utile à un jeune homme au début de sa carrière.

Du point de vue de la maiko, il est agréable d'épouser un homme qui a autant de panache que ceux qu'elle rencontre dans les banquets chaque soir de la semaine. Très rares sont celles qui ont envie de quitter les lumières de la fête pour s'enfermer dans une existence petite-bourgeoise. Les quelques geiko que j'ai connues ayant fait des mariages d'amour ont toutes fini le cœur brisé et l'amertume aux lèvres.

Et qu'en est-il de celles qui sont les maîtresses de clients mariés ? Sur ce sujet, ce n'est pas un chapitre qu'il y aurait à écrire, mais un volume entier. Mettons que, sur son lit de mort, l'épouse d'un client convoque la geiko à son chevet pour la remercier en pleurant de prendre si bien soin de son mari. Elle meurt, la geiko se marie avec le veuf et tout finit bien comme dans un conte de fées.

Hélas, cela ne se passe presque jamais ainsi.

Je me rappelle un incident particulièrement troublant. Deux geiko avaient une liaison avec le même homme, un richissime négociant en saké. Chacune de son côté effectua une visite plutôt indélicate à son épouse pour la supplier de divorcer. Toutes les trois firent une scène au pauvre homme, qui se suicida.

Je reçus plus de dix propositions sérieuses. Je les repoussai toutes. Je venais tout juste d'avoir dix-huit ans, et il n'était pas question que j'envisage le mariage. Pour commencer, je ne pouvais imaginer ma vie sans la danse.

Par la suite, je sortis avec plusieurs jeunes gens. Cependant, accoutumée aux manières raffinées et à la conversation pétillante de leurs pères, je les trouvais, par contraste, mornes et ennuyeux à mourir. Après le film et une tasse de thé, je n'avais plus qu'une idée en tête : rentrer chez moi.

Après le mizuage, l'étape la plus importante de la vie d'une maiko est l'erikae, la cérémonie dite du changement de col, qui, rouge pour l'« enfant » maiko, devient blanc pour la geiko. Ce passage a en général lieu à vingt ans. Après quoi, on est censé être une professionnelle accomplie.

Je pensais célébrer mon erikae le jour de mon vingtième anniversaire, en 1969. Mais il se trouve que, cette année-là, Osaka préparait une Exposition universelle et qu'on avait besoin du plus grand nombre de maiko possible pour divertir les dignitaires de tous ordres qui étaient attendus. Ils demandèrent l'assistance du Kabukai, lequel, à son tour, se tourna vers nous autres maiko, priant toutes celles de ma « promotion » de repousser de quelques mois leur passage à l'état de geiko.

Cette année-là, je me produisis devant de nombreuses personnalités. En avril 1970, je fus invitée à un banquet donné en l'honneur du prince Charles au Kitcho, réputé comme le meilleur restaurant non seulement de Kyoto mais aussi du Japon.

C'était un bel après-midi ensoleillé. Le prince de Galles avait l'air enchanté. Il dégustait les mets qui lui étaient présentés en déclarant que tout était succulent. Nous étions assis dans le jardin. Le chef et patron de l'établissement faisait griller sur le brasero extérieur de tout petits poissons qui sont sa spécialité. J'agitai devant mon visage un de mes éventails préférés. L'héritier de la Couronne britannique me sourit gentiment en tendant la main :

– Puis-je le voir un instant ?

Je ne lui avais pas plus tôt donné qu'en un clin d'œil il avait sorti un stylo et inscrit son autographe en travers sur la feuille de papier déployée : 70 Charles. Je réprimai un cri d'horreur. J'adorais cet éventail. Je trouvais incroyable qu'il ait pu écrire dessus sans me demander la permission. C'était vraiment trop mal élevé. Il fit ensuite mine de me le rendre, s'attendant que je le remercie.

– Je serais honorée si vous acceptiez cet éventail, en souvenir de notre soirée. C'est mon préféré.

– Vous ne voulez pas mon autographe ? s'étonna-t-il.

– Non, merci beaucoup.

– Vous êtes bien la première.

– Je vous en prie, prenez cet éventail et offrez-le à quelqu'un qui sera ravi d'avoir votre autographe. Après ce banquet-ci, je me rends dans un autre et ce serait grossier vis-à-vis de l'hôte de me présenter avec un accessoire signé d'une autre main que la sienne. Si vous ne souhaitez pas l'emporter, je peux m'en charger.

– Oui, merci, dit-il, l'air sidéré.

Comme je n'avais pas le temps de courir à l'okiya chercher un autre éventail, je téléphonai chez moi pour qu'une bonne m'en apporte un avant mon prochain rendez-vous. Je lui confiai l'éventail de Charles en la priant de s'en débarrasser.

Un peu plus tard, je tombai par hasard sur une des maiko présentes comme moi à la garden-party.

– Mine-chan, qu'est devenu cet éventail ?

– Je ne sais pas. Pourquoi ?

– Si tu n'en veux pas, tu pourrais me le donner.

– Tu aurais dû m'en parler avant, je l'ai fait jeter.

Elle téléphona aussitôt pour s'enquérir du sort

réservé au précieux accessoire : trop tard. La bonne l'avait mis à la poubelle. Mon amie se lamenta. Pour ma part, j'avais la pénible sensation que Charles avait abîmé un de mes trésors les plus chers.

27

Je n'ai jamais été aussi occupée que l'année de
l'Exposition universelle d'Osaka. J'avais tellement
de rendez-vous avec les visiteurs étrangers que j'avais
l'impression d'être une employée du ministère des
Affaires étrangères. En plus, une de mes camarades
tomba malade, et j'acceptai de la remplacer dans
le Miyako Odori. Je n'avais plus une minute à moi.
D'autant qu'une maiko de notre okiya choisit ce
moment pour s'enfuir avec son amoureux. Je dus
aussi jouer les bouche-trous pour elle.

Nous avions un autre mouton noir à l'okiya Iwasaki. Une geiko du nom de Yaemaru, une autre « petite
sœur » de Yaeko, quoiqu'elle fût plus âgée que moi.
Ah, elles se valaient bien, ces deux-là ! Yaemaru ren-
trait tous les soirs ivre morte. Les bonnes devaient
aller régulièrement la chercher à la sortie d'une
ochiya pour la ramener, le chignon hirsute, le kimono
en bataille. Quel ouragan, cette femme !

Pourquoi l'okiya supportait-elle ses frasques ?
C'est bien simple : Yaemaru était la meilleure joueuse

de taiko de Gion-Kobu, autrement dit du monde. Son instrument soutenait d'un bout à l'autre le Miyako Odori. Elle nous était indispensable, mais voilà, nous ne savions jamais si elle allait tenir le coup jusqu'au bout. Elle arrivait au théâtre en retard, titubant à moitié, pas encore remise de sa gueule de bois de la veille. Mais, dès qu'elle ramassait ses baguettes de tambour, elle subissait une métamorphose : elle était superbe. Yaemaru avait beau donner des cauchemars à tata Oïma et à maman Masako, elles avaient toujours fermé les yeux sur ses extravagances. Pourtant, ce printemps-là, sa conduite se révéla encore plus délirante que d'habitude.

En ma qualité d'atotori, je me sentais responsable de l'okiya. Lorsque Yaemaru était si soûle qu'elle ne pouvait pas travailler, je redoublais d'efforts.

Je dus me produire dans le Miyako Odori trente-huit jours sur quarante. J'étais épuisée au point de ne plus pouvoir tenir debout à la fin du spectacle. Alors que je prenais un moment de repos allongée dans la chambre des serveuses de l'ochaya, l'iemoto passa me voir.

— Mine-chan, comment te sens-tu ? Je te trouve pâle. Tu devrais voir un médecin.

— Merci de vous préoccuper de ma santé, mais je vais très bien, merci. Je suis juste un peu fatiguée. Je vais me remettre.

En vérité, je n'en pouvais plus. Je gémissais en me traînant jusqu'à la scène et ensuite, entre mes prestations, je me couchais par terre sur un coussin dans les coulisses. Mais quand je dansais, tout allait bien.

Je tins bon jusqu'à la fin du spectacle. Une fois

rentrée à l'okiya, je fis une petite sieste puis me relevai vite pour m'habiller en prévision des banquets de la soirée.

Ce soir-là, j'étais sur le point de faire mon entrée dans un ozashiki quand, tout d'un coup, la tête me tourna et je fus inondée de sueur. Un grand bruit résonna dans mes oreilles.

Un instant – ou une éternité – plus tard, je me réveillai allongée sur un lit. Le Dr Yanai me contemplait de toute sa hauteur. Je savais qu'il devait être un des invités du banquet.

– Que faites-vous ici ? m'enquis-je. Pourquoi n'êtes-vous pas dans la salle ?

– Vous vous êtes évanouie et je vous ai fait transporter dans ma clinique.

– Moi ? M'évanouir ? Non !

Tout ce dont je me souvenais, c'était d'avoir été brusquement en nage.

– Et pourtant, si, Mineko. Vous avez une tension beaucoup trop élevée.

– Vraiment ?

Je ne comprenais pas un mot de ce qu'il me racontait.

– Allez consulter dès demain à l'hôpital universitaire de Kyoto. Vous subirez une série d'examens qui nous en diront plus.

– Non, je vais parfaitement bien. J'ai juste abusé un peu de mes forces. Je vais retourner à l'ozashiki. Voulez-vous m'y accompagner ?

– Mine-chan, je sais de quoi je parle, je suis un vieux médecin. Il faut vous soigner. D'abord, rentrez chez vous, mettez-vous au lit. Et promettez-moi d'aller au rendez-vous que je vous ai pris à l'hôpital demain.

— Je me porte comme un charme.

— Mine-chan, vous n'écoutez pas.

— Parce que je vais très bien, répétai-je comme un disque rayé.

— Non. Vous risquez de mourir si vous continuez.

— Mourir jeune, comme c'est romantique !

Il fit la grimace. Je vis qu'il n'était pas content du tout.

— Ce n'est pas une plaisanterie.

— Navrée, docteur. Votre bonté me touche profondément. Pourriez-vous m'appeler un taxi ?

— Et où avez-vous l'intention d'aller ?

— Je dois retourner une minute à l'ozashiki pour présenter mes excuses.

— Ne vous occupez pas de cela, Mine-chan, rentrez chez vous. Je retournerai au banquet pour vous et je transmettrai vos excuses.

Je finis par obtempérer, mais ne m'attardai pas longtemps à l'okiya : un autre ozashiki m'appelait et je me sentais déjà mieux. Or, dès mon arrivée, je fus de nouveau au bord de l'évanouissement. Mon cœur se serra. J'étais peut-être malade, après tout. Il fallait en effet vérifier. Cependant, je ne voyais pas comment j'allais caser un rendez-vous médical dans mon emploi du temps.

Le lendemain, je m'ouvris de mes ennuis à maman Masako.

— Je ne suis pas sûre, mais j'ai peut-être un problème de santé. Je ne voudrais pas causer de tort à

252

l'okiya, mais crois-tu que je pourrais prendre quelques jours de congé ?

– Bien sûr, Mine-chan. Ne t'inquiète pas pour ton travail. Le plus important, c'est ta santé. Va faire ces examens à l'hôpital. Après, on avisera.

– Je n'ai pas envie de rater mes leçons de danse et, si je cesse d'aller aux ozashiki, je vais perdre ma place. Je ne serai plus la première.

– Ce ne serait pas un mal de donner leur chance aux autres, pour une fois.

– Tu ne serais pas fâchée ?

– Pas le moins du monde.

Le lendemain matin, Kuniko m'emmena à l'hôpital. Le chef du service de médecine interne s'appelait le Dr Nakano. Il me fit boire tout un pichet d'eau afin de tester mes urines. Puis il fallut attendre, attendre. Trois heures avant de pouvoir me soulager. Le médecin trempa une bande de papier dans le liquide ambré. Le papier vira au vert foncé. Une de mes couleurs préférées.

Ils me firent passer dans le cabinet de consultation. Le Dr Nakano y entra, entouré d'une dizaine d'internes.

– Enlevez juste le haut.

Le seul homme qui m'avait jamais vue nue était mon père, il y avait bien des années de cela. Il n'était pas question que je me déshabille devant tous ces inconnus. Le Dr Nakano, voyant mon hésitation, m'ordonna brutalement :

– Obéissez-moi, mademoiselle. Ces personnes sont des médecins et ils sont là pour apprendre. Faites comme si j'étais seul dans la pièce et enlevez votre corsage.

— Je n'enlèverai rien, même si vous étiez seul.

— Cessez de me faire perdre mon temps ! s'exclama-t-il, exaspéré.

J'obtempérai à contrecœur. Mais, une fois que je constatai qu'ils ne s'intéressaient pas à ma beauté et ne me regardaient même pas, rassurée, je me mis à inspecter la salle où je me trouvais. À côté du lit où j'étais assise se dressait une étrange machine hérissée de tuyaux. Une infirmière s'approcha pour en scotcher quelques-uns sur mon torse.

Le médecin appuya sur un bouton et la machine se mit à ronronner puis cracha une longue langue de papier où s'entrelaçaient deux lignes rouge vif. La première était plate, la seconde en zigzag.

— J'aime bien la plate, elle est jolie, lançai-je, histoire de dire quelque chose.

— Pas si jolie que vous le croyez, m'entendis-je répondre. Le fait qu'elle soit plate signifie que votre rein gauche ne fonctionne plus.

— Pourquoi ?

— On ne sait pas encore. Mais il faudra peut-être vous opérer. Nous le saurons quand nous aurons pratiqué les autres examens.

Le mot « opérer » résonna dans ma tête avec des accents lugubres.

— Excusez-moi, dis-je, mais je dois d'abord rentrer chez moi en discuter avec ma mère.

— Pouvez-vous revenir demain ?

— Je ne sais pas encore.

– Mademoiselle Iwasaki, il s'agit d'une urgence. Les risques sont gros.

– Quels risques ?

– Vous risquez de perdre un rein. Si on attend trop longtemps, il faudra vous l'enlever.

Je ne mesurais pas encore la gravité de la situation.

– Je ne savais pas que j'avais deux reins. Un ne suffit pas ? Il faut les deux ?

– Oui. Vivre avec un seul rein n'est pas facile. Je ne vous le souhaite pas. Mais, pour en juger, nous avons besoin des résultats des examens.

– Pourriez-vous les pratiquer tout de suite ?

– Oui, si vous acceptez de rester ici.

– Pour la nuit ?

– Pour une semaine.

Il aurait aussi bien pu me donner un coup de poing dans l'estomac. Je laissai échapper un soupir :

– Docteur, je n'ai pas le temps. Je peux à la rigueur vous accorder trois jours, mais ce serait mieux si c'était terminé en quarante-huit heures.

– Cela prendra le temps qu'il faudra. Bien, je vous laisse organiser votre admission avec nos services administratifs.

Je me sentais aussi désarmée qu'une carpe sous le hachoir du cuisinier.

Les examens révélèrent qu'une infection des amygdales avait provoqué, par l'écoulement de pus dans mes voies digestives, une insuffisance rénale ! Avant toute autre intervention, les médecins décidèrent de m'enlever les amygdales.

La première chose que je vis dans la salle d'opération quand on y roula le lit sur lequel j'étais allongée, ce fut un homme en blouse blanche qui braquait sur moi l'objectif d'un appareil photo. Instinctivement, je me fendis de mon plus charmant sourire.

— Ne faites pas attention à l'appareil, me gronda le chirurgien, et surtout cessez de sourire. J'ai besoin de photos médicales pour mes conférences. Maintenant, ouvrez bien grand…

C'était plus fort que moi : je n'arrivais pas à détacher mon regard de l'objectif braqué sur mon visage. Sans doute la déformation professionnelle. L'infirmière qui se tenait à mon côté ne pouvait s'empêcher de glousser de rire. Je trouvai moi-même l'affaire plutôt amusante jusqu'au moment où, en réaction au gaz anesthésique que l'on m'avait fait respirer, pris d'une subite réaction allergique, mon corps se couvrit de plaques rouges qui se mirent à me démanger furieusement. Dès lors je ne songeai plus qu'à quitter ce lieu de souffrances et à rentrer chez moi.

Je refusai de rester à l'hôpital après l'intervention.

— Vous ne m'avez pas opérée des jambes, que je sache, protestai-je.

Je réussis à les convaincre de me laisser regagner l'okiya. Mais, une fois chez moi, je m'écroulais. J'avais des charbons ardents dans la gorge. J'étais incapable d'avaler, de parler. La douleur et la fièvre me clouèrent au lit pendant trois interminables journées. Quand je fus enfin assez remise pour me lever, Kuniko m'emmena à l'hôpital. Sur le chemin du retour, en passant devant une pâtisserie, un délicieux fumet de petits pains chauds me chatouilla les narines. Cela faisait plus d'une semaine que je n'avais pas absorbé autre chose que des boissons glacées. Cela me sembla bon signe. J'écrivis donc sur mon calepin – je n'arrivais pas encore à parler : «J'ai faim.» Je montrai la feuille à Kuniko.

– Formidable, me dit-elle. Rentrons vite à la maison annoncer la bonne nouvelle.

J'aurais préféré faire une halte à la pâtisserie, mais, docile, je la suivis. Lorsque Kuniko l'informa de mes progrès, maman Masako s'exclama avec une grimace sardonique :

– Ah! Eh bien, heureusement que nous n'avons pas de sukiyaki ce soir !

Vers l'heure du dîner, une odeur de bœuf grillé monta de la cuisine dans ma chambre. Je me précipitai en bas et écrivis sur mon calepin : «Ça sent mauvais.»

– Quoi? fit maman Masako en s'esclaffant. Pour moi, ça sent la nourriture la plus succulente du monde.

«Tu seras toujours une Vieille Sorcière, griffonnai-je en guise de riposte. Tu sais que je ne peux rien manger et tu prépares mon plat favori !»

Elle était si excitée qu'elle fit mine d'écrire à son tour sur ma feuille. Je la lui retirai vivement en inscrivant dessus : «Mes oreilles marchent très bien. Tu n'as pas besoin d'écrire.»

Elle éclata de rire :

– Suis-je bête !

Je demandai un verre de lait. Une seule gorgée et la douleur fut si fulgurante qu'il me sembla que mes cheveux se dressaient sur ma tête. Ce soir-là, je me couchai avec une faim de loup.

Lorsque mes amies venaient me rendre visite, j'étais frustrée de ne pouvoir bavarder avec elles.

L'une d'elles m'apporta un énorme bouquet de cosmos, des fleurs qui n'étaient pas de saison.

« Merci, écrivis-je, mais j'aurais plutôt voulu quelque chose à manger. »

– Ce n'est pas très gentil de ta part, repartit mon amie. Après tout le mal que je me suis donné.

« Je meurs de faim. »

– Pourquoi ne manges-tu pas, alors ?

« Si je pouvais manger, je ne serais pas affamée. »

– Pauvre chou ! Mais je parie que ces cosmos ont le pouvoir de te rendre la santé, déclara-t-elle d'un ton énigmatique. Je ne les ai pas achetés moi-même. *Quelqu'un* m'a priée de te les apporter… Concentre-toi sur ces fleurs et tu verras bien ce qui arrivera.

« Je n'y manquerai pas. Quand j'étais petite, je parlais aux cosmos. »

J'eus ainsi une longue conversation avec ces fleurs qui me racontèrent d'où elles venaient. Mon instinct ne m'avait pas trompée. Elles avaient été choisies par celui qui hantait mes rêves les plus secrets.

Il me manquait tellement… Je brûlais de le revoir. Mais en même temps, j'avais peur de lui. Chaque fois que mes pensées volaient vers lui, une petite trappe se fermait sur mon cœur et des larmes me piquaient les yeux. Je ne savais pas où j'en étais.

Mon neveu m'avait-il gâché les joies de l'amour pour le restant de mes jours ? M'avait-il rendue si timorée devant mes propres pulsions que je ne supporterais jamais de me trouver dans les bras d'un homme ? Au seul souvenir de l'horrible étreinte de Mamoru, mon sang se glaçait dans mes veines. Ce n'étaient pas mes reins ou ma gorge qui étaient malades, mais mon cœur…

Et il n'y avait aucune oreille attentive à qui j'aurais pu confier ma peine.

28

Son nom de scène était Shintaro Katsu. Je l'avais rencontré dans un des premiers ozashiki où je m'étais produite peu après mes débuts de maiko. C'était lui qui avait demandé à une maiko plus âgée – j'avais alors quinze ans – de me convier à ce banquet, car il souhaitait me rencontrer.

Elle me le présenta sous son vrai nom, Toshio. Il était la plus grande vedette de cinéma du Japon. Je le connaissais de nom, comme tout le monde, mais son visage m'était inconnu, car je n'avais vu aucun de ses films. Je le trouvai très inélégant. Il était vêtu d'un yukata, un kimono informel inapproprié pour un banquet, tout chiffonné en plus, et son cou portait encore des traces de maquillage.

Pendant ce banquet, je ne lui adressai pas la parole. Je me rappelle m'être fait la réflexion qu'il était fort peu séduisant et m'être prise à espérer qu'il ne me convierait plus jamais.

Quelques jours plus tard, en faisant une halte à cette ochaya sur le chemin de retour de l'école de danse, je tombai nez à nez avec Toshio, lequel se trouvait là en compagnie de son épouse, qu'il me présenta. Elle aussi était une actrice célèbre. J'étais enchantée de la rencontrer.

Toshio fréquentait chaque soir le quartier de Gion. Par la suite, il sollicita ma présence à de nombreuses reprises. Je me dérobai autant que possible, mais les règles tacites du karyukai m'obligeaient à accepter de temps à autre.

Un soir, Toshio demanda à la joueuse de shamisen de lui prêter une minute son instrument. Il attaqua la mélodie d'une ballade connue de tous. J'étais stupéfaite : il jouait comme un ange. J'en avais la chair de poule.

— Où avez-vous appris à jouer aussi bien ? m'enquis-je.

C'était la première fois que je m'adressais à lui sans réticence. Mes paroles me sortaient droit du cœur.

— Mon père est l'iemoto de l'école de shamisen Kineya. J'ai appris quand j'étais tout petit.

— Très impressionnant. Avez-vous d'autres talents cachés ?

Des écailles étaient tombées de mes yeux : je le voyais sous un tout autre jour.

Après quoi je lui annonçai que désormais je n'acceptais de me rendre à ses banquets qu'à une seule condition : qu'il joue pour moi du shamisen. Une exigence tout à fait impertinente de ma part. N'empêche, à partir de cette date, à chaque fois que je me produisais dans un ozashiki commandité par lui, il avait prévu un morceau de shamisen. Il en fut ainsi pendant trois ans.

Un soir – j'avais alors dix-huit ans –, il me surprit dans l'escalier d'une ochaya en train de monter du saké dans une salle de banquet alors que j'avais refusé d'assister au sien. À ma consternation, il dévala les marches pour m'arracher mon plateau des mains.

– Mineko, viens ici une minute, dit-il en m'entraînant dans une chambre de bonne.

Et aussitôt il me prit dans ses bras et m'embrassa sur la bouche.

– Arrêtez ! marmonnai-je en le repoussant de toutes mes forces. Le seul qui ait le droit de faire ça, c'est Big John, mon chien.

J'avais reçu mon premier baiser. Et cela ne m'avait pas du tout plu. Je crus que j'allais avoir une réaction allergique. J'avais la chair de poule, mes cheveux se hérissaient sur ma tête, j'étais en nage. Une fois remise de mon choc, je rougis comme une pivoine : j'étais folle de rage.

– Comment osez-vous ? fulminai-je. Ne me touchez plus jamais. Jamais, vous m'entendez !

– Oh, Mine-chan, ne m'aimes-tu pas seulement un peu, un tout petit peu ?

– Que voulez-vous dire ? Cela n'a rien à voir avec mes sentiments !

À dix-huit ans, j'étais encore persuadée qu'un baiser suffisait à vous mettre enceinte. J'étais terrifiée.

Je courus jusqu'au bureau de l'okasan, devant qui j'exprimai mon désarroi.

– Je ne veux plus jamais le voir ! Il est dégoûtant et ses manières sont déplorables.

La patronne de l'ochaya me fit remarquer que ma réaction était excessive.

– Mine-chan, grandis un peu, voyons, me gronda-t-elle gentiment. C'était un baiser volé, de rien du tout. Tu n'as pas à monter sur tes grands chevaux. Et puis c'est un client important. Essaye de nous faciliter un peu les choses.

Elle balaya mes craintes et, au fil des semaines, réussit à me persuader de retourner dans un des banquets où Toshio continuait à me convier.

Je fis mon entrée dans l'ozashiki en marchant sur des œufs. Mais Toshio se montra charmant. Il promit de ne plus me toucher. Je repris l'habitude d'accepter ses invitations, mais au compte-gouttes : une sur cinq.

Un soir, il m'interpella en riant :

– Je sais que je n'ai pas le droit de te toucher, mais pourrais-tu poser un doigt, un seul doigt sur mon genou ? En récompense de tout ce shamisen que je joue pour toi ?

Comme si j'avais affaire à un pestiféré, j'approchai le bout d'un doigt hésitant de son genou. Au bout de trois mois, il demanda :

– Et si tu posais trois doigts sur mon genou ?

Puis cinq, puis toute la paume. Et au bout du compte, un beau soir, son ton devint plus grave.

– Mineko, je crois que je suis en train de tomber amoureux de toi.

Trop inexpérimentée pour saisir la différence entre un simple flirt et une vraie déclaration d'amour, je pensai qu'il plaisantait.

– Je vous en prie, Toshio-san, comment serait-ce possible ? N'êtes-vous pas marié ? Je ne suis pas intéressée par les hommes mariés. Car, si vous êtes marié, c'est que vous êtes déjà amoureux !

– Ce n'est pas forcément vrai, Mineko. Amour et mariage ne font pas forcément bon ménage.

– Je suis mal placée pour savoir ces choses-là. Mais vous ne devriez pas dire des énormités pareilles, même pour rire. Votre femme en serait attristée. Vous ne voudriez pas lui faire de la peine. Et pensez aussi à vos enfants. Vous avez le devoir de les rendre heureux.

Mon père avait été le seul homme qui eût compté dans ma jeune vie. De lui je tenais toutes mes notions sur l'amour et les responsabilités qui s'y rattachent.

– Mineko, ça a été plus fort que moi. C'est arrivé comme ça.

– Eh bien, comme on n'y peut rien, ni vous ni moi, il ne nous reste plus qu'à oublier toute cette histoire.

– Comment dois-je m'y prendre ?

– Je n'en sais rien. Ce n'est pas mon problème. Mais je suis convaincue que vous trouverez. De toutes les manières, vous ne correspondez pas à l'idée que je me fais de l'homme de ma vie. Je rêve d'une grande passion qui m'emportera dans son tourbillon et m'aidera à devenir une grande danseuse.

– Et cet homme, tu le vois comment ?

– Je ne sais pas trop, puisque je ne l'ai pas encore trouvé. Mais il ne sera pas marié. Il sera versé dans les arts et je pourrai lui parler de mon métier. Il n'essayera jamais de m'empêcher de danser. Et il sera très intelligent, pour la bonne raison que j'ai plein de questions à lui poser…

Je poursuivis la liste des qualités requises du fiancé idéal. En réalité, j'avais en tête deux personnes : mon père et le professeur Tanigawa.

La mine de Toshio s'était allongée.

— Et moi ?

— Quoi, vous ?

— J'ai une chance ?

— On ne dirait pas.

— Ainsi, tu es en train de me dire que tu ne m'aimes pas beaucoup ?

— Mais si, je vous aime bien. Je parle d'autre chose. Je parle d'amour.

— Et si je divorçais ?

— Ce n'est pas une solution. Je ne veux de mal à personne.

— Ma femme et moi ne sommes pas épris l'un de l'autre.

— Alors, pourquoi vous êtes-vous mariés ?

— Elle aimait quelqu'un d'autre. Je m'étais mis moi-même au défi de l'enlever à un rival.

Je sentis une sourde irritation grandir en moi.

— Je n'ai jamais rien entendu d'aussi stupide, dis-je.

— Je sais. C'est pourquoi je veux divorcer.

— Et vos enfants ? Je ne pourrais jamais aimer un homme qui traite mal ses enfants.

Toshio avait le double de mon âge. Mais, plus je discutais avec lui, plus il me semblait que, de nous deux, c'était moi l'aînée.

— Je pense que nous devrions parler d'autre chose. Nous tournons en rond.

– Je suis désolé, Mineko, mais je ne vais pas abandonner aussi facilement.

Je pris la résolution de lui lancer un défi de mon propre cru et de ne pas lui céder d'un pouce quoi qu'il arrive, de sorte qu'il finirait bien un jour ou l'autre par s'intéresser à une autre que moi.

– Si vous m'aimez, vous devez m'en apporter la preuve. Vous rappelez-vous la poétesse Onono Komachi ? Elle a obligé le général Fukakusa à lui rendre visite chaque soir pendant cent jours avant de lui accorder sa main. Bien, je veux que vous veniez à Gion-Kobu chaque soir pendant trois ans. Chaque soir. Sans exception. La plupart du temps, je ne pourrai pas participer à votre ozashiki, mais je prendrai soin de vérifier que vous, en revanche, vous serez bien là. Si vous réussissez cette épreuve, nous reparlerons.

J'étais à cent lieues de me douter qu'il allait relever le gant et se plier à mes désirs absurdes. Pourtant, c'est ce qu'il fit. Il fut présent à Gion-Kobu chaque soir pendant trois ans, même la nuit du Nouvel An. Et, chaque jour, il réclamait ma présence au banquet qu'il présidait. Je n'acceptais de le divertir qu'une ou deux fois par semaine. Au cours de ces longs mois, nous nous sommes côtoyés en bonne entente. Je dansais, il jouait du shamisen, nous discutions musique et art en général.

Toshio était bourré de talents. Il avait grandi parmi des artistes et maîtrisait des connaissances que, pour ma part, je m'efforçais d'acquérir. En fait, il devint en quelque sorte un professeur, attentif et drôle, et, de plus, maintenant qu'il me prenait au sérieux, un parfait gentleman. En sa présence, je me sentais désormais totalement à l'aise. Il devint un de mes clients préférés.

À la vérité, je tombais peu à peu, inexorablement, sous son charme. Si bien que je finis par m'avouer à moi-même que j'éprouvais pour lui quelque chose que je n'avais jamais ressenti. Une étrange attirance. Était-ce de l'amour ? Je n'aurais su l'affirmer. Toujours est-il que je pensais tout le temps à lui. En sa présence, je me surprenais à de curieux accès de timidité. J'aurais voulu lui confier mon trouble, mais quels mots employer ? Je crois que la trappe qui scellait mon cœur commençait à se soulever.

Mais, pour en revenir à l'époque de mon opération, il me fallut dix jours pour me remettre à danser. Je ne pouvais toujours pas parler. Comment diable allais-je pouvoir soutenir la conversation de mes clients ?

Je préparai une pile de petits cartons avec des phrases toutes faites : « Quel plaisir de vous voir » ; « Cela fait si longtemps » ; « Je vais très bien, merci » ; « Ce serait une joie pour moi de danser pour vous » ; « Tout est parfait, sauf ma voix ». Ces petits papiers furent ma bouée de sauvetage pendant les dix jours supplémentaires qu'il me fallut pour récupérer l'usage de mes cordes vocales. En plus, ce procédé était follement amusant. Ces messages pimentèrent – appuyés par mes mimiques – les ozashiki et furent très appréciés des convives.

La conséquence la plus dramatique de cette maladie, ce fut mon amaigrissement. Je ne pesais plus qu'une quarantaine de kilos. Moins du double du poids de mon kimono de maiko. Quel effort pour une danseuse de se déplacer avec un pareil fardeau! Mais j'étais si contente d'être de nouveau au travail que je refusais de me décourager.

Cette période de ma vie n'en fut pas moins riche en prestations de toutes sortes. Je me produisis à de nombreuses reprises sur la scène du palais de l'Exposition à Osaka. Je jouai dans un film du réalisateur Kon Ichikawa, écrit par Zenzo Matsuyama, un de mes premiers clients. Ce film fut montré à Kyoto au Monopoly, mais j'étais alors si débordée que je n'eus même pas le temps d'aller le voir.

29

Au début des années soixante-dix, le Japon émergea sur la scène mondiale comme une des plus grandes puissances économiques, Cette évolution eut des effets notables sur la nature de mon travail. En qualité de représentante de la culture traditionnelle de mon pays, j'eus ainsi la chance de rencontrer des sommités originaires des quatre coins de la planète. Je me souviens en particulier d'une expérience qui produisit comme un électrochoc sur ma mentalité d'insulaire.

J'avais été conviée à un ozashiki au restaurant Kyoyamato. Les clients étaient l'ambassadeur du Japon en Arabie saoudite et son épouse ; les invités d'honneur le ministre du Pétrole saoudien et son épouse numéro quatre, cette dernière arborant un diamant gigantesque, le plus gros que j'aie jamais vu. Trente carats, m'informa-t-elle. Nous avions tous les yeux fixés dessus, hypnotisés par sa taille. La femme de notre ambassadeur, qui portait un modeste solitaire au doigt, fit tourner sa bague de manière à cacher la pierre dans sa main, comme si elle avait honte de sa petitesse. Décontenancée par ce geste, je m'adressai à elle en ces termes :

— Madame, votre hospitalité, aussi généreuse soit-elle, est toutefois marquée par l'esthétique sobre de la cérémonie du thé. Je vous en prie, ne dissimulez pas la beauté de votre diamant à notre vue. Le seul avantage qu'ils ont sur nous, c'est leur pétrole. Pour ce que nous en savons, la pierre de Mme Yamani pourrait aussi bien être un morceau de verre. En tout cas, elle n'a pas l'éclat de la vôtre.

Je m'étais exprimée en japonais, pensant que les invités ne comprenaient pas notre langue. Quelle fut donc ma surprise lorsque le ministre saoudien s'exclama en riant :

— Que vous êtes savante ! On ne peut pas vous jeter de la poudre aux yeux !

Je me mordis les lèvres, mais en mon for intérieur j'étais admirative. Sa repartie prouvait non seulement qu'il saisissait le sens de ce que je venais de dire dans une langue que nous autres Japonais considérons comme incompréhensible par des étrangers, mais aussi qu'il avait assez d'esprit pour répondre du tac au tac, et avec bonne humeur. Quelle vivacité ! Quelle intelligence ! J'eus la sensation de croiser le fer avec un maître.

Cela dit, je ne sus jamais si l'énorme diamant était un vrai ou un faux.

L'Exposition universelle se termina le 30 septembre 1970. J'étais à présent libre d'entamer la prochaine étape de ma formation et de tourner mon col : je pouvais devenir geiko.

Je m'enquis auprès de maman Masako :

— On dit que les préparatifs de l'erikae sont extrêmement coûteux, avec tous les kimonos qu'il faut acheter, et tous ces accessoires. Que puis-je faire pour t'aider ?

— Toi ? Mais rien. La maison peut assumer les frais de cette cérémonie. Laisse-moi faire, ne t'en occupe pas.

— Tous mes clients me demandent ce qu'ils doivent me donner pour mon erikae. Je leur réponds à tout hasard une somme plutôt rondelette (l'équivalent de 3 000 euros). Je me suis trompée ? Je suis désolée.

— Non, Mineko, tu n'as rien fait de mal. Tes clients réguliers trouvent naturel d'apporter leur contribution. C'est la tradition, ça leur fait chaud au cœur. En plus, ils peuvent s'en vanter auprès de leurs amis. Ne t'inquiète donc pas. Comme disait tata Oïma : « Trop d'argent ne nuit jamais. » Quoique, je dois avouer, tu n'y aies pas été de main morte.

Je ne savais pas comment j'avais établi ce chiffre. Il m'était comme tombé des lèvres.

— Je les laisse réfléchir tout seuls, on verra bien ce qui arrivera.

Par la suite, maman Masako m'apprit que mes clients avaient un peu participé aux frais de la cérémonie. Mais elle ne me donna jamais de détails.

Le 1er octobre, je changeai une nouvelle fois de coiffure. Je portai quelque temps celle qu'on appelle sakko. La maiko exprime ainsi au cours des derniers mois son désir de devenir geiko. Puis, à minuit le

1er novembre, maman Masako et Kuniko coupèrent le haut de mes cheveux ramenés sur le sommet de ma tête. Ma carrière de maiko était terminée.

Pour la plupart des jeunes filles, ce moment est poignant. Par ma part, je ne ressentis pas la moindre nostalgie. J'achevais mon cycle de maiko dans les mêmes dispositions ambivalentes que je l'avais amorcé, mais pour des raisons différentes. Ce que je désirais toujours par-dessus tout, c'était de rester danseuse. D'un autre côté, j'étais dérangée par les aspects rétrogrades du système qui régissait l'existence des geiko. Depuis mon adolescence, avec mon franc-parler, j'avais déposé plusieurs plaintes au Kabukai. Jusqu'ici personne n'avait tenu compte de mes critiques. Je me berçais donc du vague espoir qu'ils allaient plus facilement écouter une adulte.

Je pris une journée de congé pour préparer mon erikae. Il faisait froid. Maman Masako et moi nous tenions assises près du brasero pour effectuer les ultimes retouches avant le dernier essayage.

— Maman ?
— Oui ?
— Ça ne fait rien.
— De quoi veux-tu me parler ?
— Je pensais juste…
— À quoi, voyons ? Ne me laisse pas languir, c'est énervant.

Je ne cherchais pas à la taquiner. Seulement les mots ne me venaient pas.

– Je ne suis pas sûre que c'est à toi que ça s'adresse.

– Je suis ta mère.

– Le problème, c'est qu'il s'agit de tout autre chose que de travail. Je ne sais pas si je peux aborder ce sujet avec toi.

– Mineko, n'oublie pas que mon nom est Fumichiyo Iwasaki. Tu peux me poser toutes les questions que tu veux.

– Sauf que tous les hommes que tu ramènes ici m'ont l'air de vieux rabougris. Et chaque fois qu'ils te laissent tomber, tu t'accroches au réverbère devant l'épicerie et tu pleures toutes les larmes de ton corps. C'est très gênant, tu sais. Tout le monde te voit et se dit : «Pauvre Fumichiyo, la voilà qui s'est encore fait quitter.»

Je me contentais d'énoncer la vérité. Maman Masako, à l'âge de quarante-sept ans, n'avait pas encore trouvé l'homme de sa vie. Et chaque fois qu'elle avait un coup de foudre, c'était la même comédie. Elle s'éprenait, filait le parfait amour, puis ça s'envenimait – il faut avouer qu'elle n'était pas du genre accommodant – et en fin de compte le type partait et elle s'accrochait au réverbère en sanglotant pendant des heures (j'avais des témoins).

– Ce n'est pas très charitable de ta part de remuer le couteau dans la plaie. Mais ce n'est pas de moi qu'il s'agit. Que se passe-t-il ?

– Je me demandais seulement comment on se sent quand on est amoureuse.

Elle laissa ses mains en suspens au-dessus de son ouvrage et se redressa légèrement.

— Pourquoi, Mineko ? Tu as trouvé quelqu'un ?

— Peut-être.

— Vraiment ? Qui est-ce ?

— Je ne peux pas te le dire. Ça me fait trop mal.

— Ça ne te fera plus mal une fois que tu auras vidé ton sac.

— Ça me fait mal rien que d'évoquer son visage.

— Tu m'as l'air drôlement piquée. Je veux dire : ça a l'air sérieux.

— Tu crois ?

— J'aimerais bien le rencontrer. Tu pourrais nous présenter ?

— Pas question. D'abord, tu n'as aucun goût en hommes. Et ensuite, tu chercherais peut-être à me le faucher.

— Mineko, je ne suis pas Yaeko ! Je te promets de ne jamais essayer de séduire un de tes prétendants.

— Tu te fais toujours si belle quand tu as un rendez-vous ! Si je te le présente, tu peux me promettre de t'habiller comme tous les jours ?

— Oui, bien sûr. Si cela peut te rassurer. J'irai comme je suis.

— Dans ce cas, je vais réfléchir.

Mon erikae eut lieu le 2 novembre 1970, le jour de mon vingt et unième anniversaire.

Mon premier kimono de geiko était en soie noire, à blason, et orné d'un motif à points noués de coquillages et d'une obi en soie blanche damassée avec des dessins géométriques rouge, bleu et or.

Deux autres kimonos étaient à ma disposition pour

la période initiale. Le premier en soie jaune, brodé de phénix en vrais fils d'or, avec une obi de brocart vermillon foncé à motifs de pivoines. Le second en soie vert mousse brodé de pins et de chars impériaux, ces derniers en or. L'obi qui rehaussait ce dernier était de brocart noir à motif de chrysanthèmes.

Les cols cousus à mon nagajuban étaient désormais blancs, signifiant que j'avais tourné le dos à l'enfant en moi, à l'enfant qu'avait été la maiko. J'étais une adulte. Il était temps de me prendre en charge.

Ce fut vers cette époque que le professeur Tanigawa me proposa un projet très alléchant. Le président d'un groupe éditorial, Heibon Publishing, souhaitait consacrer un numéro entier de son magazine *Le Soleil* à l'histoire et aux traditions de Gion-Kobu. Le professeur Tanigawa m'avait recommandée pour ce travail. J'acceptai avec enthousiasme.

Nous étions plusieurs à travailler sur ce numéro et bientôt je me sentis une âme de journaliste. Chaque mois, nous nous réunissions pour répartir les tâches. Il nous fallut toute une année pour aboutir. Le numéro spécial parut en mai 1972. Il fut aussitôt épuisé. Depuis, on en a sorti de nombreuses rééditions.

Cette expérience fut pour moi une source de joies intenses et de profonde satisfaction. Elle me permit d'entrevoir une autre vie possible à l'extérieur de Gion-Kobu. N'empêche que, en attendant, mon emploi du temps de geiko était aussi chargé que celui de la maiko que j'avais été.

Un soir, l'ochaya Tomiyo me convoqua à un oza-shiki commandité par un gros bonnet de la mode japonaise en l'honneur du grand styliste italien Aldo Gucci.

Pour cette occasion exceptionnelle, je mis un soin particulier à mon habillement. Je revêtis un kimono en crêpe de soie noire, ourlé d'une exquise envolée de grues, et une obi couleur rouille, de cette nuance particulière que produit le reflet du couchant sur les eaux des salines, teinte d'un motif d'érables.

M. Gucci, par inadvertance, renversa de la sauce de soja sur mon kimono. Comme je devinais son désarroi, pour le réconforter je me tournai vers lui et, comme si c'était la chose la plus naturelle du monde, lui demandai :

— Monsieur Gucci, c'est un honneur de vous rencontrer. Puis-je vous prier de me signer un autographe ?

Il sortit immédiatement son stylo.

— Pourriez-vous signer mon kimono, là, sur l'ourlet de ma manche ?

M. Gucci inscrivit de larges traits d'encre noir sur le motif plus clair de l'ourlet. Un peu moins ou un peu plus, de toute façon, mon kimono était fichu. Seul importait qu'il ne se sente pas diminué par l'incident et prenne plaisir à notre dialogue.

J'ai toujours ce kimono. J'aurais voulu le lui offrir mais, hélas, je ne l'ai jamais revu.

Le kimono d'une geiko est une œuvre d'art unique en son genre. Jamais je n'aurais revêtu une tenue qui ne fût pas parfaite à tous points de vue. Un bon nombre de ces kimonos portent même des noms, un peu comme des tableaux. Cela permet aussi de les graver dans la mémoire.

À l'époque où je travaillais beaucoup, je commandais un nouveau kimono par semaine. Je le portais rarement plus de quatre ou cinq fois. J'avoue que je n'ai aucune idée du nombre de kimonos qui ont défilé dans ma garde-robe au cours de ma carrière, mais ce chiffre doit bien dépasser les trois cents. Chacun coûtant l'équivalent de 5 000 à 7 000 euros, sans parler de ceux, fabuleusement chers, confectionnés pour les grandes occasions.

Le kimono étant une de mes passions, je prenais une part active à sa conception ; j'en inventais les motifs. C'était toujours avec un vif plaisir que je retrouvais M. Iida chez Takashimaya, ou M. Saito chez Gofukya, ou le personnel d'Eriman et Ichizo, pour discuter de mes idées à propos des nouveautés que je voulais introduire dans le dessin ou le coloris.

Une fois que je me produisais dans une nouvelle parure, celle-ci était aussitôt imitée par les autres geiko, si bien que je finissais par donner mes kimonos usagés à celles de mes consœurs qui me le demandaient. Depuis que nous sommes petites filles, nous sommes entraînées à mémoriser les kimonos comme d'autres des œuvres d'art. Ainsi, nous savions toujours si l'une d'entre nous portait un vêtement ayant appartenu à une autre. Cela constituait un signe de la place occupée au sein de la hiérarchie.

Par ailleurs, même si cette consommation à outrance de costumes et d'accessoires semble a priori extravagante, il faut savoir qu'elle fait tourner l'industrie principale de Kyoto. Certes, vu ma position, j'étais meilleure cliente que les autres, mais toutes les maiko et geiko n'en avaient pas moins besoin de renouveler constamment leur garde-robe. On peut imaginer le nombre de kimonos sortant par an des fabriques pour approvisionner quatre karyukai. Le kimono faisait vivre des milliers d'artisans, depuis les teinturiers les plus spécialisés jusqu'à ceux qui confectionnaient les épingles à cheveux.

Dans ma vie quotidienne, la beauté et l'originalité du kimono que je portais lorsque je me produisais rehaussaient la qualité de mon art. L'usage que j'en faisais relevait de la conscience professionnelle. Il ne sert à rien de maîtriser la danse, le chant ou la musique si, pour se présenter devant un public, on n'est pas vêtu de façon correcte.

Je ne songeais même pas au coût que représentait cet usage effréné du kimono. En fait, je n'avais sur l'argent que des notions très vagues. Je ne m'occupais pas des aspects utilitaires de la vie. Je récoltais sans me poser de question les enveloppes de mes pourboires, remplies de billets de banque. Parfois, j'en tirais une de ma manche pour l'offrir moi-même à une bonne ou à l'homme chargé de ranger les chaussures dans l'antichambre de l'ochaya.

Lorsque j'enlevais mon kimono avant de me coucher, ces petites enveloppes blanches pleuvaient par terre autour de moi. Je ne les ouvrais jamais pour voir ce qu'elles contenaient, me contentant de les remettre par gratitude au personnel de l'okiya : sans lui, « Mineko Iwasaki » n'aurait pu renaître chaque soir comme par miracle.

J'entendais souvent les gens entre eux évoquer,

comme s'il s'agissait d'un étalon de la valeur des choses, la somme de « 100 000 yen », ce qui correspond à environ 1 000 euros. Comme je n'étais quand même pas complètement bornée, un jour, je demandai à maman Masako à quoi ressemblaient ces fameux « 100 000 yen ». Elle sortit une liasse de billets de dessous son obi qu'elle déplia sous mes yeux. Il y avait là dix billets de 100 000 yen.

— Ce n'est pas grand-chose, soupirai-je. Il va falloir que je travaille plus dur.

30

Quelques mois après mes débuts de geiko, je décidai que j'étais assez grande pour quitter le nid et voler de mes propres ailes. Comme je m'ouvrais à maman Masako de mon désir d'indépendance, elle prit un air dubitatif mais répondit :

— C'est une idée à creuser. Tu peux essayer, bien sûr, mais je crois que tu n'as pas encore assez d'expérience pour te débrouiller toute seule.

En février 1971, à l'âge de vingt et un ans, je louai un vaste appartement sur l'avenue Kitashirawa. Le loyer se montait à 1 100 euros par mois, somme exorbitante pour l'époque. J'engageai un décorateur.

Dès que je fus installée, une de mes amies vint me rendre visite.

— Mineko, c'est magnifique. Mes félicitations.

— Merci, Mari. Puis-je t'offrir une tasse de thé ?

Je me dirigeai vers la cuisine d'un pas allègre : j'étais enfin une grande personne. Je remplis la bouilloire d'eau et la posai sur la cuisinière. Rien ne se passa. Le feu restait éteint. Je ne savais pas quoi faire. Je n'avais jamais touché de ma vie à un appareil ménager.

— Qu'est-ce qui prend tant de temps ? s'enquit Mari en passant la tête par l'entrebâillement de la porte.

— Désolée, le gaz ne s'allume pas. Il ne sort même pas.

— C'est parce que tu n'as pas tourné ce bouton…

Je la regardai faire, bouche bée. À croire que je venais d'assister à un tour de magie !

Cette histoire est restée une des préférées de Mari, qui la raconte encore aujourd'hui, à la joie de tous.

Un jour, je me dis que l'appartement avait besoin d'un bon ménage et, pleine de bonnes intentions, je sortis l'aspirateur de son placard. Je le poussai un peu. Il ne broncha pas. Un peu plus fort. Il refusait de démarrer. J'en conclus qu'il était cassé et téléphonai à l'okiya. Notre homme à tout faire vint prestement à ma rescousse. Il se pencha sur l'appareil et se redressa aussitôt en se tournant vers moi :

— Mine-chan, il faut brancher un aspirateur si tu veux qu'il marche. Tu dois le brancher là, tu vois, sur la prise qui est dans le mur…

— Il n'est pas cassé, alors ? m'étonnai-je, quand même un peu gênée.

Un peu plus tard, je tentai de me préparer un repas. D'abord du riz. J'avais préalablement fait un saut au magasin de riz pour passer commande. Mais, quand je soulevai le couvercle de la belle boîte à riz sur le comptoir de la cuisine, je la trouvai vide ! Je téléphonai à l'okiya.

— Ils ne m'ont pas livré chez Tomiya. Auriez-vous oublié de payer la facture ?

Maman Masako appela le magasin, dont le propriétaire, que je connaissais depuis ma plus tendre enfance, arriva chez moi en courant.

— Vraiment, me plaignis-je en lui ouvrant la porte, tu n'as pas le droit de me taquiner comme ça. J'avais besoin de ce riz.

— Mais on te l'a livré, il est ici, dans le couloir. Dans ce sac. Le sac où il y a écrit dessus : « riz » !

— Mais pourquoi n'y a-t-il rien dans la boîte ? Elle est vide !

— Mine-chan, mon devoir est de livrer ton riz à ta porte. C'est toi qui es censée remplir toi-même ta boîte.

Avant d'emménager, je me rendis dans un grand magasin et commandai tout ce dont j'avais besoin sur le compte client de l'okiya : meubles, literie, ustensiles de cuisine, vaisselle. Je ne regardai pas à la dépense, ne jetai même pas un coup d'œil aux étiquettes pour vérifier le prix de ce que j'achetais. Lorsque maman Masako reçut la facture, elle blêmit, mais n'en débboursa pas moins ce qu'il fallait.

À cette époque où les cartes de crédit n'existaient pas, nous réglions nos petits achats en liquide. Je devais donc payer moi-même quand je faisais mes courses de nourriture. Maman Masako me donna donc la somme qu'elle jugeait appropriée.

— Tu auras besoin d'argent pour tes repas, me dit-elle en me tendant l'équivalent de 5 000 euros.

Je glissai les billets dans mon porte-monnaie et partis faire mes emplettes. Je n'avais aucune idée du prix des choses, mais j'étais sûre d'avoir assez.

J'entrai d'abord dans un magasin de primeurs.

J'achetai des pommes de terre, des carottes et ces gros radis blancs que nous appelons daikon. Au moment de passer à la caisse, je tirai de ma liasse un billet de 10 000 yen (environ 100 euros). Mon cœur battait à se rompre. C'était la première fois que je réglais moi-même dans une boutique.

Après avoir tendu mon billet, je ramassai mes achats et m'apprêtai à sortir la tête haute. Mais voilà que le type se mit à courir après moi en criant. J'avais envie de rentrer sous terre. J'avais dû faire quelque chose de mal. Je m'empressai de m'excuser :

– Je suis désolée, je n'ai pas l'habitude. J'ai commis une erreur. Je vous en prie, pardonnez-moi.

Le pauvre, il a dû penser qu'il avait affaire à une folle.

– De quoi est-ce que vous parlez, mademoiselle ? Vous avez oublié votre monnaie.

– Ma monnaie ? Quelle monnaie ?

– Je suis navré, mademoiselle, prenez-la, je vous en prie. Je suis très occupé. Je n'ai pas le temps de jouer !

C'est ainsi que j'appris la signification du mot « monnaie ». J'étais enfin une vraie ménagère !

De retour chez moi, sur ma lancée, je décidai de me risquer à la cuisine. Mon premier plat cuisiné fut un niku-jaga, un mijoté de pommes de terre à la viande. J'en préparai assez pour dix personnes. Quand je jugeai que c'était cuit, j'emballai la cocotte dans un torchon et appelai un taxi pour la transporter à l'okiya.

– J'en ai fait assez pour tout le monde ! claironnaije, fière comme Artaban. Venez goûter comme c'est bon.

La famille au complet s'assit autour de la table avec des mines réservées. Chacune prit une bouchée puis échangea des regards lourds de sous-entendus avec les autres. Personne ne prononçait un mot. Tout le monde mastiquait.

Finalement, ce fut Kuniko qui émit la première :

— Pas mal pour un coup d'essai.

Maman Masako et Aba gardaient les yeux baissés sur leurs assiettes. Elles n'avaient encore rien dit. J'insistai donc.

— «Régalez-vous et soyez reconnaissants pour la nourriture qui vous est octroyée.» N'est-ce pas ce que nous enseigne le Bouddha ?

— C'est vrai, opina maman Masako. Mais tout a des limites.

— Ce qui signifie… ?

— Mineko, as-tu pris la peine de goûter ce que tu viens de nous servir ?

— Inutile. Ça sentait trop bon.

— Tiens, prends-en une bouchée.

Je n'avais jamais mangé quelque chose d'aussi bizarre. J'étais sidérée à la pensée que je venais d'inventer cette étrange saveur.

Je me retins tout juste de recracher ce que j'avais dans la bouche. Si les autres avaient réussi à avaler cette mixture, il n'y avait pas de raison que je n'y arrive pas, moi aussi. Je me rappelai alors la maxime de mon père : «Même affamé, un samouraï doit feindre d'être rassasié.» Quoique, dans mon cas, il eût été plus approprié de dire : « Même rassasiée, une geiko doit feindre d'être affamée. »

Je me levai brusquement en déclarant :

– J'ai beaucoup de travail.

– Que fait-on des restes ? interrogea Kuniko dans mon dos alors que je prenais la porte.

– Mets-les à la poubelle, répondis-je en m'éclipsant, ou plutôt en m'échappant.

Mes velléités d'indépendance semblaient de plus en plus incertaines.

Je retournais chaque jour à l'okiya pour mon habillage. Maman Masako continuait à me demander quand elle allait pouvoir rencontrer mon amoureux. Je ne voyais encore Toshio que lors de ses banquets, mais notre contrat de trois ans touchait bientôt à son terme, au mois de mai. Aussi jugeai-je plus prudent de prendre son avis. J'arrangeai donc une rencontre en lui faisant promettre cent fois qu'elle s'y rendrait dans ses vêtements habituels.

Le jour dit, elle se présenta dans un superbe kimono noir. On aurait cru qu'elle se rendait à un mariage.

– Maman ! m'écriai-je. Tu es sur ton trente et un ! Tu avais juré pourtant ! Je t'en supplie, va passer quelque chose de plus décontracté.

– Mais pourquoi ? Tu ne veux pas que je sois belle pour ton ami ?

– Je t'en supplie, change-toi.

– Qu'est-ce que tu veux que je mette ?

– Un vieux kimono, je ne sais pas, n'importe quoi.

— Je ne te comprends pas, Mineko. En général, les filles tiennent à ce que leur mère soit jolie.

— Eh bien, moi, non, surtout si tu as l'air plus jolie que moi.

Nous avons retrouvé Toshio à l'ochaya dont il était un des plus fidèles habitués.

La rencontre se passa très mal. J'avais les nerfs à fleur de peau. L'idée que Toshio puisse être plus qu'un client pour moi me désarçonnait. Je ne savais ni quoi dire, ni quoi faire. Je rougissais pour un rien. Mon esprit était vide. J'étais au supplice.

Je parvins à peine à servir le saké tant j'avais les mains qui tremblaient. Où était passé mon sang-froid professionnel ? Une fois de retour à l'okiya, maman Masako me gronda doucement :

— Mine-chan, je ne t'ai jamais vue aussi coincée. C'était à mourir de rire. Notre princesse de marbre piquant un fard ! Je t'ai vue, tu avais la tremblote, j'ai cru que tu allais renverser tout le saké sur le tatami. Ah, que j'ai ri ! J'ai enfin découvert ton point faible.

Je le savais dès le départ : je n'aurais jamais dû les présenter.

31

Le 23 mai 1971, trois ans jour pour jour après qu'il eut relevé mon défi, je reçus un message de Toshio par l'intermédiaire de l'okasan de son ochaya, me priant de le retrouver à l'auberge Ishibeikoji. Il précisait que ce n'était pas la peine de venir en tenue. Ce qui signifiait qu'il s'agissait d'un rendez-vous privé, et non d'un ozashiki. En outre, il avait fixé l'heure à midi.

Je portais un kimono en soie noire avec un motif de roses rouges et une obi rouge et blanc brodée de feuilles d'érable noires.

Je trouvai Toshio en train de jouer au mah-jong avec un groupe d'amis. Le jeu se termina rapidement. Les autres se levèrent pour prendre congé.

Depuis le soir mémorable du baiser volé, je ne m'étais jamais plus retrouvée seule avec lui dans une pièce. Il n'y alla pas par quatre chemins.

– Voici trois ans que je viens te voir chaque soir, à ta demande. Le moment est venu de mettre les choses au point entre nous. Ai-je une chance ? À quoi penses-tu ?

Tout entière à mes sensations et à l'instant présent, j'étais incapable de réfléchir. Je savais qu'il avait une femme et des enfants, mais curieusement cela m'était égal. C'était plus fort que moi. Je répondis franchement :

— Je ne suis pas sûre. Cela ne m'est encore jamais arrivé. Mais je crois que je suis amoureuse de vous.

— Dans ce cas, il va falloir prendre des mesures pour que nous soyons ensemble.

J'opinai en baissant les paupières. Il se leva pour aller voir l'okasan. À mon avis, ses révélations ne la surprirent en rien.

— Toshio-san, lui dit-elle, vous êtes notre client le plus précieux. Et vous me paraissez tenir l'un à l'autre. Pour ces deux raisons, j'accepte de me mêler de votre affaire. Cependant, je ne saurais trop vous conseiller de suivre la procédure convenable. Si vous voulez passer du temps en compagnie de Mineko, vous devez d'abord recevoir l'assentiment de sa famille.

Je connaissais la règle, naturellement. Le monde des fleurs et des saules est régi par des lois particulières, souvent liées à nos rituels. Les rapports sexuels en dehors du mariage, par exemple, sont autorisés, mais seulement si certaines conditions sont remplies.

Tout lien durable au Japon, surtout celui qui attache le mari à l'épouse, ou celui qui associe un professeur à un élève, est toujours arrangé par un tiers qui continue ensuite longtemps à jouer les messagers entre ceux-là qu'il a contribué à unir. C'est ainsi que mère Sakaguchi s'était entremise lors de mon apprentissage auprès de l'iemoto et qu'elle était intervenue par la suite chaque fois qu'un problème s'était posé. L'okasan s'engageait par conséquent sérieusement en déclarant qu'elle était disposée à se « mêler » de notre affaire. Elle nous signifiait par là qu'elle acceptait de devenir notre messagère. Sur ses conseils, nous avons immédiatement filé à l'okiya consulter maman Masako.

— Les gens qui s'aiment doivent pouvoir se retrouver seuls en tête à tête, décréta cette incorrigible romantique.

Toshio promit à maman Masako qu'il allait demander le divorce.

Maman Masako nous donna sa bénédiction.

Prétextant une indisposition, j'annulai tous les rendez-vous de la journée et retournai à l'auberge avec Toshio. Une fois dans sa chambre, seuls, dans un grand silence, nous échangeâmes quelques bribes de conversation, par habitude, sur des sujets d'ordre artistique. L'après-midi s'écoula ainsi.

Une servante nous monta notre dîner dans la chambre. J'étais tellement émue que j'y touchai à peine. Après quoi, la servante revint nous annoncer que le bain était prêt. Comme j'en avais déjà pris deux dans la journée, un le matin au réveil, l'autre avant de retrouver Toshio, je lui dis que ce ne serait pas utile.

Je n'avais pas envisagé de passer la nuit avec lui. Aussi quelle ne fut pas ma stupeur lorsque la même servante vint étaler deux futons sur les tatamis, côte à côte… Ne sachant comment réagir, je continuai à bavarder comme si de rien n'était de choses et d'autres, de musique, de danse, de théâtre. À minuit je babillais encore.

Toshio me dit finalement :

— Mineko, tu n'as pas sommeil ?

— Merci, répliquai-je avec une assurance que j'étais loin de ressentir, mais je ne dors pas beaucoup. Je vous en prie, allongez-vous.

J'avais en réalité du mal à garder les yeux ouverts. Si seulement, me disais-je, Toshio pouvait s'endormir… Il s'allongea en effet sur un des futons et, sans se mettre sous le duvet, continua à discuter. Je ne bougeai pas d'un pouce, assise à la table. C'est dans ces postures respectives que les premières lueurs de l'aube nous trouvèrent.

Comme j'avais de plus en plus tendance à piquer du nez, je me résignai à m'étendre un petit moment sur le deuxième futon tout en me promettant de ne pas céder au sommeil. Jugeant impoli de lui tourner le dos, je me recroquevillai sur moi-même face à Toshio. Il me demanda de me rapprocher.

Ce fut lui qui fit le premier pas. Il me prit dans ses bras dans une étreinte d'une infinie tendresse. Toute tremblante, je me raidis contre lui et luttai contre les larmes qui mouillaient mes yeux. C'est à peine si nous avions changé de position quand les rayons du soleil posèrent leur caresse chaude sur nous.

— C'est l'heure d'aller à mon cours de danse, déclarai-je en me levant, mettant du même coup un point final à notre nuit d'amour.

Maintenant que j'étais une geiko à part entière, je

290

m'accordais pour la première fois des congés, une semaine en février après Setsubun, la danse d'exorcisme du démon qui a lieu la veille du premier jour de printemps, et une autre en été que je comptais prendre après Gion Matsuri, qui est à Kyoto la fête la plus importante de l'année. Toshio devant se rendre au Brésil pour des raisons professionnelles, nous décidâmes d'en profiter pour nous retrouver à New York à l'issue de son séjour en Amérique du Sud.

Toshio fit escale à JFK et je pris un vol de la Pan Am pour le rejoindre à l'aéroport. Il fut obligé de m'attendre pendant six heures. Toshio n'avait pas l'habitude de patienter de la sorte. Je pensais le trouver envolé. Mais non, il était là. Je ne me tenais pas de joie de le voir lorsque je débarquai de l'avion.

À la réception du Waldorf-Astoria, alors qu'on nous remettait la clé de notre chambre à la réception, Elizabeth Taylor nous aborda et papota un moment avec nous. Nous avions tellement hâte de nous retrouver seuls que nous profitâmes de la première pause dans la conversation pour nous excuser et filer vers l'ascenseur.

Le groom n'avait pas plus tôt fermé la porte de notre chambre que je me tournai vers Toshio. Consternée, je le vis fondre en larmes – c'était la première fois de ma vie que je voyais un homme pleurer.

– Que se passe-t-il ?

– J'ai tout essayé, ma femme refuse de m'accorder le divorce. Je ne sais plus que faire.

Toshio paraissait au bord du désespoir. Il me parla pendant des heures, de sa femme, de ses enfants, de son angoisse. J'étais tellement préoccupée par son malheur que je ne songeais même pas à moi-même. Sa souffrance m'insupportait à tel point que j'eus un geste que je n'avais jamais osé esquisser : je le pris dans mes bras et le serrai contre mon cœur. Cette tendresse, me dis-je, c'est cela l'amour. Le véritable, le grand amour.

Je posai deux conditions à la poursuite de nos relations.

— Je resterai avec toi le temps qu'il te faudra pour la convaincre. Mais il faut que tu me promettes que tu ne me cacheras jamais rien et que tu ne me mentiras jamais. Sinon, c'est fini entre nous. Chacun partira de son côté.

Il promit, et je fus à lui.

Le déchaînement de tous mes sens que je connus ce jour-là me bouleversa. On eût dit qu'une force supérieure à la mienne s'était emparée de moi. Je m'offris tout entière à Toshio, avidement, sans fausse pudeur ; le souvenir de la tentative de viol de mon neveu s'était évanoui.

Lorsque mes yeux se posèrent sur la tache de sang qui maculait mes draps, mon cœur bondit de joie dans ma poitrine. Je venais, par amour, d'offrir à Toshio le plus précieux de mes biens. Et, quand il m'avoua qu'il n'avait jamais encore défloré une femme, à la pensée que, d'une certaine manière, c'était la première fois pour tous les deux, mon âme se gonfla d'un bonheur sans mélange.

Le soir même, des fans de Toshio avaient organisé une réception en son honneur. Voyant qu'il était prêt avant moi, je le priai de ne pas m'attendre. Il fallait encore que je prenne mon bain, que je me maquille, que j'enfile mon kimono. Je lui assurai que je le rejoindrais dans une heure.

Mais, après mon bain, quand je voulus aller chercher mes vêtements dans la chambre voisine, la poignée de la porte me resta dans les mains. Impossible de sortir de la salle de bains. Je poussai de toutes mes forces. Le battant refusait de céder. Je me mis à tambouriner de toutes mes forces avec mes poings. Mais Toshio était parti. Il n'y avait personne à portée de voix. Affolée, je regardai autour de moi. Et que vis-je ? Un téléphone, à côté du miroir. Je décrochai en tremblant. Pas de ligne. Je pressai plusieurs fois sur le crochet. En vain. Le téléphone était mort. Je n'en revenais pas. D'abord la poignée, puis le téléphone… au Waldorf-Astoria !

Je restai enfermée, transie de froid, misérable, trois interminables heures. Finalement, un bruit me parvint de la chambre. Et ô miracle ! Toshio frappa à la porte.

– Mineko, qu'est-ce que tu fabriques là-dedans ? Au moins un de nous deux restait calme !

Il fit venir immédiatement quelqu'un pour ouvrir la porte. Je ne peux pas dire ma joie de les voir. Mais j'étais trop épuisée pour songer à me rendre à la soirée. Pauvre Toshio, il s'amusait tellement à la réception qu'il avait perdu le sens du temps. Il se sentait horriblement coupable. Hormis cet incident, ces quatre jours à New York furent idylliques.

Je vivais le grand amour dont j'avais toujours rêvé dans le secret de mon cœur. Toute ma vie en était changée. Surtout ma vie de danseuse, car je réussissais enfin à exprimer cette émotion à laquelle j'avais jusqu'ici aspiré en vain. Chacun de mes gestes semblait porteur d'un message d'amour et de tendresse.

Toshio était conscient de son rôle dans mon existence. Il se targuait aussi d'être un critique objectif. Notre passion plongeait ses racines dans notre dévotion à l'excellence artistique sous toutes ses formes. Nous n'étions pas du genre à flirter dans les coins en nous murmurant à l'oreille des mots doux.

En sa qualité d'acteur, Toshio explorait les relations profondes entre le fond et la forme depuis plus longtemps que je n'avais été danseuse. De ce point de vue, il avait sur moi l'antériorité. Même si nos arts étaient dissemblables, il était apte à me prodiguer de sages conseils.

Le style de l'école inoue est connu pour sa capacité à exprimer des émotions fortes par des gestes d'une économie et d'une délicatesse inimaginables. Et Toshio comprenait parfaitement de quoi il s'agissait. Tandis que l'iemoto me dirigeait de l'intérieur de ces contraintes, Toshio me guidait de l'extérieur.

Parfois, en passant devant un miroir, j'esquissais malgré moi un mouvement de danse. Toshio ne manquait jamais de le remarquer. Il me disait par exemple : « Pourquoi le fais-tu de cette manière ? » Ses critiques étaient souvent judicieuses. J'en tenais compte et répétais ensuite les gestes appris en y incorporant cette nouvelle richesse.

Alors que nous vivions en couple, il fallait tenir

notre liaison à l'écart de tous sauf de nos proches. Il était encore un homme marié et, lorsque nous nous trouvions en public, il ne trahissait jamais notre degré d'intimité. Comme cela s'avérait souvent une tâche impossible, nous voyagions beaucoup, tout en prenant soin de ne pas figurer ensemble sur une photographie, même sur les clichés d'anonymes touristes.

1973 nous vit de nouveau en vacances à New York, cette fois au Hilton. M. R. A. donna une soirée en notre honneur au cours de laquelle Toshio me présenta comme sa fiancée. J'étais aux anges ; je me disais : « Encore un peu de patience et tu seras sa femme. » La presse eut vent de ma liaison, en conséquence de quoi je fus traquée pendant des semaines par des paparazzis. Mais le plus drôle, c'était qu'ils croyaient que je couchais avec une autre célébrité. Ils se trompaient de client. Toshio possédait une gigantesque demeure dans la banlieue de Kyoto, plus une autre à Tokyo, mais il passait presque toutes ses nuits avec moi. Mon appartement devint notre « nid d'amour ».

Il s'y sentait chez lui. Je ne tardai pas à découvrir une facette de sa personnalité dont je ne me serais pas doutée. Toshio était une fée du logis. Vu mes talents pour l'art ménager, ce n'était pas plus mal. Quand par hasard il se retrouvait seul à la maison, il se lançait dans des nettoyages de printemps, passant au détergent toutes les surfaces puis les essuyant avec un torchon propre. Il me rappelait ma mère. Moi qui n'étais capable que de promener l'aspirateur dans l'appartement et d'essuyer la table basse d'un coup de chiffon humide…

À mon corps défendant, j'étais fort occupée. Mon emploi du temps était plus surchargé que jamais. Je me rendais chaque après-midi à l'okiya pour me préparer pour la soirée, mais chez moi je n'avais plus de bonne pour ranger tout ce que je laissais traîner.

En général, nous nous en sortions cahin-caha. Puis, tout à coup, Toshio décida de me mettre à l'épreuve. Je me souviens en particulier de l'époque où il tournait dans un studio de cinéma à Kyoto; il avait pris l'habitude de rentrer tard le soir avec une dizaine de copains et de m'accueillir à mon retour de travail par un : « Alors, qu'est-ce que tu as fait de bon pour mes amis ? »

Je jetais ce qui me tombait sous la main dans une casserole et concoctais une tambouille quelconque. Peu à peu, cependant, mes talents culinaires s'améliorèrent. En tout cas, Toshio veillait à ce que les verres de ses amis fussent toujours pleins. Personne n'eut jamais faim ou soif chez nous. J'en vins à raffoler de ces fêtes impromptues.

Toshio était si tendre, si sociable… Il s'occupait si bien de la maison, il parlait de ses enfants avec tant d'amour ; je ne comprenais pas pourquoi son couple battait de l'aile.

32

Début mai, chaque année, dans la ville de Hakata, sur l'île de Kyushu, a lieu la grande fête de Dontaku. Tous les ans j'y étais invitée avec d'autres geiko de Kyoto et nous faisions le voyage de conserve. À Hakata, je descendais toujours dans le même hôtel, je mangeais dans les mêmes restaurants et je retrouvais avec joie mes camarades de la communauté de geishas locale. Je partageais ma chambre avec ma chère amie de toujours : Yuriko.

Un après-midi, au cours de la conversation, le sujet du « pèlerinage silencieux » tomba sur le tapis. Il fait partie du festival de Gion. Peu de gens en connaissent l'existence. Mais j'avais entendu dire que Yuriko y participait et je voulais en avoir le cœur net.

Gion Matsuri a été inauguré il y a plus de mille ans et l'on considère en général qu'il s'agit d'un des trois festivals les plus importants du Japon. Il démarre à la fin juin et se prolonge jusqu'au 24 juillet en multipliant cérémonies et rituels du shinto. Le 17 juillet, lors d'une grande procession, on porte des temples portatifs appelés omikoshi depuis le sanctuaire de Yasaka, via la rue Shijo, jusqu'aux sanctuaires temporaires de l'avenue Shinkyogoku. C'est à cette époque que se produit le fameux pèlerinage silencieux.

– J'aimerais bien, moi aussi, y participer, confiai-je à mon amie. Que dois-je faire pour être acceptée ?

– Tu ne dois d'explications à personne. C'est quelque chose que tu fais seule. Si tu veux que s'exaucent tes prières, il faut recommencer trois années de suite, sans en parler à quiconque. Tu marches en silence, les yeux baissés. Il vaut mieux ne croiser aucun regard. Tu te concentres sur les battements de ton cœur. Et tu gardes ta prière à l'esprit tout le temps, puisque c'est pour cette raison que tu fais ce pèlerinage.

Sa sincérité m'émut. Le visage de Yuriko avait beaucoup de caractère, contrairement à la physionomie nippone ordinaire. Elle avait surtout des yeux extraordinairement grands. Et elle avait accompagné ses paroles d'un sourire énigmatique.

Je ne pouvais m'empêcher de me demander pour quelle raison précise, elle tenait tant à se joindre à ce silencieux cortège. Que désirait-elle à ce point ? Dès que j'en avais l'occasion, j'abordais le sujet, mais elle se débrouillait chaque fois pour parler d'autre chose. Finalement, un jour, elle se décida à se confier à moi.

C'était la première fois qu'elle évoquait son enfance en ma présence.

Yuriko était née en janvier 1943 dans une ville du nom de Suzushi sur la côte ouest, au bord de la mer du Japon. Elle venait d'une famille de pêcheurs. Son père avait monté une pêcherie, ses affaires étaient florissantes. Dans sa jeunesse, il avait fréquenté Gion-Kobu.

La mère de Yuriko était morte peu après la naissance de cette dernière. À peine sevré, le bébé avait été ballotté de cousine éloignée en cousine éloignée. Pendant la guerre, l'entreprise paternelle avait été réquisitionnée par l'armée et transformée en usine de munitions. Mais son père n'en continua pas moins à pêcher. Après la guerre, il reprit les rênes de la pêcherie et la prospérité lui sourit de nouveau. Toutefois, il ne fit pas ramener sa fille à la maison. Elle continua sa tournée des cousines.

Le père se remit à fréquenter Gion-Kobu et une certaine geiko qu'il finit par épouser et qui devint la belle-mère de Yuriko. Celle-ci put enfin retourner auprès de son père. Bientôt une petite sœur vit le jour. C'était la première fois qu'elle goûtait aux joies d'un foyer plein de tendresse. Hélas, son bonheur allait être de courte durée. L'entreprise de son père fit faillite. Désespéré, il noya son désarroi dans l'alcool avant de se pendre sous les yeux de sa fille.

La belle-mère de Yuriko, ne sachant plus où donner de la tête, sans ressources, renvoya celle-ci à la campagne chez les cousines de feu son mari, où elle fut traitée comme une bête de somme. Finalement, elle fut vendue à un « marchand d'esclaves » – c'était ainsi que l'on appelait ces proxénètes spécialisés dans les petites filles – puis à un établissement du quartier des plaisirs Shimabara à Kyoto.

À Shimabara, celui de nos karyukai qui n'est plus en activité, on trouvait des oiran et des tayu, des courtisanes, ou plutôt des prostituées de haut rang qui étaient, elles aussi, à l'instar des geishas, des artistes accomplies. Une jeune oiran se soumettait à un rituel appelé mizuage, comme le nôtre, mais qui consistait à se faire déflorer par un client assez fortuné pour payer la somme exigée. Tayu et oiran travaillaient sous contrat et n'avaient pas le droit de franchir les limites du quartier jusqu'à ce que leur période de servitude fût achevée.

La belle-mère de Yuriko finit par savoir où la pauvre petite avait échoué. Elle prit aussitôt contact avec la patronne d'une okiya de Gion-Kobu et la supplia de lui venir en aide. Cette dame engagea un entremetteur pour la transférer de Shimabara à son établissement, Yuriko préférant ne pas retourner auprès de sa belle-mère.

Elle avait alors douze ans.

Non seulement Yuriko était très douée, mais elle possédait des trésors de persévérance et de bonne humeur. Elle devint une des meilleures geiko de Gion-Kobu. Néanmoins, chaque fois qu'elle évoquait son enfance, ses grands yeux se mouillaient de larmes.

Deux années après ce récit, alors que nous étions de nouveau à Hakata, elle m'avoua pourquoi elle se joignait avec tant de ferveur au fameux pèlerinage silencieux. Elle était amoureuse d'un homme et souhaitait ardemment l'épouser. Voilà la raison qui la poussait à prier avec tant de ferveur. Elle était si décidée à obtenir ce qu'elle voulait qu'elle refusait toutes les propositions de mariage.

Son amoureux finit par se résigner, pour des raisons familiales, à en épouser une autre. Mais leur liaison n'en fut pas pour autant terminée. En mai 1980, elle tomba malade : le cancer. Je ne sais pas si son chagrin était la cause de son mal, mais toujours est-il que son amour pour cet homme redoubla. Comme en réponse à ses prières, il ne quitta pas son chevet tandis qu'elle agonisait. Elle mourut le 22 septembre 1981, à l'âge de trente-sept ans. Dans mon esprit, leur amour est toujours vivant et vivra éternellement.

Setsubun tombe à la mi-février. Selon l'ancien calendrier lunaire, ces fêtes marquent le début du printemps. Nous le célébrons en répandant des haricots partout dans la maison afin de chasser les démons et d'attirer le bonheur.

À Gion-Kobu, nous en profitons pour nous déguiser et prendre un peu de bon temps. Mes amies et moi nous accordions pour choisir un costume évocateur des événements de l'année écoulée. Comme, en 1972, les États-Unis avaient rendu Okinawa au Japon, nous avons déniché des tenues traditionnelles de cette île.

Notre petite bande avait coutume de réserver la totalité des pourboires récoltés dans les banquets donnés à l'occasion de Setsubun au financement d'une escapade à Hawaii. Cette année-là, le grand soir, je me rendis à près de quarante ozashiki, passant parfois à peine trois minutes auprès de mes clients. À nous toutes, nous moissonnâmes l'équivalent de plus de 30 000 euros, assez pour voyager dans le luxe.

C'était à mon tour d'organiser notre petite virée. Non seulement je devais me charger des réservations, mais, à notre départ de Kyoto, je transportais tout notre argent et nos passeports dans mon sac à main. Nous devions passer la nuit à Tokyo avant de nous envoler le lendemain pour Honolulu.

J'oubliai mon sac dans un taxi en route pour l'hôtel. Mes camarades me battirent froid.

– Oh, Mineko, me dirent-elles, ça te ressemble bien.

Moi qui m'efforçais de me conduire en personne responsable, je fus très peinée par leur manque de compassion.

Il fallait que je me débrouille pour trouver une somme suffisante et de nouveaux passeports avant le lendemain après-midi. Je téléphonai à un de mes clients et lui fis part de mes ennuis. Il accepta gentiment de me prêter 30 000 euros en liquide. Alors que je me demandais quel client politicien je pouvais bien solliciter pour la question des passeports, le téléphone sonna : un homme d'affaires avait trouvé mon sac dans le taxi. Le chauffeur avait déposé l'objet dans un poste de police où je le récupérai à la première heure le lendemain, juste à temps pour ne pas rater l'avion. Dans l'affolement, j'oubliai d'avertir mon client, qui fit son apparition à l'hôtel avec une enveloppe bourrée de billets juste au moment où nous partions pour l'aéroport.

En dépit de ce regrettable incident, la suite du voyage fut formidable. Mes amies me félicitèrent de mes talents de tour operator. Sur le bateau de croisière qui nous promena pendant trois jours entre

302

les huit îles, la jeune femme qui apprenait la danse hawaïenne aux passagers nous repéra comme étant des professionnelles à notre premier coup de hanche. C'est ainsi que nous finîmes par donner à notre tour des cours de danse de l'école inoue aux plaisancières. Ce fut follement drôle.

À cette occasion, alors que la brise marine soulevait délicatement les cheveux de mon amie M., je remarquai la netteté de la calvitie qui couronnait sa tête. J'inspectai ensuite mes camarades et moi-même.

Toutes les quatre, nous avions sur le sommet du crâne une grosse pièce de monnaie rose et inesthétique à souhait. Il faut dire que le chignon de la maiko est tenu en place par des épingles en bambou qui tirent sur les racines des cheveux. En outre, comme nous gardions nos coiffures pendant cinq jours, il y avait des moments où cela nous démangeait. Alors nous nous grattions avec la pointe d'une épingle, ce qui n'arrangeait rien.

– Vous savez quoi ? déclarai-je à la cantonade. À notre retour au Japon, après le Miyako Odori, je propose qu'on se fasse faire une opération esthétique. Qu'est-ce que vous en pensez ?

Elles applaudirent à mon idée. Nous prîmes date.

Après le festival, mon amie Y. avoua que la seule pensée du bistouri l'effrayait, mais les deux autres ne se dérobèrent pas. Le jour de fermeture du Miyako Odori, nous prîmes le train pour Tokyo.

L'intervention – une affaire sanglante, le crâne étant une partie du corps formidablement irriguée – consistait à resserrer la peau autour de la calvitie, un peu comme pour un lifting. Avec douze points de suture sur le sommet de la tête, je n'arrivais plus à rire sans étouffer un cri de douleur.

Le problème, maintenant, c'était que nous étions coincées à l'hôpital pour plusieurs jours. Nos clients de Tokyo faisaient tout leur possible pour nous distraire. Ils nous rendaient visite, nous envoyaient des petits plats confectionnés chez les meilleurs traiteurs en ville. Mais nous étions au printemps et n'avions aucune envie de nous morfondre.

Tous les moyens étaient bons pour tromper l'ennui. Nous voilà donc sortant en catimini faire des emplettes, puis dîner dehors dans nos restaurants préférés. Nous formions un joyeux trio, rentrant au milieu de la nuit à la clinique sur la pointe des pieds, la tête enveloppée de bandages blancs. Je me souviens qu'un après-midi nous avions même dansé en file indienne jusqu'à la station-service au coin de la rue.

La surveillante était hors d'elle.

– On n'est pas ici dans un hôpital psychiatrique ! Cessez donc de vous conduire comme des folles. Et arrêtez aussi de monopoliser toutes nos lignes téléphoniques !

Au bout de dix jours, le chirurgien nous enleva nos points et nous libéra. Je crois que les infirmières furent ravies de nous voir partir. Je me demande si Y. a toujours sa calvitie. Je parie que oui.

Une fois de retour à Kyoto, je repris ma vie habituelle et ma liaison avec Toshio. Je lui avais manqué. Mais, tout à coup, je ne supportai plus d'avoir à préparer les repas, à faire mon ménage, à laver le linge, à préparer mon bain, en plus de tout le reste. Le temps me manquait. Je ne bénéficiais que de quelques heures de sommeil par nuit. Comme il n'était pas question d'abréger mes prestations aux banquets, le seul moyen de rogner quelques heures était de prendre sur mon temps de répétition. Je me trouvais donc devant un dilemme : devenir une meilleure danseuse ou avoir une maison bien tenue.

Je consultai maman Masako.

— Maman, mes talents culinaires sont au point mort, et j'ai du mal à travailler autant que je le voudrais. Que penses-tu que je devrais faire ?

— Tu as envisagé de rentrer à la maison ?

— Je ne sais pas, et toi, qu'en dis-tu ?

— Je trouve l'idée excellente.

Je retournai vivre à l'okiya en juin 1972. J'avais appris non seulement que je pouvais me débrouiller toute seule, mais aussi que ce n'était pas obligatoire. D'autant que Toshio et moi avions les moyens de louer une chambre d'hôtel, ce dont nous ne privions pas.

Je ne pus que me féliciter de cette décision, car ainsi je fus en mesure d'assister aux derniers jours de Big John. Mon chien mourut le 6 octobre 1972.

33

Le 6 mai 1973, je rendis visite à mes parents. La troisième seulement depuis que je les avais quittés, dix-huit ans plus tôt.

J'avais entendu dire que mon père était mourant et je tenais à le voir une dernière fois. Son regard était plein du regret de quitter la vie. Au lieu d'essayer de le réconforter, je lui parlai franchement :

— Papa, je voudrais te remercier pour tout ce que tu m'as donné. Mon intelligence, ma force. Je me souviendrai toujours de tout ce que tu m'as appris. Meurs en paix. Tu n'as pas à t'inquiéter. Je prendrai soin de tout.

Des larmes ruisselaient sur son visage.

— Masako, tu es la seule de mes enfants à m'avoir jamais écouté. Tu as toujours été si fière, tu ne m'as apporté que de la joie… Je sais combien tu as travaillé dur et combien cet effort t'a coûté, et je souhaite te donner quelque chose. Ouvre le troisième tiroir de mon bureau. Sors l'obi shibori. Oui, celle-ci. C'est moi qui l'ai fabriquée, c'est ma préférée. Quand tu trouveras l'homme de tes rêves, tu la lui offriras.

— Je te le promets, papa.

Mon père mourut trois jours plus tard, le 9 mai. Il avait soixante-seize ans. Je restai assise auprès de son corps inerte, serrant dans la mienne sa main glacée.

— Je te promets, papa, jamais je n'oublierai : « Même affamé, un samouraï doit feindre d'être rassasié. »

Nous n'avions pas vécu très longtemps ensemble, mais j'avais toujours adoré mon père. Il est à jamais présent au fond de mon cœur. Sa mort fut pour moi un chagrin qui ne me quitte jamais.

Maman Masako m'avait remis de l'argent. Je sortis la pochette de soie violette de dessous mon obi et la tendis à ma mère. J'ignorais combien il y avait là, mais je me figurais que cela représentait une assez jolie somme.

— Je ne sais pas si cela suffira pour que papa ait les funérailles qu'il aurait souhaitées. Si tu n'as pas assez, tu n'as qu'à nous demander, à moi ou à Kuniko, de compléter.

— Oh, Ma-chan, merci infiniment. Mais dans cette maison, je n'ai pas toujours voix au chapitre.

Sur ces paroles, elle jeta un coup d'œil vers la pièce voisine où soudain résonnèrent le rire sardonique de Yaeko et le cliquetis de pièces de mah-jong. Ma gorge se noua, mais que pouvais-je faire ?

En devenant la fille adoptive de la famille Iwasaki,

j'avais perdu tout droit de regard sur mes parents.
Je me contentai donc de lui déclarer d'un ton plein
d'affection :

— Maman, je n'ai jamais cessé de vous aimer,
papa et toi, et je vous aimerai toujours. Merci de
m'avoir donné cette vie.

Sur ce, je la saluai en m'inclinant et m'éclipsai.

À mon retour à l'okiya, maman Masako s'enquit :
— As-tu remis à ta mère l'argent pour les funérailles ?

— Oui, en tout cas ce qu'il y avait dans la pochette
violette.

— Parfait. Il faut que tu apprennes à dépenser judi-
cieusement. D'abord, il faut savoir bien choisir son
moment. Par exemple, on peut offrir de l'argent pour
féliciter quelqu'un après un heureux événement,
mais jamais en guise de condoléances. Pour ton père,
il ne fallait pas attendre. Il y a des moments où il est
capital de desserrer les cordons de sa bourse. Nous
ne voudrions pas perdre la face. Assure-toi bien que
ta mère a assez. Sinon, je compléterai.

C'était très généreux de sa part. J'étais ravie de la
voir enfin se décider à m'enseigner la gestion de mon
portefeuille, car après tout, l'argent qu'elle m'avait
confié pour ma mère, c'était moi qui l'avais gagné !

Ce fut aussi en 1973 que l'école inoue me promut
natori, maîtresse à danser, le principal avantage de
cette nomination étant que certains rôles dans les fes-

tivals m'étaient enfin ouverts. Dans Onshukai, la danse d'automne de Gion-Kobu, cette année-là, je jouais celui de la princesse Tachibana.

L'iemoto attendit à mes côtés derrière le rideau avant mon entrée en scène, ou plutôt juste avant que je ne m'engage sur le hanamichi, la galerie surélevée qui relie l'arrière du théâtre à la scène proprement dite. Au moment où j'allais m'élancer, elle se pencha pour me murmurer à l'oreille :

– Tout ce que je suis capable de t'apprendre, c'est la forme. La danse t'appartient.

La danse m'appartenait ! Cela signifiait que j'étais libre. La transmission était accomplie.

Cela dit, je n'étais professeur qu'en titre. Pour l'heure, je n'avais pas encore le droit d'enseigner. Seules celles qui sont formées à cet art deviennent des « maîtresses ». Je n'étais pas non plus autorisée à danser en dehors de la sphère de l'école inoue et du Kabukai. Il me fallait encore me plier à toutes leurs règles. Aussi cette promotion, si elle fut un atout supplémentaire pour ma carrière, ne changea-t-elle rien à ma vie.

À la mi-août, Kyoto célèbre l'O-bon, la fête des morts, en allumant un gigantesque feu de joie sur une montagne pour guider les âmes de nos ancêtres dans l'au-delà.

Dans le quartier de Gion, nous remplissons d'eau des plateaux en laque noire et les plaçons sous les vérandas des ochaya afin de capter le reflet des flammes. Les gens qui ce soir-là se trouvent assister à un ozashiki sont censés boire quelques gouttes de cette eau et dire une courte prière de bonne santé.

309

Cette cérémonie donne le coup d'envoi des vacances d'été.

Je passais en général chaque année quelques jours du mois d'août à Karuizawa, une petite ville de montagne où l'été, pour échapper à la chaleur des grandes villes, accourent politiciens, fonctionnaires, hommes d'affaires et industriels. C'est là que s'étaient rencontrés l'empereur Akihito et l'impératrice Michiko sur un court de tennis. Bref, pendant la saison, Karuizawa devient follement animé. C'est pourquoi je n'y avais jamais considéré mes séjours comme du repos.

Chaque soir, je courais d'une villa à l'autre pour divertir les riches et les puissants, ainsi que leurs invités. Il m'arrivait parfois de tomber par hasard sur mon iemoto qui effectuait sa propre tournée. Elle n'était pas la même qu'à Kyoto, plus gentille, et surtout beaucoup plus gaie. On s'asseyait toutes les deux pour bavarder et elle me confiait parfois des souvenirs de jeunesse. À travers ses récits, je devinais la flamme qui l'avait habitée autrefois.

Les matinées cependant m'appartenaient. Je me levais à six heures et partais faire de longues promenades à pied. Puis je lisais jusqu'à l'heure de courir retrouver le professeur Tanigawa au café Akaneya. Quels moments délicieux nous avons passés ensemble ! Il ne semblait jamais se lasser de répondre à toutes mes questions.

Grand amateur de café, il en commandait chaque fois une variété différente et se faisait une joie de me décrire le pays d'où provenaient ces grains noirs et parfumés. J'apprenais tant et tant de choses avec lui… Venait l'heure du déjeuner, que nous prenions en général dans le restaurant qui servait des soba, des nouilles japonaises, de l'autre côté de la rue en face du café.

Bon nombre de mes amies séjournaient à Karuizawa en même temps que moi. Elles circulaient à bicyclette. Pour ma part, je ne savais pas monter à vélo, mais, comme j'avais honte de l'admettre, je m'obstinais à en pousser un de-ci de-là le long des rues.

Un jour, une connaissance m'interpella :

– Bonjour, Mineko. Comment vas-tu ? Et que fais-tu là ?

– Tu vois bien, je me promène avec mon vélo.

– En le poussant devant toi ? Je croyais qu'il fallait monter dessus et pédaler…

– Très drôle, mais quand on ne sait pas, tu vois…

– Tu veux dire que tu ne sais pas en faire ?

– Tu vois bien.

– Alors pourquoi ne te promènes-tu pas en calèche ?

– Ce serait merveilleux !

– Viens avec moi, je t'invite.

Elle m'emmena à son hôtel et commanda une voiture à cheval. J'abandonnai mon deux-roues dans l'allée et passai une bonne partie de l'après-midi à sillonner la ville à bord de la calèche avec la sensation d'être une reine. Je me suis rarement autant amusée.

En chemin, une autre de mes amies me héla :

— Mineko ! Qu'est-ce que tu fiches perchée là-haut comme une princesse ?

— Tu pourrais être polie, rétorquai-je. Si tu veux t'adresser à moi, parle correctement.

— C'est malin !

— Je suppose que tu n'as pas envie de m'accompagner ?

— Voyons…

— Alors tu sais ce qu'il te reste à faire. Je t'écoute.

— Bonjour, sœur Mineko. Auriez-vous la bonté de m'inviter à vos côtés ?

— Bien sûr, ma chère. Avec grand plaisir.

34

Le quartier de Gion est le seul karyukai autorisé à recevoir des chefs d'État étrangers. Nous sommes averties plusieurs mois à l'avance de leur visite pour nous permettre de la préparer comme il se doit. Nous étudions leur pays d'origine et les sujets qui les intéressent le plus afin d'être en mesure de soutenir la conversation.

J'ai rencontré beaucoup de grands de ce monde au fil des années. Une des visites qui me frappèrent le plus fut celle du Président Gerald Ford et de son secrétaire d'État Henry Kissinger. Le premier participait à un ozashiki au rez-de-chaussée tandis que Kissinger se trouvait dans une autre salle à l'étage. Comme j'avais été conviée aux deux, je pus apprécier combien ils avaient l'un et l'autre des personnalités dissemblables.

Le Président, quoique sympathique et chaleureux, ne paraissait cependant pas prendre un grand intérêt à la culture traditionnelle japonaise. Son banquet se déroulait dans une atmosphère un peu morne. Le secrétaire d'État, en revanche, se montrait curieux de tout et nous bombardait de questions. Il était très drôle, frisant parfois la grivoiserie, et tout le monde finit par danser autour de la salle en chantant à tue-tête.

Ce qu'il y a de merveilleux dans un ozashiki, c'est que, lorsque les invités se conforment à son esprit véritable, toute différence entre les classes sociales est abolie. On rit, on s'amuse, on passe un bon moment tous ensemble.

Il arrive cependant que dans certains cas, comme pour le banquet donné en l'honneur de la reine Élisabeth, tout se déroule d'un bout à l'autre dans le plus strict respect des formes. En mai 1975, la reine et le duc d'Édimbourg effectuèrent une visite officielle au Japon. Je fus conviée à les divertir au restaurant Tsuruya. Quoique ce banquet n'eût rien de vraiment officiel, il n'en présentait pas moins les apparences d'une rencontre diplomatique. Je dus montrer mes papiers d'identité aux services secrets à l'entrée. L'endroit était manifestement bien gardé.

Nous étions tous assis lorsque la reine fit son apparition en grande pompe, escortée de son époux. En me levant avec les autres, je me pris à contempler avec admiration sa robe longue en soie jaune pâle imprimée d'un motif floral évoquant des roses – la rose étant l'emblème national anglais.

Même si les invités étaient britanniques, une somptueuse vaisselle française rutilait sur la table. Les couteaux, les fourchettes et les baguettes étaient en or massif. Au centre s'épanouissait un énorme bouquet de pivoines. Le tout me parut un peu « nouveau riche ».

On m'avait placée à côté de la reine. En pareille circonstance, une geiko n'est pas autorisée à s'adresser directement au grand personnage. Si ce dernier nous pose une question, nous devons demander à son conseiller la permission de répondre directement. Une fois cette permission accordée, il n'en reste pas moins que nous sommes obligées de converser par l'entremise d'un interprète. Quoi qu'il arrive, l'opération demeure pesante et cérémonieuse.

La reine ne toucha à aucun des plats que l'on déposait devant elle.

– Sa Majesté ne veut pas goûter à nos spécialités ?

– Sa Majesté est souffrante ?

Je fis de mon mieux, par le truchement de l'interprète puis du conseiller, pour l'encourager à amorcer un dialogue avec moi. Mais la reine ne daigna pas m'accorder de réponse. Comme j'étais de service, je ne pouvais même pas goûter à tous ces mets plus succulents les uns que les autres. Distraitement, du coin de l'œil, je me pris à détailler les bijoux de la reine : ses boucles d'oreille, son collier, ses bracelets…

Notre hôtesse, celle qui avait commandité le banquet, me fit signe de me lever. Il est normal pour une maiko ou une geiko de se déplacer au cours d'un ozashiki, afin de bavarder avec plusieurs invités, de sorte que je ne trouvai rien d'incongru à cet ordre. Mais curieusement, je ne sais toujours pas pourquoi, elle me guida en dehors de la salle jusqu'au couloir où le préposé aux chaussures, ce vieil homme que j'aimais tant, m'appela auprès de lui. Une lueur malicieuse brillait au fond de ses yeux.

Il sortit d'une boîte en cèdre une paire de mules en satin noir : les chaussures de la reine. Chacune était ornée de sept diamants.

— Je peux en avoir un ? le taquinai-je. Et si tu en détachais un de chaque chaussure ? Je parie qu'elle n'y verrait que du feu.

— Cesse donc ces enfantillages. Je voulais juste te les montrer.

— Sais-tu que la reine Élisabeth n'a rien mangé de ce qu'on lui a servi ? Tu te rends compte ? Alors que ce repas a exigé tant de travail !

— Mineko, tu ne vas pas être insolente maintenant ! Les étrangers ne mangent pas la même nourriture que nous.

— C'est absurde ! Tu sais quels préparatifs il a fallu pour servir tous ces plats ! Peu m'importe si elle est reine, je la trouve affreusement mal élevée. C'est vrai, le chef du Tsuruya ne s'est pas réveillé ce matin en se disant : «Oh, là, là, la reine vient dîner ce soir. Qu'est-ce que je vais bien pouvoir lui servir ?»

Cela faisait en réalité des mois qu'il concoctait ce menu. En plus, chaque plat avait été approuvé par l'ambassade de Grande-Bretagne. Comment avait-elle le toupet de refuser de goûter à un repas conçu tout spécialement pour elle ? Cela me dépassait.

Le vieux préposé aux chaussures continuait à prendre un malin plaisir à me faire enrager :

— Mineko, je comprends ton point de vue, mais je t'en prie, ne monte pas sur tes grands chevaux. On n'a pas envie de causer un incident diplomatique !

316

Après cet interlude, je retournai à mon poste. Je restai assise là, silencieuse, dans mon rôle de potiche, attendant que mon pensum se termine.

C'est alors que l'interprète vint me voir :

– Mademoiselle, le duc d'Édimbourg souhaite s'entretenir avec vous.

Je me levai vivement en me disant que la conversation du duc aurait peut-être plus de piquant. Et en effet, d'abord il me donna l'autorisation de m'adresser directement à lui, et ensuite il écouta avec une attention passionnée mes réponses à ses questions sur l'école inoue, sur les différences entre maiko et geiko, et bien d'autres aspects de la vie du karyukai. À un moment donné, mon regard croisa accidentellement celui de la reine. Elle avait de la glace au fond des yeux. Ce qui ne fit qu'attiser mon effronterie.

Je poursuivis ma conversation avec son mari en me rapprochant imperceptiblement de lui, oh, un tout petit peu, mais juste assez pour que cela n'échappât point à un certain regard royal. Je jetai de nouveau un coup d'œil du côté de l'épouse. Elle avait l'air toute chose. Je réprimai un soupir de soulagement : c'était bon de constater que les reines aussi étaient faites de chair et de sang.

Le lendemain, je reçus un appel de quelqu'un que je connaissais bien : Tadashi Ishikawa, chargé du protocole auprès du palais impérial.

– Mine-chan, qu'as-tu encore inventé hier à l'ozashiki ?

– Hier ? De quoi parlez-vous ?

– Le couple de souverains a décidé de faire brusquement chambre à part en rentrant cette nuit. Je ne te raconte pas les problèmes de sécurité pour garder deux chambres au lieu d'une.

— Qu'est-ce que j'ai à voir là-dedans ?

— Je ne sais pas précisément, mais tu es la dernière personne à avoir parlé au duc. Je suppose donc que tu y es pour quelque chose…

— C'est lui qui a pris l'initiative de cette conversation et qui a demandé que je m'adresse directement à lui. Il m'a paru enchanté de ce petit tête-à-tête.

— C'est donc ça. Tu es bien à l'origine de la dispute.

— Je ne vois pas pourquoi. Je faisais mon travail, voilà tout.

— Bien sûr, bien sûr, mais…

— Monsieur Ishikawa, puis-je vous poser une question ? J'ai visité plusieurs pays étrangers et je me suis toujours efforcée de manger ce que mes hôtes avaient la bonté de m'offrir quand ils m'invitaient à leur table. Le contraire eût témoigné d'un manque de savoir-vivre impardonnable. Et si j'avais été en visite officielle, ç'aurait été une gifle à la face de la nation. Et je ne parle pas de l'affront fait à tous ceux qui se sont donné le mal de préparer le repas. Qu'en pensez-vous ? N'êtes-vous pas d'accord ?

— Je vois à présent clairement dans ton jeu, Mine-chan, et je dois avouer que tu es une petite coquine.

De mon point de vue, la goujaterie est un crime inexcusable.

35

Pendant cinq ans, je restai persuadée que Toshio allait obtenir le divorce et m'épouser. Au cours de cette période, il me mentit à deux reprises, chaque fois au sujet de son couple. La première fois, il me raconta qu'il devait effectuer un voyage pour son travail, alors qu'il passait la nuit avec sa femme à Kyoto, sa femme qui était descendue de Tokyo exprès pour le voir. La deuxième fois, c'était à notre retour de San Francisco. Il voulut que nous débarquions séparément à l'aéroport de Tokyo sous prétexte que des journalistes guettaient son arrivée. Toujours prête à éviter un scandale, j'obtempérai. Mais je ne vis pas l'ombre d'un journaliste. En revanche, en émergeant de la douane, j'aperçus au loin les silhouettes de sa femme et des enfants : ils étaient venus l'accueillir à la descente d'avion.

Je sais que j'avais posé dès le départ une condition à notre liaison : pas de mensonge. Mais rien dans la vie n'est jamais aussi simple. Je me disais toujours qu'il fallait lui laisser le temps, qu'il finirait bien un jour par sauter le pas.

Au bout de cinq ans, je me rendis à l'évidence : je me berçais de faux espoirs. Rien n'allait changer. Nous ne formions pas plus un vrai couple à ce moment-là que lors de notre première nuit d'amour à New York. Je pris la décision de rompre dès que l'occasion se présenterait. Les circonstances ne tardèrent pas à m'en offrir une sur un plateau.

C'était en mars 1976. Toshio me mentit pour la troisième et dernière fois.

Je me rendais assez souvent à Tokyo pour des banquets. Seule, je résidais au New Otani, et, quand je m'y trouvais en même temps que lui, nous réservions toujours la même suite au cinquième étage du Tokyo Prince. Je me rappelle encore le numéro sur la porte.

Comme nous avions rendez-vous le soir, dès mon arrivée à Tokyo je filai prendre possession de notre suite. J'étais en train de ranger mes produits de beauté sur la table de toilette de la salle de bains quand le téléphone sonna. C'était Toshio.

— Je suis au milieu d'une réunion avec des producteurs. Et elle n'est pas près de se terminer. Peux-tu t'arranger autrement pour le dîner ? Je te retrouverai plus tard.

J'appelai une amie à moi qui habitait le quartier. Elle était libre pour dîner. Elle m'emmena ensuite, à la sortie du restaurant, dans les boîtes de nuit les plus à la mode de Roppongi. Il y avait des siècles que je ne m'étais autant amusée.

Je rentrai à l'hôtel vers les trois heures du matin.

Un des assistants de Toshio m'attendait dans le hall d'entrée. Il se précipita vers moi dès que je passai la porte.

— Tout va bien? m'enquis-je, soudain inquiète à la pensée qu'il ait pu arriver quelque chose à l'amour de ma vie.

— Oui, oui, très bien. Mais il est encore en réunion. Il m'a envoyé avec la clé et m'a prié de vous accompagner jusqu'à votre chambre.

Je trouvai cette histoire abracadabrante, mais j'étais trop fatiguée pour protester. Une fois dans l'ascenseur, je le vis qui appuyait sur le bouton du huitième étage.

— Vous vous trompez, nous sommes au cinquième, remarquai-je.

— Toshio m'a pourtant bien dit que votre chambre était au huitième, rectifia-t-il.

Vraiment très curieux, songeai-je pendant que l'assistant ouvrait la porte d'une chambre que je voyais pour la première fois. Ce n'était même pas une suite. Je me tournai vers lui pour lui faire part de ma perplexité, quand il recula vivement avec des courbettes vers la sortie. Avec un bref bonsoir, il me claqua presque la porte au nez.

Je regardai autour de moi. Mes bagages se trouvaient bien là, à l'endroit précis où je les avais laissés. Dans la salle de bains, mes produits de beauté étaient parfaitement alignés dans l'ordre que je leur avais donné. Étais-je victime d'un sortilège? Trop épuisée pour me poser des questions, je pris un bain et me glissai entre les draps.

Toshio me téléphona à quatre heures du matin.

— La réunion ne va pas tarder à se terminer, mais je suis encore là pour un moment.

En d'autres termes, je pouvais toujours l'attendre.

— Pour quelle raison nous as-tu changés de chambre ?

— Ah, oui, ça, je t'expliquerai plus tard. Il y a beaucoup de monde autour de moi…

Il se mit à chuchoter, comme s'il avait peur que les autres entendent notre conversation. Mais ça sonnait faux. Je sus immédiatement qu'il me cachait quelque chose. Le lendemain matin, je décidai d'en avoir le cœur net. Je déclarai au concierge, qui me connaissait bien, que j'avais oublié ma clé. Il me fit accompagner par un groom jusqu'à la suite. Le groom m'ouvrit la porte.

La suite était déserte, mais seulement depuis peu. Le lit était défait. Le sol de la salle de bains jonché de serviettes de toilette. J'ouvris la penderie. Elle contenait un manteau de fourrure et un sac de voyage. Inutile de dire que ni l'un ni l'autre ne m'appartenaient.

Puisque j'étais censée avoir occupé la chambre, je me sentis pleinement autorisée à fouiller dans le sac. Parmi quelques vêtements, j'y découvris des portraits de la femme de Toshio, manifestement destinés aux fans qui lui réclamaient un autographe.

De toute évidence, Toshio avait, peu après mon départ la veille au soir, fait table rase de mes affaires afin de recevoir son épouse dans notre nid d'amour. Je laissai libre cours à ma colère. Comment avait-il pu me traiter ainsi ? Peu m'importait si c'était son épouse ! C'était notre chambre ! J'avais été là la première !

Par la suite, j'appris que Toshio et sa femme s'étaient produits ensemble en direct sur un plateau de télévision à une heure tardive. Mais quand même, il aurait pu réserver une autre chambre, au lieu de faire transférer mes affaires ailleurs.

En prenant la mesure de ce que ce geste signifiait, je fus saisie d'un grand frisson. Le frisson de la vérité. Sa femme passait en premier. Elle était plus importante à ses yeux que moi. Pourquoi, sinon, se serait-il donné tout ce mal ? S'il m'avait simplement avoué que sa femme devait venir, je me serais éclipsée et aurais pris une chambre au New Otani. Je n'aurais sûrement pas déménagé au huitième étage du Prince, où j'avais toutes les chances de tomber sur elle.

Ivre de rage, j'appelai le service d'étage pour demander qu'on m'apporte une paire de ciseaux de bonne taille. Je commençai par le manteau que je mis en charpie. Puis je renversai le contenu du sac sur le lit, éparpillai les photographies sur les draps et tailladai dans le tas.

Très bien, Toshio. Tu as fait ton choix. Assume-le maintenant. Sayonara.

Je remontai ensuite au huitième, bouclai mes bagages et quittai l'hôtel en jurant de ne jamais y remettre les pieds.

Toshio ne trahit aucun sentiment quand il me retrouva. Il me traita comme si rien ne s'était passé. Il ne fit pas la moindre allusion à l'incident.

Je m'attendais qu'il me reproche ma crise de colère. Dans mes rêveries, je lui rendais le manteau (entier) en lui déclarant que je ne voulais plus de lui. Son refus de reconnaître la réalité prouvait que nous étions prisonniers de nos propres névroses.

Au mois de mai, Toshio m'invita à une réunion de famille décontractée à la station thermale de Yugawara. Sa famille en l'occurrence consistait en ses parents, son frère – un acteur célèbre lui aussi – et la petite amie de son frère. Personne ne trouva ma présence incongrue. Ses parents me traitèrent comme l'une des leurs. Ils se déclarèrent ravis de ma compagnie, qui apportait un certain cachet à leur petit groupe. Bref, ils approuvaient la liaison de leur fils et tout se passait sans problème.

La station proposait un «bain d'iris», l'iris dans notre pays symbolisant la fleur de printemps à laquelle on attribue un rôle purificateur et protecteur. Aspirant à la solitude, je m'y rendis seule pour mieux réfléchir. Que faire? Que dire? Je devais pourtant trouver un moyen de m'en sortir la tête haute. Finalement, je me résolus à me taire. J'allais tout simplement provoquer la rupture en me rendant indisponible.

Toshio adorait les voitures. Il possédait une Lincoln Continental dorée et une Jaguar vert bouteille qu'il conduisait à toute allure. Le lendemain matin, il me ramena à Tokyo et me déposa à l'auberge où une chambre avait été réservée à mon intention. Dès qu'il fut hors de vue, je hélai un taxi et filai au New Otani. Toshio dut avoir des soupçons. Après avoir fait le tour du pâté de maisons, il voulut me retrouver. Mais j'avais déjà disparu.

Je me jetai sur mon lit et passai des heures à pleurer toutes les larmes de mon corps. Je n'avais pas encore renoncé à lui trouver des excuses. Pourquoi ne pouvais-je pas continuer comme avant ? Quelle différence, après tout, s'il était marié ? Le fait était que cela comptait pour moi. Je refusais de rester plus longtemps la femme de l'ombre.

Quand j'eus épuisé ma réserve de larmes, je téléphonai à une de mes amies les plus proches pour l'inviter à assister à un match de sumo. À l'époque, j'étais si célèbre qu'on me laissait entrer gratuitement dans les salles, mon visage me servant de « billet ». Comme mon amie n'avait rien de mieux de prévu ce soir-là, elle accepta.

Nous étions assises au premier rang, là où l'on risque d'être éclaboussé par le sable du ring lorsque l'un des lutteurs renverse son adversaire ou le pousse hors du cercle. À peine étions-nous installées que Toshio fit à son tour son entrée dans la salle. Je bondis sur mes pieds et pris aussitôt la fuite. Je rentrai dès le lendemain à Kyoto, où, soucieuse du protocole, je rendis visite à l'okasan qui nous servait d'entremetteuse pour l'informer de la séparation.

Toshio s'obstina. Il tenta de me revoir. Je refusai. Il mandata sa mère pour tenter une conciliation. Elle vint je ne sais combien de fois parler à maman Masako et à moi. Elle me supplia de réfléchir.

— Il a le cœur brisé, Mineko, me disait-elle. Sois compréhensive.

Plus elle m'adjurait, plus j'étais persuadée d'avoir pris la bonne décision.

Un beau jour, ils renoncèrent. C'était fini. J'avais tué l'amour de ma vie. Dans mon cœur, « Toshio » était mort. Il redevint simplement pour moi Shintaro Katsu, l'acteur de cinéma.

Une fois seule, j'eus le loisir de caresser de nouveaux projets d'indépendance. J'en avais par-dessus la tête du système qui régissait le karyukai. Cela faisait des années que je m'y pliais, mais je n'avais pas l'intention de continuer longtemps à me soumettre à la loi d'airain de l'école inoue. La situation était d'autant plus intolérable qu'au départ l'organisation de Gion-Kobu reposait sur la volonté de garantir l'indépendance et la dignité des femmes qui y travaillaient.

Non seulement nous n'avions pas le droit d'enseigner, mais il nous était aussi interdit de nous produire dans les spectacles de notre choix. L'école déterminait tous les détails de notre vie professionnelle, jusqu'au choix de nos accessoires. Et ce système d'une rigidité absolue se perpétuait depuis plus de cent ans. Cela ne servait à rien de se révolter ou de se plaindre. Je l'avais appris à mes dépens.

En outre, nos prestations de danseuses étaient payées une misère, même pour le très populaire festival du Miyako Odori, qui rapportait une fortune à quelques-uns. J'ignore dans quelles poches exactement allait cet argent, mais certainement pas à celles qui se produisaient sur scène, alors qu'elles avaient répété pendant un mois entier et, en plus, devaient se charger elles-mêmes de vendre les billets. C'est ainsi que je demandais souvent à mes meilleurs clients de m'acheter un livret entier de billets afin de les offrir à leurs employés et à leurs propres clients. J'en écoulais deux mille cinq cents par saison.

Nous donnions tout à la danse, mais la danse ne nous donnait rien en échange, comme si nous pouvions vivre de l'air du temps.

À vingt-six ans, me voyant dans l'obligation de songer à l'avenir de l'okiya, je comprenais enfin l'angoisse viscérale de tata Oïma à l'époque où elle insistait sans relâche auprès de mes parents pour que j'intègre l'établissement. Pour ma part, je n'avais aucune envie de me lancer dans la même quête alors même que, vu ma célébrité, j'étais tout le temps sollicitée par de jeunes maiko qui me demandaient d'être leur onesan. À ces jeunes filles, j'adressais toujours la même réponse :

— La nyokoba a beau être reconnue par le ministère de l'Éducation nationale, elle ne vous procurera pas de diplôme vous ouvrant la porte aux études supérieures. Tout ce que vous aurez, c'est le brevet. Vous n'obtiendrez jamais de qualification vous permettant d'exercer un emploi à l'extérieur du karyukai. Même si vous travaillez très dur, vous ne pourrez pas vivre de la danse. Cela fait des années que j'essaye en vain de secouer le système. Mais on refuse de m'écouter. Alors, je suis désolée, mais tant que l'état des choses restera tel quel, je me refuse à prendre des «petites sœurs». Si vous le souhaitez, je peux néanmoins vous présenter à une autre geiko qui acceptera peut-être.

Sans un renouvellement des rangs de nos maiko, l'okiya végétait. Nos geiko vieillissaient. Nos bénéfices diminuaient doucement. Il n'était pas question pour moi de réclamer le soutien financier de mes clients, même si quelques-uns se proposèrent de nous aider. Je n'avais pas envie de contracter des dettes car je tenais par-dessus tout à préserver notre indépendance. Aussi fallut-il trouver d'autres moyens de gagner de l'argent.

Une de mes amies geiko ouvrit alors une boîte de nuit. Ce fut une petite révolution à Gion, où un tel événement ne s'était jamais produit. On cria au scandale. Pour ma part, je trouvais l'idée brillante. Elle fit vite son chemin dans mon esprit.

Je décidai de restaurer l'okiya et d'en transformer une partie en boîte de nuit ! Une fois que l'affaire tournerait toute seule, je serais libre de faire ce que je voudrais. Maman Masako pourrait me donner un coup de main.

Quelle, ne fut pas ma stupéfaction de découvrir que l'okiya ne nous appartenait pas... Nous n'étions en fait que locataires. Il nous était interdit de nous lancer dans des travaux de rénovation. Je tentai de persuader maman Masako d'acheter la maison, mais elle fit la sourde oreille. Sa solution à nos problèmes était de constituer un bas de laine, pas de jeter l'argent par les fenêtres... Elle ne comprenait même pas la notion d'investissement. Elle jugeait que louer, c'était très bien.

Pas moi. Et je me permis d'agir dans son dos. Vu mes émoluments, la banque accepta sans hésiter de m'accorder un prêt. Mais voilà que surgit une deuxième difficulté : la maison ayant plus de cent ans, toute rénovation était proscrite. Il fallait démolir et reconstruire. Pourquoi pas ? me dis-je. Maman Masako s'y opposa catégoriquement.

Comme je me rendais compte qu'il faudrait beaucoup de temps pour persuader maman Masako, j'optai pour la solution suivante : j'allais louer un local et trouver des financiers pour monter une boîte de nuit.

Mon night-club ouvrit ses portes en juin 1977. Je l'appelai la Rose trémière. J'avais pris une associée pour s'occuper de tout pendant mes absences. Chaque après-midi, je venais vérifier si tout allait bien ; et chaque soir, après mes ozashiki, je revenais pour faire la fermeture.

36

Au cours des trois années qui suivirent, je me préparai à me retirer du métier de geiko. La boîte de nuit n'était à mes yeux qu'un palliatif. Mon rêve, c'était de monter un salon de beauté.

Il me fallait, pour commencer, trouver un local. Je devais convaincre maman Masako de me permettre de construire. J'avais déjà tous les plans en tête. Les deux premiers étages de mon immeuble – j'en avais prévu cinq – seraient occupés par le night-club et le salon, et le reste par nos appartements et des logements locatifs. Nous allions ainsi tordre le cou à nos soucis financiers.

Ensuite, je devais m'occuper d'assurer l'avenir des geiko et des employées de l'okiya. Je projetais de m'entremettre pour trouver des maris à celles qui désiraient convoler et de nouvelles situations aux autres.

Ma décision de prendre ma retraite n'était pas un événement anodin dans la communauté. J'étais, après tout, une geiko d'une célébrité jamais atteinte depuis plus de cent ans. Et je comptais me servir de cet atout à bonnes fins. Mon départ serait le pavé dans la mare du système. J'espérais qu'en semant la surprise et le trouble, mon geste pousserait ceux qui nous tenaient en leur pouvoir à rompre avec leur politique réactionnaire et à entrer dans le siècle. Car, à force de refuser d'aller dans le sens du progrès et de l'évolution des mœurs, ils menaient Gion-Kobu droit dans le mur. D'ailleurs, le nombre d'okiya et d'ochaya dans le quartier était en chute libre. Les propriétaires, ayant du mal à vivre, ne songeaient qu'à leurs gains à court terme. Personne ne regardait vers l'avenir.

Consciente de mon rôle, je fis vœu de me retirer avant l'âge de trente ans. En attendant, il fallait que je trouve les moyens de mettre en œuvre tous ces beaux projets.

Un jour, vers cette époque, Keizo Saji, le président de Suntory, me téléphona.

– Mineko, nous préparons un spot publicitaire pour Suntory Old et je me demandais si vous accepteriez de diriger les mannequins qui jouent les maiko. Si vous êtes libre, pourriez-vous nous retrouver au Kyoyamoto demain après-midi à seize heures ?

M. Saji étant l'un de mes clients préférés, j'acceptai volontiers de lui rendre ce service.

Pour l'occasion, mon choix se porta sur un kimono en crêpe de soie bleu pâle à motifs de héron et une obi de cinq couleurs rehaussées de dessins brochés en fils d'or représentant des vagues.

À mon arrivée, deux maiko se préparaient pour le

tournage dans une des salles de banquet du restaurant traditionnel. Sur une table basse près de la fenêtre étaient artistement disposés une bouteille de whisky Suntory Old, une Thermos à glaçons, une bouteille d'eau, un verre à whisky et un fouet à champagne. Alors que je montrais aux jeunes filles comment se préparait un whisky soda, le réalisateur se proposa de me filmer pour ses essais de lumière.

Il me fit marcher le long du couloir du restaurant, le plus lentement possible pour que la caméra capte bien chacun de mes mouvements. Par les fenêtres ouvertes, la pagode de Yasaka incendiée par les feux du couchant se profilait sur un ciel sans nuage. Il tourna plusieurs essais, puis me pria d'ouvrir la porte coulissante de la salle de banquet. Le timing était parfait. À l'instant où je faisais glisser la cloison, le gong du temple de Chionin fit sonner sa voix grave.

Je m'assis à la table et entrepris de mixer le cocktail. Comme rien ne m'interdisait d'improviser, je me tournai vers l'un des acteurs qui tenaient le rôle des clients et lui lançai :

– Le voudriez-vous un peu plus sec ?

Je ne m'attardai pas pour le tournage du vrai film.

Quelques jours plus tard, j'étais en train de m'habiller dans ma chambre pour la soirée, quand, du poste de télévision qui était allumé mais dont je ne voyais pas l'écran, me parvint le bruit d'un gong puis cette petite phrase : «Le voudriez-vous un peu plus sec ?» Tiens, me dis-je, j'ai déjà entendu ça quelque part. Puis je n'y pensai plus.

Un peu plus tard, ce même soir, au cours d'un ozashiki, un de mes clients me jeta en riant :

– Je vois que vous avez changé d'idée.

– Sur quoi ?

– La publicité.

– Comment cela ?

– Vous n'êtes plus opposée à ce qu'on utilise votre image à la télévision ?

– Si, j'ai juste accepté de donner quelques conseils aux actrices de M. Saji. C'était très amusant, d'ailleurs.

– Je crois que M. Saji vous a joué un petit tour.

Mais bien sûr ! Cette voix, tout à l'heure à la télévision, c'était la mienne !

« Le vieux renard, songeai-je. Il m'a bien eue ! Je me disais bien que c'était bizarre, un homme aussi important que lui qui assiste à un tournage… »

En réalité, cela ne me dérangeait pas du tout. Après cette expérience, j'acceptai les propositions des publicitaires. On put me voir dès lors un peu partout, dans les magazines comme à la télévision. J'estimais que cela rapportait à peu de frais un complément substantiel à mes revenus. Et puis j'en profitais parfois, surtout quand j'apparaissais dans des émissions télévisées, pour égratigner le système qui pesait si lourd sur les frêles épaules de la geiko.

Je continuai d'avancer comme un bon petit cheval, menant de front mon métier de geiko, ma boîte de nuit et mes activités de mannequin, jusqu'au 18 mars 1980, jour de la mort de mère Sakaguchi. Sa disparition me laissa au bord du gouffre. La lumière qui brillait du plus bel éclat à Gion-Kobu venait brusquement de s'éteindre. Avec elle prenait fin une longue lignée de joueuses de tambour. Elle était partie sans laisser d'héritière. C'était tellement triste…

Je perdis un moment courage, je l'avoue. Tout l'enthousiasme que je conservais encore à l'égard de Gion-Kobu s'était évaporé. Mère Sakaguchi m'avait légué une boucle d'obi en onyx de toute beauté. Chaque fois que mes yeux se posaient sur cet objet exquis, ce n'était pas la tristesse qui m'accablait, mais le désespoir : mon alliée de toujours m'avait abandonnée.

Quatre mois plus tard, le 23 juillet, je demandai à mon habilleur, Suehiroya, de m'accompagner chez l'iemoto pour une visite officielle. Dès qu'elle nous vit entrer, elle interrompit la chorégraphie qu'elle répétait toute seule sur l'estrade de la grande salle pour venir s'asseoir sur ses talons en face de nous. Je posai mon éventail horizontalement devant moi d'un geste solennel.

— Je vais cesser mes activités de geiko à partir du 25 juillet, lui annonçai-je.

Grande Maîtresse se mit à pleurer.

— Mine-chan, je me suis occupée de toi comme si tu étais ma propre fille. Je t'ai assistée dans tant d'épreuves, tes maladies, tes succès… Réfléchis encore un peu.

Un millier d'images défilaient dans ma mémoire. Sa présence pendant les cours, les répétitions, le jour où elle m'avait donné l'autorisation de danser pour la première fois en public. Son émotion me touchait, mais elle n'avait pas prononcé les seuls mots qui m'auraient arrêtée, elle ne pouvait pas dire : «Quoi qu'il arrive, Mineko, n'arrête pas de danser.» Le système ne l'y autorisait pas. Une fois que je ne serais plus une geiko, il faudrait que je cesse de danser.

Ma résolution était prise. Je me prosternai devant l'iemoto et, d'une voix ferme, déclarai :

— Merci de toute la bonté que vous m'avez prodiguée au fil des ans. Je n'oublierai jamais tout ce que je vous dois. Mon cœur est empli de gratitude.

Je posai mon front sur le tatami. Mon habilleur, auprès de moi, resta sans voix. En rentrant à la maison, j'appris la nouvelle à maman Masako et à Kuniko. Toutes deux éclatèrent en sanglots. Je les priai de garder leur sang-froid : il y avait tant de choses à faire au cours des prochaines quarante-huit heures. Il fallait d'abord préparer des cadeaux d'adieu pour toutes nos relations dans le quartier.

L'iemoto avait dû prévenir immédiatement le Kabukai, car le téléphone se mit à sonner sans discontinuer pendant deux jours d'affilée. Tout le monde voulait savoir ce qui se mijotait. Les pontes du Kabukai exigèrent une explication et me supplièrent de ne pas donner ma démission. Mais ils ne s'engagèrent à rien en échange.

Cette première nuit après l'annonce de mon départ, je me rendis à mes ozashiki comme si de rien n'était. Ils étaient déjà au courant et voulaient tous savoir pourquoi je les quittais. Je me contentai de répondre :

— Ces quinze dernières années vous ont peut-être

paru courtes, mais moi, j'ai l'impression qu'elles ont duré une éternité.

Il était minuit passé lorsque je rejoignis la Rose trémière. La boîte était bondée. Et me voilà me traînant, épuisée, jusqu'au micro pour annoncer que je ne serais bientôt plus une geiko. Le fait de le prononcer à haute et intelligible voix me rendait la chose plus réelle. Après quoi je renvoyai mes clients et amis chez eux, et fermai le night-club plus tôt qu'à l'accoutumée.

Le lendemain, à huit heures vingt précises, je me présentai à la nyokoba pour ma leçon. L'iemoto me fit répéter la danse intitulée l'île de Yashima, une des figures que seules les danseuses certifiées avaient le droit d'apprendre. La séance se prolongea beaucoup plus longtemps que d'habitude. Et lorsque je descendis enfin de l'estrade, elle me regarda droit dans les yeux et laissa échapper un grand soupir.

Il n'y avait plus rien à dire.

Je me prosternai devant elle tout en songeant : « C'est fini, c'est le point de non-retour. »

Ensuite je pris une deuxième leçon, comme d'habitude, avec une des « petites maîtresses », puis un cours de nô et un cours de cérémonie du thé. J'allai saluer mes professeurs, m'inclinai devant elles dans le genkan et franchis pour la dernière fois de ma vie la porte de la nyokoba. J'avais vingt-neuf ans et huit mois.

Comme je l'avais prévu, ma démission provoqua un tremblement de terre dans le système. Au cours des trois mois qui suivirent, soixante-dix geiko quittèrent le métier à leur tour, geste auquel je fus sensible, même si je jugeai qu'elles s'y prenaient peut-être un peu tard pour faire preuve de solidarité.

37

Le matin du 25 juillet, je me réveillai avec la sensation merveilleuse qu'une main invisible avait déverrouillé la porte de ma cage. Je restai au lit et ouvris un livre au lieu de me précipiter à l'école pour mes cours. J'avais trouvé des solutions pour toutes les employées de l'okiya. Ne me restait plus qu'à me soucier de Kuniko et de maman Masako.

Kuniko avait toujours rêvé d'ouvrir un restaurant. Je lui promis de la financer pendant trois ans jusqu'à ce qu'elle arrive à rentabiliser son affaire. Elle allait baptiser son restaurant Ofukuro no Aji, la «cuisine de maman».

La seule à refuser de voler de ses propres ailes était maman Masako. J'avais beau lui expliquer mes plans en détail, elle ne voulait rien entendre. Il était hors de question pour elle de rompre avec la dépendance à laquelle elle était accoutumée depuis toujours. Alors, que faire? Je ne pouvais quand même pas jeter dehors ma mère adoptive!

Maman Masako et moi ne partagions pas la même

conception de la fonction d'atotori. Pour moi, il s'agissait de perpétuer non pas la lettre mais l'esprit du nom que nous portions, c'est-à-dire l'excellence artistique. Pour elle, cela se résumait à un attachement imprescriptible à l'okiya.

– Mine-chan, me dit-elle un jour, tu ne rajeunis pas. As-tu songé à te trouver une atotori ?

Le temps était venu de mettre les points sur les i.

– Maman, il faut que tu saches que je n'ai pas l'intention de m'occuper de l'okiya. J'ai donné ma démission. Si cela ne tenait qu'à moi, je mettrais la clé sous la porte dès aujourd'hui. Mais si tu tiens absolument à continuer, tu peux trouver toi-même quelqu'un d'autre pour être atotori. Je te donne mes économies. Je te laisserai l'okiya et je reprendrai le nom de Tanaka.

– Qu'est-ce que tu me chantes là ? Tu es ma fille. Comment pourrais-je te remplacer ? Si tu veux qu'on ferme l'okiya, on la fermera.

Ce n'était pas exactement ce que j'aurais voulu entendre. J'espérais malgré moi qu'elle accepterait ma proposition et me libérerait de mes obligations vis-à-vis d'elle et de l'établissement. Mais dans la vie les choses vont rarement comme on veut.

– Très bien, nous allons donc passer un accord. Tu peux rester avec moi, mais à une seule condition. Tu dois me promettre que tu ne me mettras pas de bâtons dans les roues. Même si tu estimes que je commets une erreur, tu me laisses faire, d'accord ? En échange, je prendrai soin de toi jusqu'au dernier jour de ta vie.

Selon les termes de notre accord, elle accepta que

je rase l'okiya et que je construise mon immeuble. Je n'eus aucun remords ni l'ombre d'un regret. J'avais tout donné à Gion-Kobu et ne recevais plus rien en échange.

J'achetai un vaste appartement en attendant la fin des travaux. J'emballai nos précieuses parures et nos objets de prix pour les mettre en sécurité chez moi. L'immeuble fut terminé le 15 octobre 1980. Finalement, à cause de maman Masako – qui avait quand même réussi à mettre son grain de sel –, il ne comptait pas cinq mais trois étages. Cela dit, c'était mieux que rien.

J'ouvris une nouvelle Rose trémière au rez-de-chaussée. Nous nous installâmes au troisième étage. J'espérais toujours pouvoir ouvrir un salon de beauté, mais en attendant je me servis des locaux pour recevoir mes invités et remiser mes affaires.

La vie m'était devenue plus douce. Sur la suggestion de certains de mes clients, j'appris à jouer au golf. Je me révélai une excellente élève et fus bientôt à même de les battre tous. Comme pour le basket quand j'étais petite, je crois que des années et des années de danse avaient exercé ma concentration et mon sens de l'équilibre, me rendant plus apte que beaucoup d'autres à ce sport.

Je m'informais à présent sur les soins esthétiques, testant de nombreux produits et rencontrant le plus de spécialistes possible dans ce secteur. Un jour, un de mes clients me proposa de me présenter à un grand coiffeur de Tokyo. L'épouse du client, Mme S., se

340

chargeant de jouer les intermédiaires, me reçut un jour chez elle à Tokyo pour arranger les détails d'une rencontre. Dès que cette femme charmante m'ouvrit la porte de salon, je fus frappée par la beauté d'un tableau accroché au mur et figurant un renard à six queues. Je n'avais jamais rien vu d'aussi exquis.

— Qui est le peintre ? m'enquis-je.

— Cette image est enchanteresse, n'est-ce pas ? C'est l'œuvre d'un jeune peintre de talent, Jinichiro Sato. Je prends des cours avec lui.

Une petite voix en moi me chuchota : « J'ai envie de faire connaître cet artiste. » Une nouvelle vocation venait de naître en moi. Comme si, d'un seul coup, une force supérieure à la mienne m'avait confié une mission.

Je posai à Mme S. tout un tas de questions à propos de Jinichiro Sato, puis vint l'heure de mon rendez-vous pour dîner avec Toshio — nous avions réussi à sauver notre amitié des décombres de notre grand amour. De toute façon, ma rencontre avec le coiffeur de renom était arrangée pour beaucoup plus tard ce soir-là.

— Je vous retrouve au Pub Cardinal à Roppongi à vingt-deux heures trente, confirmai-je à Mme S. en prenant congé.

Après un dîner tout à fait plaisant, Toshio me ramena à son bureau. Il tenait à ce que je visionne les rushes de son prochain film. Toshio accordait encore beaucoup d'importance à mon opinion et nos discussions étaient toujours très stimulantes.

Toshio insista ensuite pour m'accompagner lui-même en voiture dans le quartier de Roppongi.

J'avais quelques minutes de retard. En entrant dans la salle, j'avisai une femme qui ressemblait à Mme S. Comme je suis un peu myope, je crus m'être trompée en constatant que cette dame n'était pas en compagnie d'un homme mais de deux. Quand tous trois se mirent à gesticuler à mon adresse en me faisant signe de venir les rejoindre, je m'avançai avec un large sourire. L'un des deux messieurs était jeune et très beau garçon.

Mme S. me présenta le coiffeur – le plus âgé de ses commensaux – puis se tourna vers le jeune homme :

– Et voici Jinichiro Sato, l'artiste dont vous avez admiré l'œuvre tout à l'heure.

– Vous avez l'air si jeune ! m'exclamai-je un peu bêtement.

En fait, il avait vingt-neuf ans.

Après une pause, j'ajoutai :

– J'ai adoré votre peinture. Pourrais-je vous l'acheter ?

– Bien sûr, prenez-la, elle est à vous, je vous l'offre.

J'étais sidérée.

– Non, non, elle a beaucoup trop de valeur. Je ne peux pas accepter… Je tiens à vous payer. Sinon je n'aurais pas l'impression qu'elle m'appartient.

Il se montra inébranlable.

– Si vous l'aimez tant que cela, dites-vous que vous me faites plaisir. Je vous en prie, acceptez.

Sa sincérité était désarmante. De plus, Mme S. abonda dans son sens.

– Ce serait impoli de refuser, dit-elle.

– Bien, dans ce cas, je vous remercie de ce cadeau,

342

et je trouverai bien tôt ou tard le moyen de vous témoigner ma reconnaissance.

J'ignorais alors à quel point mes paroles étaient prophétiques. En attendant, j'avais passé si peu de temps à parler au célèbre coiffeur qu'il fallut reprendre date pour le lendemain soir.

Au cours des semaines qui suivirent, chaque fois que je retrouvais Mme S., je tombais comme par hasard sur Jin – le diminutif du charmant et talentueux Jinichiro Sato. Puis, début novembre, les S. m'invitèrent à une soirée chez eux. Et, de nouveau, il était là. J'aimais son regard sur moi. Et il était si intelligent. Et si drôle…

Le 6 novembre, je reçus un appel téléphonique de Mme S.

– Mineko-san, j'ai quelque chose d'important à vous dire. M. Sato m'a demandé de vous parler en son nom. Il voudrait vous épouser.

Croyant à une plaisanterie, je lui répliquai par une plaisanterie légèrement sardonique, mais elle insista tant et si bien que je finis par déclarer :

– Dites-lui qu'il n'en est pas question

Dès lors, chaque matin, elle téléphona pour réitérer la demande en mariage. Cela finit par m'agacer prodigieusement. Mais ce que j'ignorais, c'est qu'elle lui faisait le même coup, à lui. Au bout du compte, Jin m'appela pour me prier de le laisser en paix. Je rétorquai que je pourrais lui rendre la monnaie de sa pièce jusqu'au moment où je me rendis compte du stratagème de Mme S. La rusée ! Nous étions tous les deux bien embarrassés. Jin me demanda s'il pouvait venir me voir pour me présenter ses excuses.

Au lieu de s'excuser, il me demanda lui-même en mariage. Je refusai tout net. Comme il était d'un tempérament opiniâtre, il revint quelques jours plus tard, avec Mme S. Nouvelle proposition. Nouveau refus. Je dois avouer que je commençais à être intriguée par ce personnage si déterminé qui, guère rebuté par ma résistance, revenait toujours à la charge.

Malgré moi, je me mis à envisager l'idée de l'épouser. Je le connaissais à peine, mais il avait des qualités qui me plaisaient. Je cherchais par tous les moyens à redonner du lustre au blason Iwasaki. Accueillir un grand artiste dans la famille était un de ces moyens. Jin, après tout, était un peintre inouï. Un jour, j'en suis encore persuadée aujourd'hui, il sera honoré du titre de « trésor national vivant ». Non seulement il était talentueux, mais il sortait de la meilleure école des Beaux-Arts du Japon, l'université de Geidai à Tokyo.

Comme le disait si bien maman Masako, je ne rajeunissais pas. Et puis j'avais envie d'avoir des enfants. Je voulais goûter aux joies de la vie conjugale. Et Jin était si charmant… Il n'y avait rien à dire.

Je décidai donc, une fois de plus, de repartir de zéro.

Je dis oui à sa troisième demande, mais à une condition : qu'il accepte de divorcer dans les trois mois si jamais je n'étais pas heureuse.

Le 2 décembre suivant, quelques semaines après notre première rencontre, nous étions mari et femme.

Épilogue

Que s'est-il passé ensuite ?

Comme j'étais destinée à devenir le chef de famille, maman Masako adopta Jin qui, à l'instar de moi-même, prit le nom d'Iwasaki.

J'obtins une licence d'agent artistique. Les financiers de ma boîte de nuit me soutinrent dans mes projets. Tout le monde autour de moi ne me prodigua que des encouragements. Et le plus étonnant, c'est que maman Masako elle-même n'émit aucune objection. Il faut dire qu'elle avait tout de suite eu pour Jin, si charmant, si beau, un faible que rien ne vint jamais entamer.

Je n'ouvris jamais mon salon de beauté. Dès l'instant où j'avais posé les yeux sur la peinture de Jin, j'avais tout oublié de mes anciens projets. Ce tableau avait changé ma vie.

Je vendis l'immeuble neuf. Je fermai le night-club. Jin et moi emménageâmes dans une maison du quartier de Yamashina à Kyoto. Et bientôt, je fus enceinte.

Maman Masako continua à vivre à Gion-Kobu et

à y exercer le métier de geiko. Mais elle venait nous voir une fois par semaine. Kuniko, qui n'avait finalement pas l'étoffe d'une femme d'affaires, dut déposer le bilan de son restaurant. Elle vint vivre avec nous, tout heureuse à la perspective de la naissance prochaine de mon enfant.

Ma fille, ma ravissante fille, Kosuke, est née au mois de septembre.

Jin n'est pas seulement un grand peintre, il est aussi passé maître dans la restauration d'œuvres d'art. Cet aspect de son talent me fascinait à tel point que je lui demandai de devenir mon professeur. Il accepta. Kuniko se joignait à nous le soir, une fois le bébé couché. Nous avons si bien travaillé que nous avons toutes les deux décroché un certificat.

En 1988, nous fîmes bâtir une belle demeure à Iwakura, une banlieue au nord de Kyoto, avec de grands ateliers pour chacun d'entre nous. Ma fille poussait comme une belle plante et devint une danseuse pleine d'esprit et de grâce.

Ce fut, je crois, le moment le plus heureux de la vie de Kuniko. Hélas, son bonheur fut éphémère. Elle mourut en 1996, à l'âge de soixante-trois ans.

Vers la fin des années 1980, la vue de maman Masako baissa de façon inquiétante. Elle accepta de prendre sa retraite. À soixante-cinq ans, elle l'avait bien mérité. Elle aussi connut des dernières années ensoleillées. Elle s'éteignit en 1998, à soixante-quinze ans.

Le 21 juin 1997, je fus réveillée à cinq heures quarante-cinq du matin par une douleur fulgurante à la gorge. Un peu plus tard, le téléphone sonna.

C'était un des assistants de Toshio qui m'appelait pour m'annoncer sa mort, à la première heure ce matin-là, d'un cancer de la gorge.

Toshio avait eu une fin de vie assombrie par les problèmes d'argent, de drogue, de santé. J'avais bien tenté de l'aider, mais ses ennuis étaient trop graves. Sur les conseils de nos amis communs, je ne m'en étais pas mêlée.

Il avait demandé à me voir trois mois plus tôt. Au moins j'avais pu lui dire adieu.

Quant à Yaeko, elle prit sa retraite deux ou trois ans après moi. Elle vendit sa maison de Kyoto et donna le fruit de la vente à son fils Mamoru pour se construire une maison à Kobe. Mais Mamoru se servit de l'argent de sa femme pour édifier sa maison et dépensa celui de sa mère à faire la noce. Lorsque Yaeko voulut emménager dans son nouveau foyer, elle fut consternée d'apprendre qu'elle n'était pas la maîtresse de maison. Sa belle-fille lui accorda un cagibi en guise de chambre puis finit par la mettre dehors.

Yaeko, aujourd'hui atteinte de la maladie d'Alzheimer, s'avère plus impossible que jamais. Aucun de mes frères et sœurs encore vivants – ils sont six – ne la fréquente plus. Je ne suis même pas sûre qu'elle soit encore en vie. C'est triste, mais je ne peux m'empêcher de penser qu'elle a récolté ce qu'elle a semé.

Et moi ? Moi je me sens libre comme l'air. Je n'ai plus à subir le joug de l'école inoue. Je danse quand je veux, où je veux, comme je veux.

Je suis pleine de reconnaissance pour les grands et les petits bonheurs qui m'ont été prodigués sur les chemins imprévisibles de la vie. Si j'ai réussi à atteindre ces rivages paisibles, c'est grâce à la fierté et à l'intégrité que m'a inculquées mon père, à l'esprit d'indépendance et de liberté que j'ai acquis au contact de mère Sakaguchi, de tata Oïma et de maman Masako.

Je me rends souvent à Gion-Kobu, mais en invitée. Je ne m'y produis plus jamais. Quel plaisir pour moi de goûter aux raffinements d'un ozashiki ! Cela me fait de la peine lorsque les jeunes maiko ou geiko ne me reconnaissent pas. Elles savent pourtant qui je suis. Quand je leur dis que mon nom est Mineko, elles n'en reviennent pas. Elles me demandent : « Vous êtes la vraie Mineko ? La légende ? »

Le karyukai a beaucoup changé. À mon époque, il y avait pléthore de clients fortunés qui étaient en quelque sorte nos mécènes. Ce n'est malheureusement plus le cas aujourd'hui. Je ne sais pas ce que l'avenir réserve à la société nippone, mais on peut d'ores et déjà affirmer qu'il n'y aura plus beaucoup d'individus assez riches ni assez cultivés pour consacrer tout à la fois le temps et l'argent nécessaires à assurer la prospérité du monde des fleurs et des saules. Je crains que la culture traditionnelle qui a fleuri à Gion-Kobu et dans les autres karyukai ne vienne bientôt à disparaître. La pensée que si peu de chose survivra de tant de beauté au-delà du simple mirage des apparences emplit mon cœur de tristesse.

15 avril 2002,
Kyoto, Japon.

Remerciements

Il m'aurait été impossible de parvenir au bout de ma tâche sans la longue patience et l'indéfectible soutien de Jin, mon mari. Depuis le jour où, il y a des années de cela, j'ai vu l'étonnement se peindre sur son visage lorsque je lui ai annoncé le projet d'écrire un livre sur ma vie de geiko jusqu'à aujourd'hui, il m'a incitée à dire le fond de ma pensée. À travers les rires et les larmes, j'ai toujours chéri sa bonté et ses conseils avisés.

Je tiens à remercier Koko, ma fille, pour m'avoir aidée à m'interroger sur des sujets qui jusque-là étaient, dans mon esprit, restés tabous. Elle a glissé entre mes doigts la clé de la porte de la connaissance.

Un grand merci aussi à Rande Brown, dont l'aptitude miraculeuse à traduire la complexité de la langue japonaise m'a époustouflée. Notre collaboration a été d'un bout à l'autre un plaisir sans mélange.

Enfin, je voudrais exprimer ma gratitude à Emily Bestler, de chez Atria Books, pour ses suggestions et son professionnalisme éditorial. Ses questions judicieuses à propos de la culture traditionnelle japonaise ont apporté une clarté lumineuse à mon texte.

Composition réalisée par INTERLIGNE

Imprimé en France sur Presse Offset par

BRODARD & TAUPIN

GROUPE CPI

La Flèche (Sarthe).
N° d'imprimeur : 28521 – Dépôt légal Éditeur : 57057-03/2005
Édition 02
LIBRAIRIE GÉNÉRALE FRANÇAISE – 31, rue de Fleurus – 75278 Paris cedex 06.
ISBN : 2 - 253 - 11216 - X